任茹文 / 著

批评的观念

复旦大学出版社

用文字纪念时光机
中另一个看不见的我。

——茹文

目　录

我们的同伴：当代批评与文学观

经典的意义与我们时代文学的病
　　——从《西方正典：伟大作家和不朽作品》谈起 ……… 003
进行中的单人独舞与期待中的众声喧哗
　　——述评2008年前后读到的一些小说 ……………… 014
我看雷默小说
　　——精神、气息和密林丛生的内心世界 ……………… 039
小说重新结构了我们的生活
　　——对雷默小说人物关系的一种分析 ………………… 050
短小说何为
　　——由雷默四篇近作谈及他从前的一些短篇 ………… 057
海蛟先生，浙人的散文路，你沿着走 …………………… 067
我们需要怎样的儿童文学
　　——从童话书《疯狂海螺牛咕咚》谈起 ……………… 073
气质、情怀和一种生命观
　　——谈《给燕子留个门》兼及其他 …………………… 076
谈"浙东作家文丛"里的五个作家和他们的作品 ………… 083
当代文学与人文主义传统：以浙江为中心的论述 ……… 104

批评的观念

以创作心理学为支点的现代作家研究

论《青春之歌》的创作心理 ········· 141
创作者生命力渐次陨落的三镜像
　　——从一个方面论曹禺剧中三女性 ········· 162
划过心灵的痕迹
　　——殷夫作品创作心理阐析 ········· 170
延宕性格：思想大于行动的知识分子
　　——柔石中篇小说《三姐妹》的主人公形象 ········· 180

国族、符号与影视意义

国家形象与电影叙事的先与后 ········· 191
许鞍华电影的国族形象与想象变迁 ········· 201
《活着》：电影符号的叙事转变 ········· 209
丈母娘、姆妈、观众及其他
　　——谈甬剧《雷雨》的一处方言词改编 ········· 218
甬剧《雷雨》的雷声与掌声 ········· 222
《我的前半生》：高级真理及适用性 ········· 225

口述、访谈与文化背影

回望八十载人生，融通东西方文化
　　——访谈於梨华 ········· 233
谈谈苏青 ········· 243
宋先生家的客厅与阳台 ········· 251
住在诺士佛台下：与萧红的灵魂相遇 ········· 254

后记 ········· 258

我们的同伴：当代批评与文学观

> 影响的焦虑无关真正的或想象的父亲是谁，它是借助于诗歌、小说或戏剧并产生在它们之中的一种焦虑。任何强有力的作品都会创造性地误读或误释前人的文本。一位真正的经典作家或许会或许不会把这种焦虑在作品中予以内化，但这无关大局：强有力的作品本身就是那种焦虑。
>
> ——哈罗德·布鲁姆：《影响的焦虑》

经典的意义与我们时代文学的病

——从《西方正典：伟大作家和不朽作品》谈起

我的文学观相当程度上受教于哈罗德·布鲁姆的《西方正典：伟大作家和不朽作品》（以下简称《西方正典》），尤其是其开篇《经典悲歌》一文。关于经典，这无疑是一本拨云见日的好书，在这个消费主义和机械复制盛行、意义深度消解、文学秩序紊乱的时代，它助我重建了关于文学的标准、信念和方向感，它助我在优劣中甄别，在混乱中澄清，在现象的无序中找到当下作品与过去、和未来的普遍连接点。先从《西方正典》的两段话谈起：

> 没有文学影响的过程，即一种令人烦恼并难以理解的过程，就不会有感染力强烈的经典作品出现。①
>
> 影响的焦虑无关真正的或想象的父亲是谁，它是借助于诗歌、小说或戏剧并产生在它们之中的一种焦虑。任何强有力的作品都会创造性地误读或误释前人的文本。一位真正的经典作家或许会或许不会把这种焦虑在作品中予

---

① 哈罗德·布鲁姆著，江康宁译：《西方正典：伟大作家和不朽作品》，译林出版社2011年版，第6页。

以内化，但这无关大局：强有力的作品本身就是那种焦虑。①

以上这两段话意图阐明创作与文学影响、创造性焦虑之间的天然联系，这种血缘联系是古今中外文学经典产生的普遍规律。经典之于后世的意义，我们可以有多种想象，也可以有多种结论，但至少可以达成一个共识：经典是不容回避的历史存在，经典的存在与影响是后续伟大作品产生的基本原动力。任何写作都必须站在已有文学经典的肩膀上开始，这常常令作家们既兴奋又沮丧，沮丧来源于历史所施加的压力，兴奋则来源于文学创造突破的可能。对创作而言，这无疑是一组痛苦又快乐的悖论。凡是那些写得好的人，必定是读得多的人；当然，反之则不一定如此，读得多并不一定写得好，因为创作是一项复杂的精神生产，它还需要很多要素的共同参与。这也就是说，重视、阅读和借鉴经典并不意味着必然地生成经典。因此，我更愿意使用"经典意识"这样的字眼来阐释经典之于创作的重要性。经典意识的重建与加强有助于突破我们这个时代汉语创作的某些局限性，甚至某些病症。

经 典 与 时 代

经典意识首先意味着一种建立于时间感之中的历史观。这对于作家更明确地建立自身与时代的联系有好处。经典作品是历史的承传标识，在文学史的坐标上，无人能自视为创世者，谁都只能在自己的时空维度上开始说话。在这个前提之下，作家

---

① 哈罗德·布鲁姆著，江康宁译：《西方正典：伟大作家和不朽作品》，第6页。

们对自己作品是否就是那类能代表时代的经典保持理智和警惕。就像李白、杜甫之于唐,关汉卿之于元,曹雪芹之于清,一部好的作品首先应该属于自己的时代,打着时代独有的印记,之后才有超越时代的可能。夏志清在《中国现代小说史》中这样论述鲁迅散文之价值:"他根据达尔文的进化论和尼采的能力说,认为中华民族如不奋起竞争,将终必灭亡。所以,在刺破一般国人的种族优越感和因文化孤立而养成的自大心理这两方面,他的散文最能一针见血。"①夏志清的见地也是一针见血,他一针见血地指出了作家鲁迅与其时代之间的天然联系,无他人可替代,这就是鲁迅和他的时代属性。这种属性对于当下作者而言似乎匮乏,时代需要作家倾注更多的热情、悲悯与敏锐的感受力,需要作家将自己的得失放在一边去为别人说话的那一点勇气,需要作家将自己放在生活的炉火上和同行者一起体验所得的那一点感同身受。

"一个作家应该完满地去表现他自己时代的生活,他应该成为他的时代和社会的'代表',这是一种特殊的评价标准。"②回溯历史,从传统向现代转化的百年中国文学深具为民请命、为民代言的传统,夏志清称之为"涕泪文学"的传统。我们必须承认,那些留存在文学史上的涕泪文学也许存在着种种先天不足,但那种超越个人局限而惠及他人的情感用意,对于我们今天这个时代来说,弥足珍贵,不啻是一剂补救的良药。当下时代文学中的"我"远远大过了"我们"。在个人话语泛滥的时代,文学失落的恰恰是代表"我们"的角色和责任感。这一个世纪,当代中国人

---

① 夏志清著,刘绍铭译:《中国现代小说史》,香港中文大学出版社2005年版,第41页。
② 勒内·韦勒克、奥斯汀·沃沦著,刘象愚等译:《文学理论》,生活·读书·新知三联书店1984年版,第93页。

的生活，从生存方式到精神心理都发生着深层次的裂变：自卑的自尊、无奈的放大和尴尬的焦虑如此复杂地混杂在一起，所有这些都如此深刻地存在于大众的意识中。读者大众试图从文学中寻找，但期待与收获之间差距甚大。我们的作家似乎跟不上也把握不住这样迅捷的步伐，所以他们抽象寓言，或向更远的历史中寻求逃避。铁肩担道义，妙手著文章。作家要在敏锐深厚的历史洞察中，留存这个令人振奋又令人痛苦的外部过程，留存民众从苦难中破茧而出、悲喜参半的复杂心路，留存我们同伴的收获和喜悦、失落和痛苦、过去和未来、迷惘和执著，这也是艺术的责任。

应该承认，作家毕竟不是圣人，他们和民众一样不得不为沉重的肉身所累，不为五斗米折腰当然是苛刻的道德要求，作家自身和民众一样，必须面对物质需求和精神归属所带来的双重考验。当下知识分子的精神困境在"去政治化"后尤加突出，文学并未如人们预期的那样纯粹，市场化的冲击并不仅仅是文学的商品化，更大的困扰是资本与权力的合谋逐渐成为知识分子面对的生存语境。可是，文学永远不能讴歌资本，就像文学永远不能讴歌权力一样，在这个资本与权力有可能卷土重来重新合谋的时代，作家不仅应该有良心写弱势群体的苦难和挣扎，更应该有能力发现表面的喧哗骚动背后那些富有者的灵魂孤独。马尔库塞说：艺术家唯一的使命是扩大自己与时代的差异。当作家的灵魂在高贵处与民众相遇时，那才能真正实现文学艺术救赎大众的作用。现在的状况有时是相反的，文学为了迎合，有时显得卑躬屈膝。

现代作家给了我们可贵的传统，这是离我们最近的经典：艾芜流浪在贵州的山道中和盗马贼、滑竿夫做伴而有《山峡中》，穆旦在战火的风云和血腥中作《赞美》和《森林之魅》。现代经典之如此种种，于今日写作均是教益。

经典与超时代

经典意识是作家对超越时间和永恒价值的一种自觉,经典的自觉使写作者对作品质量保持必要的理智和警惕,使写作不致泛滥无度。对经典超时代性的追求,会形成作家对自身创作数量节制感的监督,这对当下文坛多产的病症有疗效。无论是作者、读者还是评论者,我们一般都具备这样的常识:多并不意味着好,高产也不意味着高质。市场经济环境下的利益驱动是一个表面原因,更深层次的心理动因往往更复杂。当写作者对追求作品质量感到困难和疲惫时,他们往往就会以数量的成功来减弱和克服内心的不安与恐惧。对很多作家来说,面对经典,确实会带来强烈的写作恐惧感——写作意义何在?前途何在?正是因为从巨大的历史遗产中脱颖而出之不易,作家往往对写作的意义和前途产生怀疑,于是放弃超越时代的野心而安于眼前的码字,这是经典影响的负面效应。

经典影响是一枚镍币。它好的另一面是:凡是历史上产生巨大价值的作品都与文学经典必然产生遥远的隐性的契合,一个伟大的作品应该有正视经典的勇气,甚至有超越经典的野心。在这个前提下,作家或者从内心产生对经典的尊敬,或者在内心产生挑战经典的冲动,至少得阅读它们,理解他们,在与前人的精神沟通和艺术兴会中确证自身存在的价值,并进而通过对经典的承传和改造进入文学史的序列。日本导演黑泽明的电影《麦克白》和《李尔王》完全是黑泽明式的,也基本上是莎士比亚式的。这就是超时代的隐性的遥契。漠视只会让我们无知。不管我们自不自觉,文学的父亲、祖父和先祖都必然活在我们心中。只有这样,文学才有活下去的希望。

布鲁姆在《西方正典》中转引奥登的话:"评论劣书有害人品。"①应该坦言,即便排除媒介方式的变化、受众习惯的改变、社会语境的转型等诸多复杂因素,寻找这个时代能让我们幸福或痛苦至浑身战栗的好书,确实已经变得比较困难,一是因为总量庞大,二是因为甄别困难,这就需要专业读者即评论家的有效传递,文学评价不应被名声、宣传和畅销书排行榜所操纵。读者普遍对文学感到失望,在一地鸡毛、满街喧哗中看不到具有标杆象征意义的一批优秀作品,这是我们无奈却必须承认的事实。曾经的阅读兴奋在《红楼梦》《安娜·卡列尼娜》《红与黑》《百年孤独》(或许还有《红高粱》《在细雨中呼喊》《白鹿原》)时曾出现过,并且一样强烈。

我们注意到,所有能让我们喜欢并受益的伟大作品确实不存在时代和语种之隔膜。阅读不需要过分的理由,作品能不能超越时代却需要很多禀赋。傅雷评论张爱玲的一番话或许可以帮助我们重新回想起一部好作品的本来面目:"哪一种主义也好,倘若没有深刻的人生观,真实的生活体验,迅速而犀利的观察,熟练的文字技能,活泼丰富的想象,绝不能产生一件像样的作品。"②假如作品潜在的禀赋激活了超时代读者的精神需求,它就变成了一场阅读的幸福偶遇。阅读应该能卷起一股野蛮狂暴的旋风,刮过读者的心田,掀起长时间起伏的波澜而无法平静。那么,我们该如何评价我们时代的文学?哪些可能留存于世而哪些又将转瞬即逝?我以为,超时代的普遍性是一个非常重要的标准。所有的当代文学都将成为过去,我们该为我们的后来

---

① 哈罗德·布鲁姆著,江宁康译:《西方正典:伟大作家和不朽作品》,第 13 页。
② 迅雨(傅雷写此文时化名迅雨):《论张爱玲的小说》,子通、亦清主编:《张爱玲评说六十年》,中国华侨出版社 2001 年版,第 56 页。

者留存怎样的文学遗产，这是个无比严峻的问题，既考验着作家的智慧，也考验着评论家的良知。经典标准的引入可以让我们去掉一些翻手云覆手雨、夜郎自大、自说自话的时代病。

经典与可读性

在文学与超时代的关系中，其实我们已谈及阅读之重要性。正是无限阅读的潜能让作品成为经典。伽达默尔认为：经典是"一种无时间性的当下存在，这种当下存在对于每一个当代都意味着同时性"，并且"经典对现在说话且直接说话的持久力量基本是无止境的"①。我们都明白，阅读对文本来说是魔法师的魔术，新的阅读和新的阐释会将数千年前的经典《诗经》《楚辞》、六朝散文从文字故纸堆里指认出来，变成仿佛今人所写一样令人亲近。历史的经典如此浩瀚，没必要穷尽，事实上也不可能穷尽，也许可靠和有效的只是每个人从无数次的选择中确证出来的"一个人的经典"。尽管如此，我以为，无数"一个人的经典"之间存在普遍的共性，无数经典的可读性也都包含可归纳的普遍共性，比如情感、艺术创新，还有经营文字的持久耐心等禀赋。

首先是情感。我们也可将之称为人文立场或其他，但我更愿意将之简单地称为情感。亚当·斯密在《道德情操论》中说：正是通过在想象中与受伤害者变换位置，我们才能设想出他的感受或受到他的感受的影响。这就是我们对他人的痛苦产生同情的来源。② 对和我们不同的人群保持关注并给予情感的支

---

① 伽达默尔著，洪汉鼎译：《真理与方法》，上海译文出版社1999年版，第372页。
② 亚当·斯密著，谢祖钧译：《道德情操论》，陕西人民出版社2006年版，第4页。

持,我以为,这是作家们最低限度的人文立场。一个不爱自己同类的人是一定写不出传世之作的。今天,我们的写作和阅读都被理性拖累得很厉害,"文明理性病"极大地左右着写作者的写作状态,理念先行的现象非常普遍。这种理念归纳起来无外乎是对传统文化断裂的隐忧,对现代生活方式的恐慌和控诉,对商业社会人性残缺的抨击,这些可以预见的主题让我们将写作意图一眼看穿。近年来国内某些知名作家的长篇小说简直没法卒读,因为立场太简单,情感太虚假。假如作者对我们同类生活的复杂状态有更细腻的关注,对同类生活的复杂性有更多的体恤和悲悯,可能文学在读者那里所能达到的效果要好得多。

托尔斯泰在谈《安娜·卡列尼娜》中的安娜时说:我爱安娜,安娜就是我,可是我必须让安娜死去。作者的爱与同情让安娜之死具有了反思的可能。老舍先生曾说:我爱好人,可好人也有弱点;我恨坏人,可坏人也有好处。张爱玲写了《金锁记》《连环套》这样将人性之恶放大到极致的作品,可她最后让七巧临死在病榻上留下两行无言的冷泪,并且,张爱玲说:"如得其情,哀矜而勿喜";她还说:"知其黑,守其白。"因为这两句体恤人心的话,我肯定并喜欢张爱玲,而不是因为她表现人性恶的超级本领。这样的体悟和境界才能成就一个大家,也才是文学经典的境界。因为情感,文字的经营才会有分量。是情感最终区分了作家们的不同阵营;是情感确认着写作的最后归宿;也是情感,会让读者找寻到自己喜欢的作家。

其次是创新。原创魅力是对作家想象力的考验,创造才华是艺术赖以存在的先决条件。哈罗德·布鲁姆在《西方正典》中说:"经典的陌生性并不依赖大胆创新带来的冲击而存在,但是,任何一部要与传统做必胜的竞赛并加入经典的作品首先应该具有原创魅力。"①然而,针对当下文坛,我以为,艺术创新并不意味着一定是从"他者"文学中借鉴,他山之石有时固然可以攻玉,但本国、本民族、本语种的审美习惯和文学传统也是创新的重要源头。20世纪80年代以来的中国文学受惠泽于西方现代派颇多,几乎今日活跃的每一个作家都有来自"他文化"的文学之父,艾略特、卡夫卡、博尔赫斯、马尔克斯等人成为很多作家的文学教父。必须要有所纠正的是,即便是荒诞、夸张、变形、漫画、寓言等现代派的技巧也需要细节和事实来形成叙述的可靠逻辑,现代派大师无不这样告示我们。荒诞、变形、寓言等现代派技巧并不是一张狗皮膏药,可以随处乱贴;也不是一块待用的拿在手边的候补材料,一遇到现实经验的笔力无法企及的地方就拿它来打一个大大的补丁。这些技巧无疑给了我们作家创作上的方法、一些省力的途径,可是,很多时候,所谓创新方法的滥用也会伤害到艺术可能达到的纯粹性,何况,任何独特的形式只有和独特的内容放在一起才能有真正的价值。

另外,还有一个现实的民族审美的传统,蔑视传统等于抛弃读者,因为读者们都有说不清道不明却顽强存在的文学记忆,这个道理我们都明白,要中国的读者完全放弃建立在情节和故事基础上的阅读习惯几乎不可能,这是我们的作家必须面对的民族审美传统。据说,一百个中国读者也许只有十个人能硬着头皮啃完《尤利西斯》,其中难免还有撒谎的,如《尤利西斯》那样完全建立在主观心理世界基础上的皇皇巨著,只可能诞生在拉丁语系中,也只可能在它的母语世界赢得它的读者。移植是不可取的,可行的只能是局部改造,为我所用。

最后是尊重文字的持久耐心。文学是语言的艺术,它需要

---

① 哈罗德·布鲁姆著,江康宁译:《西方正典:伟大作家和不朽作品》,第5页。

对文字的尊重,像建筑师建起高楼那样慎重对待每一个文字的使用。文学需要细节来支撑起物质的外壳,从而形成叙述的可靠性。对中国读者来说,绵密、细致而可靠的物质细节是作者引领读者到达作品思想深处的唯一通道。是叙述连接起了客观生活和主观思想。说到底,文学是语言的叙述艺术,当我读到陈忠实在《白鹿原》结尾设置的那一块写着谶语的"砖"时,并不觉得是作者自己跳出来说话,而是顺着故事和人物发展的逻辑自然如此,它也必然如此,可它无疑又是象征和寓言,亦庄亦谐,相得益彰。

这里我特别说说小说,小说明确的主题和丰满的细节尤其互相依赖、互相给予。物质外壳是呈现文学思维与精神的基础,也是连接作者与作品之间血脉的关键,琐碎、实在、具体、日常化的细节构筑起文学的身体,没有身体就没有灵魂,我们当下的文学似乎并不缺少精神,可很多时候精神看起来像是出窍的灵魂,它离开了文字的躯壳自己说话,思想丢失了承载它的那个可靠的安稳的身体,因此显得异常恐怖。看法总要陈旧,而事实却永远不会过时,那也是老舍写《骆驼祥子》时追求"生活本身产生的幽默感"的原因。《许三观卖血记》中,当我读到许三观卖血后站在水乡人家屋后河埠上喝着随手从河水中捞上来的"水",而不是往常的"黄酒"时,那种由生活细节营造起来的20世纪60年代南方农村的生活衰败感是那样令人信服,时事沧桑、造化弄人的荒诞感也慨然而生。生活细节本身的力量永远比移植到纸上的丰富得多,生活本身的力量,它的讽刺、批判、荒谬,作家有多少能力将它们体验、提炼并表达出来,就有多少可能成就好的作品。《红楼梦》中贾府极盛时的一场宴席和衰败时的一场葬礼,就是这样映衬着物是人非、沧海桑田的历史变迁和人生浮落。所有这些,均体现着文字经营的分量。

经典的意义与我们时代文学的病

经典意识的树立,可以使我们时代的创作者避免两种极端:要么妄自尊大,盲目自信;要么妄自菲薄,止于自娱。这两种创作心理都于文学的健康有害。卡尔维诺在《为什么读经典》中说:"经典作品是一些产生某种特殊影响的书,它们要么本身以难忘的方式给我们的想象力打下印记,要么乔装成个人或集体的无意识隐藏在深层记忆中。"① 想象力、艺术创造、时代记忆、集体意识,所有这些古今中外的伟大作品应该具备的普遍要素,当它们被一个有深度、有高度、有复杂度的高贵灵魂汇集综合到一起,经典就此诞生。期待我们的时代能产生匹配于它的厚重伟大的作品,这应该是一件不期而遇的事。

---

① 卡尔维诺著,黄灿然、李桂蜜译:《为什么读经典》,译林出版社 2006 年版,第 3 页。

进行中的单人独舞与期待中的众声喧哗

——述评2008年前后读到的一些小说

歌德说：在这个躁动的时代,能够躲进静谧的激情深处的人确实是幸福的。① 从这个意义上说,我们应该感谢生息在这片土地上的写作者们,在这个物质主义沉渣泛起而又百相更新的时代里,他们坚持用文字书写目之所及的生活及对生活的理解与想象。

创作是冒险,阅读就像闯迷阵,读者和作者经过作品时所走的肯定不是同一条路,文本一旦离开创生它的人,便在不同的阅读者那里获得不同的意义,如伽达默尔认为的那样：真正的艺术是在时空进程中连续不断被理解和接受的艺术,作品只有在被理解和感知的过程中,其意义才会得到实现。② 正如创作带着无法规避的独特存在性,同样,对作品的阅读和理解也必然是历史性和个体性的,带着我的前理解、视域范围甚至阅读偏见,阐述我所阅读到的作品。差异产生误读。是误读使阅读产生意义。

---

① 转引自《本雅明文选》,中国社会科学出版社1999年版,第97页。
② 伽达默尔：《真理与方法》,转引自《比较文学》,高等教育出版社2003年版,第454页。

清醒与迷惘：面对当代历史转折性的写作

每一代人的历史都在变化中，无论是客观史还是心灵史，人不能两次踏进同一条河里，退而言之，即使河流不变，踏进同一条河里的也不是同一个人。周国平在《尼采：在历史的转折点上》中认为尼采之所以产生，与其时代巨变关系密切，说他是"世纪末的漂泊者"和"新世纪的早生儿"，这特殊的位置可以解释一部分他的"孤独，遗忘，误解，责难"和他"预言资本主义精神危机"的历史贡献。①

历史的横切面从外至内可剖为物质、制度和心理三层，中国一个世纪的现代化进程正在当下发生实质性改变，中国民众正经历着的时代巨变和世纪更替，对作家来说同样如此，作家和民众一样以生存方式实践着历史。作家是生活的参与者、时代的亲历者和变迁进程的记录者，一部分直面现实的作品因而成为社会生活的一面镜子，而作家的情感和立场则成为映照时代进程的一面心镜。

1. 梅儿：《隐身衣》

梅儿的《梦里梦外》《弱智》《赌到尽头》和《隐身衣》等小说，表现对象游移不定，总体而言是写当代人的真情实貌；笔力稍显稚嫩，人物的展开逻辑亦有不妥之处，值得肯定的是作者担当大众代言人的努力和企望。她以女性的细致观察和细腻感受来描写平民生活，写变革漩涡里凡人的金钱观、情感状态、生存方式和日益变迁的生存环境。

---

① 周国平：《尼采：在历史的转折点上》，上海人民出版社1986年版，第314页。

小说《隐身衣》以当代社会的新生事物"网恋"为题材,讲述现代"空心人"的情感实质。名为吕玲的女主人公陶醉于名为"隐身衣"的网络男友制造的浓情蜜意,甚至暗下决心愿为这一场真挚的恋爱而结束"淡如河水"的婚姻,就等着一场网下的见面。梅儿正好出差到"隐身衣"所在的城市,两人约定见面,见面之前她心血来潮,要设计一场对对方的考验,于是她将自己隐身,与此同时,在网上,吕玲轻易地伪装成因为缺钱而与男人交易的女人,两人同样约定见面。在吕玲的忐忑中,网友"隐身衣"如约而至,他是来赴那场交易的约会。吕玲在巨大的冲击和狼狈中仓促逃离了那座城市。结尾写道:(吕玲)回家坐到电脑前,对着"隐身衣"说出了最后的一句话:你那件"隐身衣"实在是太脏了。这个短篇的巧妙之处在于作者选取了一个很好的载体,以此来展示当代社会中,人们尤其是男女两性从物质、风俗到心理的急剧变化形态。

"人心的真相,最好放在社会风俗的框子里来描写,因为人表示情感的方式,总是受社会习俗决定的——这一点,凡是大小说家都肯定……"①网络交往是当下社会的新风俗,一个自称受伤的男人和一个感情苍白的女人在网络中产生了婚外恋情,这本书让人一开始看起来是个通俗化的爱情小说,但很快就演变成一个关于道德败坏的批判性故事。女主人公能避免露面的尴尬,并很快确证赴约的男子就是她在网络上倾心的"隐身衣",是因为她利用了现代化的通讯工具"手机"。然而,太阳底下无新事,手机、电脑、网络、全球化超市,这些发达的物质反衬出的是丑恶而空虚的灵魂、道德的衰退和人性的恶化。作者对于社会风尚的变迁有着细致观察和切身体验,她对社会道德风貌的忧

---

① 夏志清:《中国现代小说史》,复旦大学出版社 2005 年版,第 259 页。

虑和批评,席卷残云般地浓缩在敏于选择到的视角和巧妙安排好的结构中。对于短篇小说来说,能将饱满的情感和鲜明的立场不着笔墨地包容在短小的篇幅中,要说这是一个成功的作品,理由已经够充足了。

2. 蔡康:《空屋》

蔡康的小说集《空屋》出版于 2004 年,主要人物是小镇小弄中人,是市井生活从次发达商业文明社会过渡到喧闹的发达商业社会所留下的清晰画卷。普通小市民斗转星移里笃定中的慌乱、从容中的挣扎和安稳中的变迁,全在这张描绘中国近二十年现代化进程的市井图卷中呈现着。

农村城市化是中国现代化进程的一大表现,与之相伴生的是人口的迁移和农民身份的变化。小说集取"空屋"为题也许表明着作者自己对《空屋》这篇小说的认可。我认为《空屋》就心理深度和情感投入来说在这个集子中确实是最好的,作者以饱含温情的方式显示了他对平庸普通的市井小人物在情感状态上的持久关注。《空屋》写一幢"空的老屋"与祖孙四代人的联系,爷爷与爷爷的父亲只活在父亲的叙述和作为第四代的"我"的想象里,老屋是生活在城市中的我们与祖辈和故土的唯一联系,局促的城市居住条件所产生的矛盾和激烈的城市竞争生活所产生的烦恼,都靠"老屋"得以化解。我们因为在故土还有老屋而变得"宽容、豁达、自信和充实起来",老屋成为我们在感情归路上的最后依靠。长大了的"我"怀着好奇和对童年记忆的珍重,踏上了独自寻访老屋的路程,路程的尽头是一片废墟和高高的野草,我明白了:父亲每年寄钱回去修缮的老屋早就倒塌,而父亲早知道这一切,父亲描述的关于老屋的一切同样只是他想象的产物。小说结尾的细节彰显意味,我从故乡农村回到城里的家,父亲面临着谎言将被戳穿的尴尬"远远地站着",家人带着疑问等待着我的回答,我的回答是"老屋,又该修了"。这一回答使小说情节急转直下而又余音不断。

小说中,那个"远远地站着"的父亲形象叩响着我们的心灵,这样的"父亲"们是承上启下的一代城里人,他们是城市与乡村的中间人,上辈连着乡村,下辈连着城市,当他面对儿子探询精神故乡的强烈愿望时,带着局促、不安和失败感的他选择了"远远地站着",因为失落了的"故乡的老屋"只存在于想象和记忆中。这个父亲形象准确地传达出历史转型期一代人所承受的感情落差和心理动荡。

结尾,作为年轻一辈的"我"选择为父亲保守老屋的秘密,选择与父亲共享老屋带给我们的情感慰藉,作者的情感和立场也全在其中:"我们"其实可以,而且应该和"父亲们"分享一份关于过往生活的情感资源,故土和老屋成为无形的纽带联系着已经远离了祖辈的"我们",成为失去了土地和故乡的城里人与自然的最后一点联系,这是"我"的选择,也可说是作者的选择。

在文明进程中人类的收获伴着失落,小说带着温暖情感和怀旧气息,深刻的优秀的艺术大多是关于爱和怀旧的艺术,"只有当该物体的主要作用已经消失,它的次要作用才会突出出来,如旧式的纺车成了装饰品或博物馆中的陈列品,方形钢琴不再用来奏乐便改成为有用的桌子"[①]。"老屋"同样带着强烈的文化和情感的抽象意味,《空屋》的一部分好处也是在这里。

---

① 勒内·韦勒克、奥斯汀·沃伦:《文学理论》,江苏教育出版社 2005 年版,第 19 页。

浦子：《小牧湾乡轶事》和《制造英雄》

浦子的《小牧湾乡轶事》和《制造英雄》这类官场小说得益于他丰厚的基层机关工作经验，使他游刃有余地将当代社会中权力关系的生态链、人物面貌、官场心理和改革之复杂写得逼真而贴切。

《小牧湾乡轶事》的神采在于人物，较成功地塑造了一个乡镇基层干部田大磊的形象。反复描写的两个细节颇为传神：老田说话时为加强他的威信拍桌子时桌上跳舞的灰尘，老田说话时其他党委成员埋头记笔记时笔在纸上沙沙的声音。两个细节是为说明老田的封建独裁思想和专制主义作风。但这个人物又有其内在的矛盾张力：他了解百姓，待人热情细心，恩威并施，按农村实际办事，在乡村领导工作中具有很高的适应性和办事能力，别人办不好的事他能办好，别人治不好的人他能治好，老百姓服他；他善于抓权，善于捞取政治资本，具有很强的生命力，采用专制主义的方式，事事顺利，节节高升。

作为法治改革派青年，"我"最后只能败于田大磊的手下，无论是田大磊还是"宋书记"，都像狼搭上猎物的肩膀那样胜利地"拍拍我的肩膀"，田大磊回到小牧湾乡以他的方式继续着他的领导。"我"的努力留下两个结果：办公室都装了电话，不必向田书记汇报打电话的内容了；乡变电所不再以停电作为惩罚和报复的手段。改革计划以失败而告终，小牧湾乡继续上演着无声的悲剧。官场小说常写不衰，任何时候都拥有自身的读者群，这在于政治和制度的影响力，政治从根本上组织着大众的生活。到处都是政治，我们从来无法遁入纯粹的个人生活。官场小说的使命不在于写政治游戏如何运作，而在于写政治规则如何影响和决定着个人的命运。

《制造英雄》的神采在于讲故事,人物遮蔽于情节,小说以党报的新闻工作者"我"的口吻和角度,以"我"亲手炮制的一则新闻故事的出炉过程为脉络,讲述一起因保管措施不力而导致的银行抢劫案如何演变为英勇行为的新闻造假事件,将一处小地方里上层领导个人的政治命运与政治关系、银行的名声与信誉、公安系统的成绩、牺牲的银行职员的身后名与待遇等诸多问题纠结在一起,在权力需求和权力制衡的双重作用下一起"事故"最后被处理和定性成"英雄事迹",各方权益的定夺关键在于"我"如何表述这一事件,"我"亲历并适应了各方的权力斗争和权力妥协,通过设计遇害职工小王在牺牲的一瞬间向左倒地以保护左侧腰间的钥匙这一细节,皆大欢喜,以喜剧收场。

在闹哄哄的故事背后,作者的态度几乎不动声色,批判意图不明显,仿佛只为急匆匆地讲完一个当代社会的黑幕。细读之下,方能有所发现,小说中有三处细节似乎暗藏了作者对官场黑暗和小人物命运的一丝清醒:其一,"我"和王副书记仅有的两次见面。这两次见面指引着"我"的走向,王副书记只寥寥数语就将事件完全掌握在他的控制之下。其二,"我"自身选择的艰难与迷惑。"我"数次在案发现场如侦探式的调查勘察,尽管作者没有花很多笔墨写"我"的内心斗争,这是一处遗憾的简略,但读者还是隐约感受到"我"的困境,最后顶头上司点拨我的身份是"文艺宣传工作者",这里藏着作者的社会批判和对小人物的人道主义同情,从而从读者那里得到认同并达成对"我"的一致体谅和宽容。其三是结尾,遇害职工老彭的儿子拒绝接受安排工作,成功策划"英雄事件"的方行长主动离职,应该说这是作者自己心有不甘,要给这个污浊社会一记愤怒的耳光,至少痛快的嘲笑,但他的力度和胆量似乎太小了,有点语焉不详。

人性主题和道德诉求：在新写实或新历史的方式里写作

我们也许早就应该放弃那种自以为是的文学进化观,以为活得晚一些的作家比前辈作家享有进化上的优势。其实不然。从某种意义上说,西方文学史上的古希腊悲剧时代、莎翁时代和托尔斯泰、陀斯妥耶夫斯基时代对后代读者的价值是一样的;中国文学史上的诗经时代、李杜时代和关汉卿曹雪芹时代对于后代读者的意义是相似的。接下来的问题就是:在这些巨匠巨篇后面,我们还能干什么?如果我们放弃绝对的机械式进化观点,问题也许就不复存在。我们现在,和一千年以前的作家,面对的是近乎完全相同的人类问题,但是,时代性的具体状态、生存细节和作家个人化的情感态度,这些全不相同,那么,写作的必要、价值和合理性就是在这里得以成立。

文学艺术本质上面对的是关于道德、情感、伦理的人类问题,列夫·托尔斯泰《复活》所面临的人生问题;福楼拜《包法利夫人》所面临的人生问题;陀斯妥耶夫斯基《罪与罚》所面临的人生问题,曹雪芹《红楼梦》所面对的人生问题,无一不是这样,至少主要是这样。虽然面对的是道德伦理的人生问题,但文学必须要给自己留退路,这条路是美学的退路,那就是:文学艺术永远给不出关于道德伦理的确定答案,文学的目的永远不仅止于说教,它要达到的是在变迁着的道德形态中表现人性本身,它的差异和共性。

1. 浦子:《会脱榫头的旧床》

李敬泽在小说前言中对浦子有一段率真的评价:人的内心、

人的灵魂是浦子必须坚决面对的,他可能太善良,他下意识地回避我们内心的卑微、痛苦和激烈争执,他比较倾向于搁置内心的拷问而从外部寻求解释。这个评价印证了我读《吃晚宴的男子》时的遗憾感。拷问灵魂的必要,浦子并非没有意识到,而是缺少直面的勇气和书写的决心,所以下意识地回避,这在小说集《吃晚宴的男子》中暗藏缺陷和危机。如果《制造英雄》能将炮制虚假新闻的"我"在道德天平上的摇摆和挣扎,给予更多的表现比重,笔触深入"我"的灵魂,那么它也许更能引起读者的思考余兴。小说中"我"的形象是模糊暧昧的,读者甚至难下结论:"我"是配合的还是违心的。小说讲述了"我"的事件,而搁置了"我为何这样做"和"这样做痛苦还是愉悦"两个重要问题。

发表于《上海文学》2004 年第 4 期的《会脱榫头的旧床》,可看到浦子小说深入的走向,他放弃了现实题材的驾驭转而以抗战为背景,当然题材不是决定因素,他只是借用了新历史主义的外壳,用有限的篇幅触及了人性本身暧昧复杂的多种成分,从暧昧复杂中生发出主题的多义性,这可视为优秀小说的特质。

小说并行着两条线索:线索一是阿兴从缩头缩脑的胆小农民演变为举旗抗日的民间英雄;线索二是描述阿兴如何面对自己女人被日本军官凌辱的事实:躲避到山后——躲在屋后——寻找一个能看见屋里的动静却不让对方看到的有利位置——凭着血性将日本兵淹死在水中——揭竿抗日。线索二与线索一始终胶着推进,作者将线索二作为线索一的阐释基础,这样就将抗战主题还原为民间自发性的生存意识的故事,阿兴终于在日本人面前大胆地展现了中国人的本色,就像他终于在女人面前大胆地还原了雄性身份。结尾说"没有多长时间,这一带山上就出现了一支抗日游击小分队,为首的竟是阿兴,一些成员依次是黄三、阿四、李大、郑甲",江南丘陵地带、竹林边、山脚下等风土色彩使小说别具地域风格,形成小说特有的情致和氛围。这篇小说的思路,和20世纪60年代出生的一代作家的总体趋向殊途同归:还原宏大叙事,建立民间话语。

这篇小说如果从阿兴老婆果果的角度来看,意义又不一样。果果一开始为日本军官所胁迫,后来臣服在日本军官的男性魅力之下,反而嫌弃阿兴的鲁莽和死气,阿兴正是在老婆这令人吃惊的转变中猛然觉醒自身的懦弱,转而奋起。这一细节仿佛可以看到沈从文式的人性思考和反文明意图——"用原始的一点野性引燃这个老态龙钟的民族。""男性的力量"和"民族的力量"在这里被画上等号,小说因此形成了关于性别、情感、民族和文明性的多元化主题。

2. 西黛:《无法逃遁》

夏志清在论及张爱玲时说:"一般青年女作家的作品,大多带些顾影自怜神经质的倾向……"①拿这个观点来看西黛发表于《青春》2003年第8期上的《无法逃遁》,倒是有意味的:看看"无法逃遁"的感觉是否有顾影自怜神经质的倾向?

小说写一个女人的"无法逃遁"的命运陷阱,作为一个女作家,西黛对于自身性别与权利、命运、生存之间关系的思考自觉而清醒,小说通过设计女主人公命运的三重悖谬来表现,这三重悖谬寄寓着作者的三重讽刺。

女主人公安红试图逃避与丈夫汤文军之间糟糕的婚姻生活,但她没有勇气做出自己的选择,丈夫的婚外出轨行为成为她潜意识希望的理想退路,这是第一重悖谬。为抗议和结束恶化的婚姻,面对丈夫的背叛她搬进了郊外一所被称作"单身女子公

---

① 夏志清:《中国现代小说史》,复旦大学出版社2005年版,第256页。

寓"的老房子,在宣称是女性乐园的女子公寓里,居住着两个女人:一个是绝症患者,另一个是不坚定的女同性恋者,她在是否回归正常两性关系的矛盾里徘徊并时常带男友回来寻欢,新加入的安红则是一个带着儿子的无奈的婚姻失败者。在"单身女子公寓"里没有一个人是自主地选择单身,这是第二重悖谬。丈夫因为找安红回家从楼上摔伤,整个过程像个闹剧,而丈夫则像个小丑,结果是安红无法回避妻子的责任,她重新回到丈夫身边,在病床边照顾他,安红对婚姻试图逃遁的结果是自己在责任驱使下更加无法逃遁,这是小说结尾设置的第三重悖谬。我们再回头来看一下安红的婚姻实质,其丈夫百般羞辱安红的原因在于安红的完美,他要通过践踏这种完美来获得所谓男性尊严,也许错在完美的安红。但是,我们假设有个不完美甚至糟糕的安红B,从汤文军放弃那个不完美的女人而依然回头挽回完美的安红来看,不完美的安红B将是更悲惨的婚姻受难者,要么是忍耐者。婚姻无法逃遁,无婚姻的生活同样无法逃遁,最终都指向身为女性的生活无法逃遁。这是《无法逃遁》中安红的答案。

看完《无法逃遁》,关于女性命运和道路的迷雾依然漫天包围着我,就像读它之前一样。《无法逃遁》在探索女性命运的道路上显示着重重迷障,女性在社会和两性关系中的位置问题永远悬而未决,无论如何,作者愿意将自己置身在迷障中的自苦精神,使小说赢得了道德深度和意义感。

3. 艾伟:《说话》和《老实人》

艾伟的《说话》和《老实人》铺设了模拟现实的生活场景,真正的用意是揭示现实背后的形而上的因素,借用生活的小事讲述关于人生的普遍命题:习惯和印象的实质。

艾伟通过一个流畅的小故事《说话》为读者讲述习惯与生活

的关系:卷毛小时候是个滔滔不绝的家伙,但他的说话本事并未为他赢得别人的信任和好评,"我们觉得他那张能说会道的嘴充满了大话和谎言",在和别人的打赌中,非常喜欢说话的卷毛开始享受不说话的快乐,因为不说话而成为谦虚的英雄,让他得到不说话的甜头,并坚定了不说话的决心。当这打赌成为习惯,长大后的卷毛成为一个沉默寡言的酿酒师,他赢得了人们的好感和尊重。"现在你如果来到我们街区,你会发现一个头发卷曲眼神安详的男人,他总会对你友好地微笑,但他不会同你说话……"

《老实人》是讲述"印象"背后的实质。"赵大国的老实不但在酿酒厂而且整个街区的人们都知道。"主人公赵大国的面貌以老实人开始,小说一层层揭开老实人赵大国的真实状态,"善"被逐渐否定,赵大国割吃老婆的肉时"恶"的状态升至最高点,看起来老实人赵大国亦恶亦善,善恶参半。在读者眼里,赵大国彻头彻尾是个任环境揉捏的面团,他性非善,性亦非恶,赵大国出生时因为酒而活命,中年时因为酒而送命,他从来不想成为众人瞩目的焦点,却不能自控地老是成为众人的焦点,他实质上就是个任人摔打的陀螺。

两篇小说是讲两个小人物可笑又可悲、偶然又必然的命运,宗旨似乎欲在颠覆"性善性恶"的形而上命题,作者以不动声色的态度阐释着人性与环境之间矛盾而胶着的关系。读罢,感觉哭笑都不对,作者阐释人性的严肃企图不应该在轻松的一哭或一笑中化解。

成长小说与意识流:以情绪和心理流程为推动力的小说

中外文学史的整体流变,特别是文学从古典性向现代性转化的过程,是由一种基本动力推动的,那就是:作家逐渐放弃对现实世界的确定性的客观描摹,转而表现世界在主观心灵中所产生的印象、情绪和观念。现代派之于文学艺术的发展,犹如大树派生出不容忽视的枝杈,所有的情绪、感受、印象、意识、无意识和心理流程等个人史,这一切曾被剔除在现实之外的主观世界,成为小说表现的中心内容,从而大大地延伸和拓展了文学表现的疆域,所有曾被视为细枝末节的人类内心生活,使文学变了样,使文学更接近人类心灵的深邃不可测和宽广至无边。

当代汉语文学的复苏在接受这样的变化中成熟和丰富起来,逐渐接近文学的本来面貌,几乎每一个取得一定成就的当代作家都曾在世界文学的遗产中醉心于一个或几个现代派作家,卡夫卡之于余华,马尔克斯之于陈忠实,然后慢慢地将所受到的影响淡化,带着一点点残余的痕迹形成自身不同于他人的独特性。张炜曾在一篇小文《十一家小札》中这样论及读乔伊斯的感受:"他是作家当中走得最远、最不允许重复的作家,他像普鲁斯特一样写得魅心魅态、特别专注,也一样孤注一掷。一个东方作家好好研修乔伊斯,就会发现西方作家在从另一个角度、以另一种方式走进了深刻的分析。他的那些所谓意识流动、潜意识的连缀,与东方人运用含混而传神地抓住本质的方式仍然区别很大。"[①]很多作家在谈阅读对自身创作的影响时,常常会提及西方现代派给予他们的影响,"狼的奶汁"成为他们创作资源的重要成分,在一定程度上正是这些西方现代派的营养,使他们逐渐脱离早期创作基本描摹现实的局限性,大大增加了小说对人性深层的探秘热情。

---

① 张炜:《十一家小札》,原载《世界文学》1999 年第 6 期,转引自余中先选编:《寻找另一种声音:我读外国文学》,外国文学出版社 2003 年版,第 139 页。

意识流与成长小说有着天然的联系,从普鲁斯特的《追忆似水年华》到乔伊斯的《尤利西斯》,仿佛都是在自言自语的意识流中找到了叙述心灵成长史的自然途径。这里,我们暂且将两者放在一起,并以此为中心分析一些值得肯定的小说,虽然实际的情况要远比罗列出来的复杂,我所分析的并非是这类作品的全部。

1. 蔡康:《走完这个夜晚》

蔡康的小说集《空屋》似乎很热衷于向读者讲述成长心理,正如作者自己在《后记》中所说的:毕竟,我一生中最美好的青春时光,是与这些小说一道度过的。青春时光写下的小说清晰地呈现了一代人的成长过程,其中有一些篇目带有契诃夫式的青春忧伤和祭悼感,作家情感气质的独特气息扑面而来,如《生命中那段浓浓的黑》《孩子将如期出生》《繁星》和《走完这个夜晚》等。这些小说,主人公有不同的年龄、不同的职业、不同的身份,但他们无一例外地具有一个共同的特征:在经历生命不堪承受的沉重中成长。这些述说着的沉重感,仔细分析起来却又带着"为赋新词强说愁"的少年轻率,含混而暧昧的成长心理啊,甜蜜又忧愁,轻扬又沉重。

《走完这个夜晚》可视为这一系列成长小说中的代表之作,作者也许是有意尝试意识流的表现手法,又或者是在特定的创作冲动下无意识地调动了以往的阅读经验,他以心理的流程作为整篇小说的推动力,小说没有情节的构架,看不到作者勾勒情节、布局框架的意图,只是不断重复三个少年在一夜不断的"行走"动作,三人从黄昏的暮色中走来,无言地聚到同一个路口,在漆黑的夜里,他们以男子汉的方式真正触摸了世界在黑暗里的模样,从黄昏走到黎明,三人的皮鞋敲击路面的声音一下一下地敲击着我们的灵魂。

"行走"的意识——坚定地走完这个黑夜的意识,是小说的全部内容。"行走"象征性地成为三位少年的成人仪式,漫长的黑夜行走,在漫长的阅读等待中,终于以全部力量凝结成三个少年在黎明前的集体喊叫:

> 接着,三个人用尽全身的力气,随着憋足气举起来的握拳的双手,拖长声音大叫了一声。
> 那声音像粗犷的雷,像雄壮的歌,在旷野上回荡。那声音吓跑了月亮。那声音唤醒了太阳。那声音将伴随他们走完这个夜晚,走完这辈子。

喊叫是三个少年对这个世界的宣言,宣告他们将以成人的身份存在,"很远很远的地方,有个早起的少女,她说她听到了一首男人的歌",结尾同样带着含混的意识流成分,给小说营造出难以言说的甜蜜、优雅和高贵气息。

这篇小说的主题是写三个少年在蜕变成男人的过程中隐秘的心灵意识,像庄稼在夜晚悄然地快速生长。对于人来说,真正的成长是在于内心精神,这篇小说首先在这个视角上获得意义。或许也有其他作家写这样的题材,然而值得指出的是,并非所有的意识和无意识都具有书写的意义,意识流的宣泄同样要经受人类精神共性的考验,苏童说:"所谓成长小说,大多是变相的自恋的产物,抒发个人情怀来寻求呼应,它的局限在于个人的成长经历是否一定引起回音。"[①]我认为以这个感言看《走完这个夜晚》,就会想通这篇小说引起我们震撼性的阅读体验的原因:三

[①] 苏童、王宏图:《苏童王宏图对话录》,苏州大学出版社2003年版,第93页。

个少年穿着风衣彻夜行走的姿势,以一种"回响"的方式调动起我们每个人曾经历过的类似的关于成长的潜在记忆。

2. 刘琼:《客厅》

《客厅》发表于 2005 年的《文学港》,很独特,既有一丝故意营造的魔幻气息,又带有某种心理小说的特性,显示出作者逐渐调动起来的虚构和想象力,重要的是,在这篇小说中,我们还能感受到一个作者带有标记性的形式感和语言风格。这种形式感和语言风格虽然还处在一种模糊而不确定的阶段,但这对于一个处于蜕变中的写作者来说是至关重要的。一个成熟的写作者的标记,就是他能逐渐淡化自身生活和现实世界的痕迹,逐渐在一个想象的世界里建构起自己的精神家园。这个虚构世界与现实生活产生了距离,可在感情上又恰恰投合。一致的感情和客观的距离激发起作者全部的想象力,使作者有能力贡献给读者一个不完全相同于现实生活的话语世界。

在这个意义上,我把《客厅》对于刘琼的意义,视作她逐渐成熟的分水岭。刘琼类似的小说还有一篇《继续》,《继续》虽想阐释一个少女微妙变态着的复仇心理,只可惜在心理层面的丰富性上还不能激起我们对于一个完整生命全部复杂性的感受,哪怕主人公继续还仅仅是个少女,她也应当值得作者倾尽心力在有限的篇幅里为读者留下解读主人公复杂心理的多座桥梁。《继续》没有做到,但《客厅》做到了,在《客厅》里,小说虽然结束了,但留给读者的关于人物的人性疑点却还是那么多,要我们久久回想。

结构布局上,作者采用了剥蒜的方式,让读者逐步走进事件的真相。作为主任司机的"我"目睹了主任的前妻和现任妻子之间上演的一场家庭阴谋,前妻的目的是复仇,她精心导演了一出哈姆雷特的复仇记,自演哈姆雷特,"我"和主任夫妇在完全无防备的情况下赴宴。我们一进入"前妻"的"客厅",故事就像沙漏一样一泻而下,谁也不知道下一步将发生什么,人物对自身的行为完全失控,只是在特定的场景中完成既定的演出,也许下一步是真正的计划中的谋杀,或者是别的什么重创。然而,最后什么也没发生,"我"和主任夫妇安全地离开了主任前妻的客厅,扮演哈姆雷特的前妻在幕布后再也没有露面,一场酝酿得非常饱满的阴谋冲突瞬间瓦解。导致故事突转的原因是:演出中的"前妻"看到了"后妻"高高隆起的腹部,她完全自动缴械投降了,风起云涌的情节转折背后是人物心理流程的翻山倒海,这一切完全在读者的想象中填补和呈现。主任前妻复杂的矛盾心绪虽在作者的笔端简省,用意却全在字里行间。心理意识是小说的重心。

《客厅》是写人的意识乃至潜意识,但去除了西方意识流小说的自言自语和絮絮叨叨,人物隐秘的内心世界通过第三者看到的外部动作去呈现。从叙述者的角度来看,这篇小说叙述者"我"并非主人公,叙述者所讲的是他所目及的人物和事件,叙述者基本谨守半知半觉的叙述立场,所述范围都只到人物的外部动作、语言和表情为止,所以看起来并非典型的意识流写法。

意识流用中国式的审美观念来调和,说起来早有前人领悟并践行,如 20 世纪二三十年代的海派作家施蛰存的《春阳》、张爱玲的《沉香屑》,都是将人物的动作、表情、心理与选择的意象糅合在一起,在写意识处写动作,写动作的目的是为写意识,这使小说具有中国古典美学中"意在言外"的留白效果。《客厅》就是这样,小说表现意识的另一巧妙之处是作者对具象的选择。主任前妻以前是个演员,作者安排她以扮演哈姆雷特的方式复仇,既符合人物身份,又能将哈姆雷特的舞台形象作为人物心理的可视具象:"舞台上的哈姆雷特"象征着复仇的怒火;哈姆雷特的动作就是主任前妻的动作,哈姆雷特的心理就是主任前妻的心理,这样就将心理、动作和具象完全糅合于一炉。《客厅》能这样写,本身就是好的,即便不拉上施蛰存、张爱玲等前人作旁证。

《客厅》的主题似乎在很大程度上暗示了作者的女性视角,我读出来的主题是:女性的嫉妒、复仇、欲望等人性之恶与自然的本能的母性之间的矛盾关系。男主人公的前妻与现任妻子之间一度构成极其紧张的三角关系,前妻将如何处置有夺夫之恨的现任妻子成为全篇紧绷的一根弦,出人意料地草草收场,复仇的烈焰被复仇者的母性所浇灭,从而涤荡了所有令人激荡和不安的情绪。

魔幻寓言呈现想象与哲思:以谢志强为中心

谢志强已累积出版了六部微型小说集,且在报纸杂志上时有新作出现,在全国微型小说界享有很响的名声。名声在外,绝非虚名,这是我读他作品的第一感觉。他笔耕不辍,在人生的旅途上边走边思边写,沿着他创作的时间轴线往下看,可以发现:二十多年延伸下来的小说绝不是直线或平行线的重复,在艺术突破的背后是作家艰难无声的人生磨练和艺术挣扎;随着人生感悟与思考的深入,凝结在他笔端的文字愈发深厚凝重,对人生规律、状态和道理的见解愈见风骨。他的创作不是青春型的情绪产物,创作之所以能坚持并拓展,来自他对微型小说这一文体规律的有心揣摩和持续思考。他的创作有可贵的文体自觉性,得鱼忘筌,得兔忘蹄,他不断营建起来的话语世界带有强烈的谢志强式的烙印,得意忘言的艺术境界使他小说具有真正的大家之气象。

批评的观念

2004年出版的《小小说讲稿》是根据多年所得凝聚而成的创作笔谈,尤见分量和功底,可使我们按图索骥地看到一个作家不断寻求着的艺术营养,不断渴求着的突破和升华。他要求自己:以世界上没有两片相同叶子的情形来要求自己小说的创新性。总体而言,一个作家的创作资源至少包括以下四个方面:第一,童年经历、具有长远影响的生活经历;第二,阅读经验,阅读人类文化史上已产生的文学遗产所产生的体验;第三,建构起个人化的虚构世界所需要的想象力;第四,掌握和形成一套独特的语言和写作方式。对于谢志强来说,这四个方面我们都可在《小小说讲稿》中找到源头和依据,他为读者仔细分析奈保尔的《米格尔大街》、卡尔维诺的《做起来》、博尔赫斯的《双梦记》,这些既是他阅读经验的重要构成,又是他生活经历与想象世界的交叉地带,在一定程度上这两者又酿成他叙述故事的方式、形式乃至独特模式。生活经历、阅读经验、想象虚构和语言方式四者在谢志强创作中的高度契合,我认为这是他成熟以至成功的重要原因。

沙漠生活的经历与持续回忆

特殊的人生经历和丰富敏锐的天资往往能造就一名好作家。汪曾祺说沈从文"二十岁以前生活在沅水边的土地上,二十岁以后生活在对这片土地的印象里"[①]。谢志强是出生于20世纪50年代的宁波籍人,事实上他与浙东乡土在精神上几乎没有一点儿联系,从6岁至27岁他一直生活在新疆塔克拉玛干沙漠边缘一块珍珠似的绿洲中,这是个在特殊年代里建立起来的建设兵团,在这块从东到西骑车只需半天的土地上,生活着一群外

---

① 汪曾祺:《沈从文传·汪序》,[美]金介甫:《沈从文传》,中国友谊出版公司2000年版,第4页。

来的移民，一群异乡的闯入者，谢志强是其中一个，"这是类似福克纳所说的邮票大小的地方，正是这块地方，不但塑造了我的外形，而且塑造了我的灵魂——我看待世界的方式，基本上还是凭借那里获得的视角和观念"①。

谢志强小说的素材大部分与沙漠相关，基本分为两类：沙漠中建设兵团的现实生活和沙漠地带流传的神话和历史故事。早期倾向前者，愈近现在愈重后者。《我头顶那一盏灯》《活宝》《梦见沙暴的人》等是讲述这一群绿洲建设者们传奇独特的生活故事；《温泉》《欲望之骨》《黑蚂蚁》等是讲述沙漠中世代流传的传奇、神话和历史故事。正如沈从文执拗地写湘西，谢志强在《小小说讲稿》中表明心迹，说他佩服乡巴佬福克纳，瑞典皇家学院的诺贝尔文学奖评委马悦然曾敏锐地看到沈从文与福克纳的联系："与福克纳一样，沈从文也证实了，文学的乡土主义可以与文学的现代主义相结合。"并且他说："福克纳和沈从文另一个相似之处是，他们都是从小地方和小人物身上寻求整个人类生存条件问题的答案。"②谢志强的执拗和不凡之处也在这里。他有本事将一小块地方中一撮人的一段段生活扩大成那么多的故事，他的回忆是持续的，他书写的欲望是热烈和迫切的，他说他相信他自己的故事，因为那是构成他生命的内容；正因为他相信他自己的故事，所以他不厌烦、不停歇地书写存在于他记忆和回忆世界里的人与事。

寓言化手法、具象和特定的文化符号

对于如何叙述自己的故事，谢志强是在扬弃中推进的，早年

---

① 谢志强：《我相信自己叙说的故事》，载《小小说讲稿》，人民日报出版社2004年版，第137页。
② 马悦然：《沈从文：独立的人格和骨气》，选自凌宇编：《走近二十世纪文化名人丛书：湘西秀士》，东方出版中心1998年版，第209页。

追求欧·亨利式的平静叙述和意外收梢,从 1996 年左右至今的十年间,他的小说果断地指向了魔幻式寓言,像小溪对河流的寻找、河流对湖泊的寻找一样,经过一番摸索的流程,谢志强似乎终于找到了创作的归宿。谢的小说孜孜不倦地讲述一个又一个寓言故事,寓言的简单、单纯、放松的叙述、夸张变形的余地,使他的小说具有很强的可读性和吸引力。

对谢志强影响颇深的卡尔维诺认为小小说的优势在于高度浓缩的寓意,可将这类小说归纳为寓言式小小说,寓言仅是个外壳,表达的是神秘的存在。谢志强小说的这种特征现在愈加清晰,小说往往是为展现高度浓缩的寓意来安排情节,叙述不是为讲故事,故事不是目的,仅仅成为表达寓意的过程和手段。《温泉》中"我"和同伴一同上山打猎,走在前面的"我"为保护一个在温泉中洗澡的姑娘,情急之下甘愿变成一只青羊,受到同伴的追逐和枪击;《留言条》中的"我"是个死者的骨灰,作为丈夫和父亲在死后的一段时间呆在衣橱里,旁观妻子和儿子的生活,发现我死后的影响和威信每况愈下;《火狐》中一直跟踪"我"的火狐竟然就是我多年前追赶的那只火狐,现在她居然就是那件在超级市场的皮件架上微微抖动着的狐皮大衣;《毛驴》中两个赶毛驴的人最后都变成了毛驴,一个执鞭,一个驾辕……

对谢志强来说,魔幻素材来源有二:一是对神话和传奇的顺流而下;二是对梦境的真实记录,他相信他的梦境,正如他相信塔克拉玛干沙漠中的神秘传说,他说:"梦境是现实的折射、投影,我相信它的真实性、深刻性,我常常惊叹梦境的神奇,它可能表达了个人潜在的能量和企望。"[①]从某种程度上说,虔诚、信仰和想象是与对世界的无知联系在一起的,所以民间传说存在浓

[①] 谢志强:《我相信自己叙说的故事》,载《小小说讲稿》,第 137 页。

厚的魔幻色彩,许多作家重视对民间资源的发掘,卡尔维诺曾花数年收集意大利童话,他的《祖先三部曲》就是套用童话模式,这种阅读经验正好契合了谢志强早年在新疆所亲历或听闻的大量传说,使他迅速地将两者结合起来。一个作家逐渐蜕变成的面貌是将多种不同的成分糅合在一起形成自己。

无论是有迹可循的沙漠生活的回忆还是虚无梦境的记录,作者曾有的沙漠生活和拥有的阅读经验,都通过文字选择和意象呈现的方式打下深刻烙印,成为其小说特有的文化符号。小说中往往反复出现大量的独特意象,这些意象使虚幻的情境具体化,龙卷风、沙漠边缘的狩猎人、绿洲瓜地里的看瓜人、移动的沙包、峡谷中的小路、雪山下的温泉,这些文化符号构成了谢志强小说不同于别家的重要成分。

飞翔的姿态与哲理光彩

通过小说与谢志强神交,像在与一个哲人聊天,或像在听一个牧师布道,无论是聊天还是布道,话底满蕴着感情而神色凝然。

谢志强小说的魔幻色彩其实只是读者的感受,对于读者来说,不存在任何捏造或编织的必要,对他来说,所有的叙述都有坚实的现实基础,或者是回忆,或者是想象,或者是以飞翔的姿态暂时脱离现实,以这样的方式承受生活不可承受之重,谢志强最可靠最关键的创作资源是拥有一颗生活在别处的灵魂。

欧·亨利小说的结尾至关重要,像在隧道里摸索,最后打亮一盏灯,全篇生辉;谢志强逐渐摆脱这种模式转而偏爱寓言式的小小说,因为他意识到作家的叙述姿态比所他叙述的故事更有决定性意义,不同的叙述姿态是叙述者与故事之间的不同关系。欧·亨利的小说也许对应着绝对主义的世界把握方式,而寓言式小说则通过对世界神秘性和多样性的阐释显示着相对主义的把握方式,这种相对主义的怀疑本身具有深刻的哲理性。谢志强2005年的一篇新作《镜子里的公主》,是国王公主系列中的一篇,说它是一篇爱情小说大概没有错,但是不完全是这样,作者通过古老的故事延伸出新的意义:没有人真正看到过公主的美丽,包括那个画匠,画匠想目睹公主真实的美丽却送了自己的命;公主的第一幅肖像成了随葬品,公主的美丽永远只在人们的想象里和传说里,实际就是在人们世代相传着的唇齿之间。这篇小说的寓意是说:真实的美丽永远都没有存在过,满足和享受仅仅是幻觉的产物,是幻觉、猜测和传说组成了人类的生活和历史。

谢志强对魔幻寓言小说的坚持引起人们不同的评价,他们认为最后可能导致两种结果:要么困囿,要么深刻。若论持续性,我们可以将作家分为"善变"和"固守"两大类,前者的优势在于不懈的变化,后者的优势在于不懈的坚持;前者不断变换地方挖一口又一口不同的井,样式丰且数量多,但可能终其一生都没有挖成一口深井;后者长年累月地坚持挖同一口井,偏执性地坚持同一个目的,终其一生可能就挖成一口井,但是一口深井。从谢志强近年的小说看,他应该更倾向于后者,是个倔强的掘井人。

反复看他的大量小说,不免对其不厌其烦的偏执叙述产生怀疑和担心,但他的叙述勇气和诚实态度又不断瓦解着我的怀疑和担心。最打动我的,是他在叙述过程中从来没有旁观者糊弄读者的沾沾自喜,以他自己所说的"创作的诚实"讲述"平常的神奇",同化和征服着像我这样的读者。在微型小说领域,有一个谢志强,有他的作品读,对读者大众来说,不啻是一件幸福的事,在黑暗中沉浮的人们能从他神秘故事的哲理思考中得到生命的灵光,文学何为？也就是这样了。

就篇制来说,表现社会生活的宽度,展现人物历程的长度、达到人物性格的复杂性并非短篇小说的优势,也并非短篇小说的艺术目标。很多伟大的作家凭长篇小说获得声名,而短篇小说则是他们纵情展现艺术冒险、探索和可能性的理想家园。正因为这样,要延伸短篇小说的表现深度,增强短篇小说思想的饱和度,短篇小说从来不拒绝可能的变化,将人物的情绪、心理、情感和意识置于文本中心,从广阔的现实世界走向更广阔的心灵世界,将是文学本身所期待的和必然经历的。我们应该期待宁波文学有更多这样的作家和作品出现。

在世界看来,我们每一位都是摸象的盲人,生活呈现给每个人不同的面貌,而后作者从自己的角度书写接触到的生活,再后读者以自己的世界连接起作者所呈现的那一部分世界,所以,连接起作者、读者和作品的"世界"在每个人那里的定义全不相同,我们应该感谢这些差异,正是这些差异构成了文学的光彩。无比丰富的各国各民族各地域的文学作品,林林总总,难以计数,每一部作品都有它独特的主题,但它们蕴含的母题却总是那么几个：爱与恨,生与死,聚散离合,喜怒哀乐。虽然母题有限,留给作家的天地还很广大,因为文学的可能性是无限的。关键是,作家要将表现内容和领悟到的表现形式完美地融合在一起,就像两个氢原子与一个氧原子合二为一成为水,原料是语言、形式、题材和特定的细节,或者仅仅是一种特别的气息和节奏,然后形成特别的作品,不可替代的作品和作家自己。

我们的作家们应该有这样的野心、勇气、胆量、飞翔的姿态和虚构的意识,用作品搭建起属于自己的话语和精神世界,学会从现实出发,向理想和精神的彼岸流浪,文学如果不能面对灵魂的孤独、人性的复杂和人类的高贵或者卑贱,还能做什么？在微型和短篇小说领域,我们看到了宁波文学近年来那么精彩的单人独舞,我们有理由期待很多人在文学的广场上众声喧哗,就像柯灵所说:等待不是现代人的性格,但我们如果有信心,就应该有耐性。①

---

① 柯灵:《遥寄张爱玲》,选自《沧桑忆语》,江苏文艺出版社2006年版,第248页。

我看雷默小说

——精神、气息和密林丛生的内心世界

精神：从生活现场出逃

雷默的小说读起来有股冷气，这股冷气来自思考的理性和智慧的力度，他的小说绝不是冬日暖阳下的软性读物。读他的小说，会发现，小说主人公大多是在出逃的准备中、流浪的旅途中，或者即使在正常状态里精神也常游离于生活的彼岸。可以说，从生活现场出逃是雷默小说反复言说的主题，也几乎可视为雷默小说的精神符号。《逃之夭夭》讲述一个同事如何成为逃犯并以和"我"神秘联系的方式透露逃犯的流亡故事。《回去的路》讲述主人公高富外出做建筑工人，偶得一坛古董，变卖得一笔横财，逃到西北草原，折回到家乡小心安顿却终被警察带走的曲折经历。这类小说往往不动声色地描述无声处闻惊雷的人生残酷底色。另一类小说则以冷峻笔调告诉读者生活的庸常、乏味、虚假和无聊，如《出轨》《徐文长》和《江湖》。《江湖》中激扬的青春梦想破灭后不过如一场白日梦呓，三个曾因共闯江湖亲密无间的年轻人，在归家的火车站相遇竟已成陌路，曾经的热情和挣扎变成了看穿世事的淡漠。

事实上，我不想在此过多赞美类似文学主题的价值，这只是个起点，对现实生活形而上的超越当然是有价值的，只是已在文学评价中被过度放大。很多青年作家在创作起点上，表达一种叛逆、一种游离或一种类似愁滋味的迷惘，这也是很多作家戴着先锋帽子的起点。然而，文学永远不应是局限于自我世界里的精神自慰，文学应该有对现实发言的能力，这是一个优秀作家的禀赋和文学的天职，也是一个青年作家的创作之路能否拓展的必备潜质。在这个意义上，我更想谈谈雷默的另一篇小说《衣食无忧》，在这篇小说里，雷默表现出对现实生活的敏锐和忧思。《衣食无忧》讲述了一对没有血缘关系的乞丐父子在弱肉强食社会中的相互依靠与取暖：为了儿子，父亲宁愿主动挨打；为了躺在破屋中生病的父亲，儿子等在食客的桌子边上捡拾残食给父亲充饥。小说在乞丐儿子看着夜幕下的城市、对衣食无忧的未来时代的企盼中结束：

> 我不知道以后，或者说未来是个什么样子。听人说，那是一个衣食无忧的年代。衣食无忧，那是什么样的日子呢？透过塑料纸糊的门洞，我看到一个城市的夜幕正在悄悄来临，也许那样的日子正藏在这样日复一日的夜幕当中呢？

乞丐儿子的企盼承载着作者的企盼，这样衣食无忧的未来时代是否能真正到来，我没有绝对的信心——我想作者也和我一样。可是，文学的价值正在于此，在于世道人心，在于古道热肠。因为有苦难，出逃便成为救赎的方式。雷默的精神出逃主题，或多或少和他关注平民世界的眼睛有关，并在此意义上别具特质。我们应该承认，古往今来的中外文学始终保持了一种同情弱者的伟大传统，尽管平民或弱者身份在雷默的小说中大多未曾以语言直接点明,更未曾刻意强化,但如果细心地将许多小说连缀起来或对照起来,那么得出这样的印象是不难的,《小二》中的主人公是个小偷,《蛰伏》中的莫天笑是个挣扎在失业边缘的农村代课教师。雷默的小说里有生活自来的苦难,甚至残忍。

现实的功利法则中,弱者是竞争中的失败者,他们能力低下,思维滞后。在经济学和社会学的案例中他们是成功者的垫脚石。《衣食无忧》在带着调侃和冷幽默的先锋式表达的背后,却表达着作者超越自我世界和个人得失的宽阔胸襟,这是可贵的人道主义超越。文学往往在通常的社会评价之外保留了另一副眼光,对弱者的同情、关怀、尊重,甚至在某些时刻的景仰——这就是文学的复杂。可以说,同情、怜悯、体恤、多愁善感和感时忧愤是作家理解社会和人物的独特资本,正是由于作者对人类生存苦难的同情与体恤,而使雷默的笔底流淌着温泉似的柔情。

雷默的小说冷气中夹杂着暖意,形成复杂的情感力量。将自己和卑微或高贵的同类放在一起的同情,是小说的情感。没有这种人道的情感,小说便退化为一堆杂乱的符号,情感是小说和读者联系的重要通道之一。也许,现在文坛匮缺的既不是主题上的主义,也不是艺术上的能力。我们的文坛要的是作家对自己、对生活、对同类的那一点热情、投入和悲悯,要的是作家将自己的得失放在一边去为别人说话的那一点勇气,要的是作家将自己放在生活的炉火上和同行者一起体验所得的那一点感同身受。从传统向现代转化的近百年历程中产生的中国文学,历来具有为民众、为民族说话的传统,那是"涕泪文学"的传统。那些留存在文学史上的"涕泪文学"也许存在着艺术上的先天不足,但那种超越个人局限而惠及他人的情感用意,对于我们今天这个时代来说,却弥足珍贵,不啻是一剂补救的良药。

气息：代言生活的边缘人和夜游者

我认为，小说创作的难点之一是：小说家寻找到一个合理而广阔的领域形成自己的话语世界；小说创作的难点之二是：小说家寻找到一种独特的方式来讲述自己所感受到的世界。后者是题材、主题、感受、修辞、语言和结构夹杂在一起的复合体，最后形成一个作家区别于另一个作家的独特性，就如曹雪芹区别于托尔斯泰，杜甫区别于歌德和雪莱，汤显祖区别于莎士比亚。这种具有区别意义的特质，我把它称为作家的独特气息。

雷默小说力量感的其中一个来源是，他的小说有对生命的深刻理解和可能还在形成中的悲悯——我不太敢用悲悯这个词，因为它的沉重意味。凡此种种，形成了雷默小说的独特气息，综合地看整个《黑暗来临》这个集子，作者扮演着一个生活边缘人和生命夜游者的代言角色，《诗人先知》是一个具有典型雷默气息的作品，且在我看来是雷默小说中的上品。

《诗人先知》中的诗人先知是一个几乎要活起来的人物，我读到这个人物，由此而相信雷默勾勒人物的功力，我希望这样的作品在接下来的创作中会不断增加。诗人先知像一个没有长大的孩子，又像一个饱经世故的老人；他离经叛道却又脆弱孤独，他在黑夜的心脏中寻找到他自己，却迷失在白天无人陪伴的精神孤寂中。先知的种种离奇举动都缘于一种深刻的孤独感，他处在灯红酒绿中，打架斗殴，甚至寻找陌生女人的肉体安慰，都是为了迷醉自己，是为了掩盖在寓居和流浪途中所感受到的孤立无援，他在喧嚣中所表现的狂躁，实质正是孤独感的一种掩饰，在精神病院食堂墙上的"杰作"和众多精神失常者的追随，以一种变形的方式暗示了诗人内心深处无人理解的痛苦。诗人先知是一个代言,是生活边缘人和生命夜游者的代言者,而雷默则为这一类人代言。

常常在想,在这个信息和物质到处都以灭顶之灾之势扑面而来的时代,小说对大众还剩下些什么意义?我们的时代似乎不缺乏对人性之恶探微烛照的作品,可是我们的作家似乎越来越难以表现人性的美好、善良、纯真,以及人与自然、人与动物、人与人之间那种互相依赖和温暖的品质。这种面目最终让小说会失去读者。脱去那些令人迷惑的技巧外套,雷默的《诗人先知》重回故事之中,它的纯净面目让我感到亲近。并且,《诗人先知》中的叙述者"我"以朋友的身份表达着对先知的严肃态度和深刻理解,却只能因为自己的理性而对他采取押送精神病院的行动,因此,"我"面对先知而只能数度流泪。这里,"流泪"是一个不可忽视的立场。诗人先知的癫狂是因为他活得认真,"我"则因为理解而倍加痛苦。夏志清曾评价张爱玲说:"张爱玲同简·奥斯汀一样,态度诚挚,却能冷眼旁观,随意嘲弄,涉笔成趣,都成妙文。……这种成就归功于她们严肃而悲剧式的人生观。"[①]我想,《诗人先知》的好处也正在于这种只有对生活有体悟、情感和严肃判断的作家才能达到的好处。

表现"严肃而悲剧式的人生观"的这类作品还有一些值得关注,如《暗自呼喊》和《黑暗来临》。《暗自呼喊》中的汤娜是一个闯入他人家庭的第三者,无意中导致医生病妻和医生的死亡,汤娜在外表的平静中因沉重的精神自责而最终自杀。《黑暗来临》中的"我"是刚结束紧张的夫妻关系同时被宣告即将失明、终于失明的盲人。这些人物构成时代的一种人物影像,仿佛是人物投在时代幕布上的剪影。个人与人群、与他人、与时代,甚至与

---

① 夏志清:《中国现代小说史》,复旦大学出版社2005年版,第256页。

自己抗争的漩涡中挣扎的生动影像,在历史图景的底片上放大个人的意义和价值。卞之琳的《断章》中讲述的是一种相对关系,我们每个人都是生活在与他人的相对关系中,有时这种关系是紧张的,有时是松弛的。关系是人与人相互依赖的存在方式,这是人生安稳的一面。

能让我看到雷默人生观的高妙之处的作品,正是《黑暗来临》。小说开头即是结尾,"我"和"惠子"的紧张关系一开场便已结束,惠子决定离开三年,而我则被宣告不久将会失明,在这之后,人物之间的黑暗关系开始折射出光明,黑暗和光明构成一组同构,就像作者的笔名"雷"与"默"构成一组同构。这是一种人生的两个侧面,就看我们怎么去看待它。《黑暗来临》在盲人的黑暗世界里到达人性的光明,在黑暗中引领读者钻出隧道到达人性彻底的洞察和谅解,这是奇妙的事,足见作者的匠心所运。《黑暗来临》中,光明世界里紧张难控的人际关系随着"我"的失明得到彻底舒缓和安抚,嗜钱如命的朋友李四完全无私地照顾我;黑暗的世界里我能听到玩耍的孩子们快乐的笑声;"我"终于认识到"我"和惠子无法调和的夫妻矛盾是多么不值一提的琐事,"可能我们把生活中那些不如意的地方夸大了,其实能在一起过日子,相互有个照应该多好啊"。

这种引导读者穿过黑暗到达光明和善良的用意,是一种比表现极端黑暗更有力度的方式。其实在雷默的很多小说中都有此用意,只是有些稍显含糊,如《蛰伏》中的莫天笑听到俞老师得癌症的消息后一点也没有高兴起来;《小二》的结尾,当作为亲生儿子的"我"面对即将被"我"取代的错抱了的"小二"的哭泣,"他哭得很伤心,两个瘦弱的肩膀高高地伏在后背上,看得让人心疼",因此决定离开,"我觉得自己很幸运,终于帮过世的妈妈完成了一个她自己也未曾料到的心愿,这大约比我娶到媳妇更让她开心了"。

传递雷默小说的独特气息有一个细节,那就是"流泪"。这个细节表明尽管作者是生活边缘人和生命夜游者的代言人,却非冷眼旁观者。在"流泪"的细节中,传递着人性的软弱和温暖。

> 看着那几个弱不禁风的字,整整齐齐地像一排风中的芦苇倒向一边的时候,我突然泪流满面。
> 那段时间,清晨,我经常一个人去爬一座叫老鹰山的小山包,站在山顶上,我看着太阳慢慢地升起来,常常会泪流满面。

"流泪"这个举动常常是在作者讲述完一个乖张的故事后出现,好像一根紧绷的神经在极度的紧张状态中突然松弛,让我们看到人物虚张声势的动作背后普遍的软弱感。正是这样的软弱感让我们感到作品的温暖,也可以探到叙述者坚硬的语言背后那种柔软的关爱。人类的一切虚张声势终归无用,因为人终究是人,作家有本领书写黑暗,也更应有能力书写人生的黑暗中人类对温暖的渴望。如果可以,我认为,这种柔软的关爱还可以进一步深入和上升为伟大的同情和悲悯。在这个意义上,我认为《黑暗来临》中有全书最好的一段文字,当黑暗即将来临,我对这意料中的灾难没有任何慌乱和恐惧,光明的最后一刻我做的事情是:

> 我赶紧跑到书房,在相册里找到了惠子的照片,那是一张惠子读大学时的照片,像一个美好的纯真年代,照片上惠子没有一丝皱纹,脸蛋轮廓分明,目光清澈,她把头微微抬着,专情地注视着什么。我死死地盯着她,想把她的模样刻下来,印入脑海中。原来,我多么害怕忘了这个人啊。

发现:密林丛生的内心世界

我所认识的现实世界中的青年作家雷默,和《黑暗来临》的作者雷默,很不像,现实中的雷默十分不善言辞,也许这是好的小说家的禀赋之一,这一类作家往往在小说的话语世界中激发着创造的热情与潜能。小说是由语言组织起来的世界,因此,语言既是小说的外观,也是小说的本质。雷默的小说语言还没完全成熟,好像一个青里透红的苹果,没全熟,因此带着涩涩的甜味。表现在小说中,我觉得在小说的夹缝中生存的那些譬喻有时比推进小说逻辑进程的骨架更加精彩而有分量。雷默小说智慧的特性也在这些夹缝中的语言中闪现。《黑暗来临》中医生宣告"我"早晚都将失明的话"听起来像打碎了冰的声音",李四说"NO"的声音,"我惊愕地看着他,有个错觉,总觉得他像放了个屁"。《小二》《出轨》《你怎么说走就走》中,主人公有着一个同样的名字:"江洋。"作者在后记中说:这些"江洋"是不同的人,让叫着同一个名字的"江洋"去体验不同的人生。这样的方式有一个明显的好处,那就是让雷默的小说逐渐建立起一个完整的精神世界。不仅是"江洋",还有多次作为退休乡村教师身份出现的"俞老师"。因为短篇小说的篇章所限,作家不可能在小说有限的文字中全面地展现人物内心世界的多面构成,在不同的小说中反复出现的"江洋"和"俞老师",让读者逐渐累加起这些社会底层人物的变迁人生和多元性格。

无数的生活细节闪烁出奇特的面目,这个庞大的生活区域交付给纤细而又敏感的内心。文学负责记录内心,记录这里的潜流、回旋、聚散以及种种不明不白的波动和碎屑。某些时候,这一切可能在历史之中汇成一个醒目的潮汐;另一些时候,复杂的内心生活仅仅是历史边缘的回流,甚至仅仅是历史不得不偿付的代价。但是,这个区域顽固地存在,这个区域的意义只能由文学来显示。雷默的小说有感受和表达隐秘内心世界的能力。《徐文长》《妹妹》《阿静》和《狐狸》都具有这样的特点,只是表现的娴熟程度不同。雷默的小说有些依托于外部情节,有些依托于情绪,以梦呓、独白和心理流程的方式来呈现密林丛生的复杂内心。许多时候,复杂的内心生活无法依附于紧张的情节。"为什么侦探小说很少被授予杰作的荣誉勋章?通常,侦探小说情节的构成如此严密,以至于种种内心生活再也找不到足够的空间了。"①

《徐文长》是一部有意味和意义的作品,它以第一人称的叙述视角展现在恒常世界之下普通人的隐秘内心,充满着生命的无序感、荒诞感和焦虑感,对自己名字极不自信的徐文长虽最终受惠于这个曾经讨厌的名字,然而在舅舅讲徐文长老故事的过程中"我"不自觉地流下了眼泪。《黑暗来临》中同样有一段话告诉读者,人物外在行动怎样与内心世界的逻辑紧密联系,它为人物的现实行动转变提供充分理由:

> 我特别珍惜每一个太阳升起的时刻,我还告诉自己,等黑暗来临的那一天,我一定要看夕阳下山,把黑暗葬送在黑夜里,那可能是我跟光明告别最好的方式,就当太阳在那一天落下后再没起来。

雷默的小说触及一些人心的幽暗角落和模糊地带,让我必须回头重新去想,再去想,去设身处地和感同身受,这是他的小

---

① 南帆:《奇怪的逆反》,《当代作家评论》2008年第6期。

说用力的一个重要方向。《狐狸》中由盛而衰的主人公胡莲是一个令人难忘的角色,这个角色的主要力量不在于外在情节,而在于内心世界的变动,它表达出在礼数道德的牌坊下女性难言的性别压力。这篇小说让我想起丁玲的《我在霞村的时候》中的贞贞,"在强调男女防闲的社会里,女性的身体一方面被视为孕育生命的神圣处所,一方面却被视为藏污纳秽的不洁表征;一方面被默认为欲乐享受的源头,一方面也公推为伦常礼数的劲敌。正因为女性身体是如此的美好却又危险,男性社会才得善加使用之余又严加防范"[①]。小说中前五分之四篇幅中,女主人公胡莲都凌驾于男性之上,扮演生杀予夺的角色,因为美貌、青春和城里人身份,她的青春一度因为受到男性的热捧而风光无比,然而当这一切失去,尤其是当她的名声被周围人的口水败坏后,命运便急转直下,无法控制。尽管叙述者一直保持着冷静的第三者叙述视角,笔触点到即止,绝不越线,但我们还是可以从结尾一段文字中,捕捉到胡莲痛苦压抑、曲折复杂的内心世界,将魅惑的狐狸与可怜的猫之间建立了联系,跋扈的胡莲在这个女贞枷锁的世界里不过终于成了一只楚楚可怜的流浪猫。

　　小说需要细节来支撑起物质的外壳,从而形成叙述的可靠性。即便是荒诞、夸张、变形、漫画、寓言等现代派的技巧也需要细节和事实来形成叙述的可靠逻辑,T. S. 艾略特、卡夫卡、博尔赫斯等世界级的现代派大师无不这样告诉我们。这些技巧无疑给了我们作家创作上的方法。可是,很多时候,方法的滥用也会伤害到艺术可能达到的纯粹性,何况,任何独特的形式只有和独特的内容放在一起才能有真正的价值。

---

① 王德威:《做了女人真倒霉》,《想象中国的方法》,生活·读书·新知三联书店1998年版,第175页。

另外，还有一个现实的民族审美的传统，要中国的读者完全放弃建立在情节和故事基础上的阅读习惯是不可能的，这是我们的作家必须面对的民族审美传统。民间笑话说，一百个中国读者也许只有十个人能硬着头皮啃完《尤利西斯》，其中难免还有撒谎的，如《尤利西斯》那样完全建立在主观心理世界基础上的皇皇巨著，只可能诞生在拉丁语系中，也只可能在它的母语世界赢得它的读者。移植是不可取的，可行的只能是局部改造为我所用。对中国读者来说，绵密、细致而可靠的物质细节是作者引领读者到达作品思想深处的唯一通道。是细节连接起了客观生活和主观思想。

卡尔维诺在《为什么读经典》中说：经典作品是一些产生某种特殊影响的书，它们要么本身以难忘的方式给我们的想象力打下印记，要么乔装成个人或集体的无意识隐藏在深层记忆中。想象力、艺术创造、时代记忆、集体意识，是古今中外伟大作品普遍的要素。我不敢妄言我完全读懂了雷默，写作和阅读就如道路旁的两排行道树，彼此呼应，如果有那么一点兴会和理解的快乐，就是很好的事了。期待雷默在他的文学之路和人生之路的交错中不断得到收获和蜕变。

小说重新结构了我们的生活

——对雷默小说人物关系的一种分析

每个人的生活如一盆被倾倒的水,一旦被倾倒,就覆水难收,看起来随意流淌,自由、散漫而无序,实际上水的流向决定于这个世界纵横交错的复杂结构。外部世界的一道坎一道辙,内心世界的一闪念一转折,都可能改变生活最终的流向。尽管置身其中,谁敢说:我们了解这个世界的所有肌理和结构?

作为一种艺术的功能,小说超越生活的现实,将难见庐山真容的我们自己的生活重新结构。在文字、想象和表达的世界里,小说将我们周围的人物重新浮现,将我们置身的关系重新呈现。它将我们时时看见却看不清楚的现实世界拨弄出本质的面貌。这是小说家的本领和文字世界的意义。在文字的世界中,应该存在着一种审美的结构功能,这样的审美结构赋予艺术自信,这种审美的功能闪耀着小说家的独特思维、语言表述和倾诉方式,如雷击产生的光亮闪耀划过天空,照进混乱无序的现实和逼仄阴暗的角落,产生一种可能的新视角,重新塑造我们置身其中的现实。

《气味》是雷默的第二本小说集,《黑暗来临》之后,我们再次看到雷默观察世界和呈现世界的卓越能力。艺术的敏锐性、文字和思维的辨识度、人性考量的深度、人文主义的温情与力度,他向读者诉说的,比这些还要多得多。将所有的一切综合起来,今天的话题,我只归纳一个中心:雷默的小说通过小说化地结构人物关系而重新结构我们的现实生活。下面来谈谈两种人物关系。

一种关系:小说《我们》的亲人伦理

《我们》是一篇成功结构了人物关系的小说。小说呈现了一个客观存在却从未成型的三角关系:女主人公杨洋—杨洋已经牺牲的消防员丈夫肖林—从未现身的肖林的情人安虹。故事从肖林去世后开始写起,承载故事冲突核心的媒介是肖林留在消防队更衣室箱子里的手机。肖林死后,他留下的手机被移交到杨洋手上,杨洋惊讶地获悉肖林原来有一个隐秘交往的情人安虹。借助肖林的手机,杨洋与安虹未曾见面的较量构成了小说的中心矛盾,事实上,这样的较量完全是杨洋的一厢情愿,探疑的愿望,甚至复仇的火焰都只在杨洋心里发生,安虹一无所知。小说全文流淌着女主人公内心世界无语的哀伤和隐秘的仇恨,但复仇的火焰最终未能燃烧起来。雷默设置了一个突转的结尾:在肖林的追悼会上,杨洋手上的肖林的手机响了,那是不知道肖林已经牺牲的安虹打来的求助电话,她所在的大楼发生了震惊全市的重大火灾。"事后证实,这场震惊全市的火灾是杨洋最先接到求助电话的。等消防车开出大门时,火警值班室才第二个接到求助电话。"整篇小说是一场充满偶然而又必然的组合:杨洋延续了丈夫的一重职责,她成为一起重大火灾事故的第一个接警员;诡异的是,杨洋还延续了丈夫的另一重职责:保护安虹,在危险到来的时刻成为安虹第一个求助的对象。小说结尾依旧是安虹没有出场,她也许安然无恙,也许就是躺在医院病床上的那个木乃伊,她依旧对肖林之死一无所知,因为杨洋接手了肖林的手机并接听了她的电话。

这篇小说中,雷默结构人物的方式至少有两处是非常成功的。

杨洋与肖林。杨洋是肖林的妻子,他们之间本应是小说所有关系中最亲密的关系,杨洋在肖林牺牲后是唯一可以并且也是事实上合法出场的亲人,在伦理身份的层面上她是消防员肖林的遗孀,指导员将与肖林有关的后事都交予她。沉静内向的杨洋表现出巨大的勇气,她承担着以遗孀身份处理所有肖林后事的任务。然而,在情感世界中,杨洋并不是肖林最亲密的人,肖林是众人眼中的老实人,可却在上演所有人都不知道的故事。在他生前,如果不是死亡,这一幕也许永远不会被发现。阅读小说的过程,我们不时感到一直存在却从未点穿的错位,然而这样的错位始终未被完全点穿,只是作为隐含的主题藏在人物关系中。小说开头有一伏笔:"肖林知道她在这幢大楼里上班,杨洋推开窗户的时候,希望消防车的车窗下能伸出一只手来,朝楼上挥动一下。如果能有这样的呼应,杨洋也许就不会这么失落。"这样默契的呼应从未出现。肖林死后,杨洋无意中最终弄明白这样默契的呼应没有出现的内在原因,肖林的心中有一个比她更亲密的人安虹,肖林在出发前,给安虹发出的是这样一条只有亲人间才会采用的简单格式:"古林火灾,我出去了。"小说家借累积的错位重新结构了我们可以目见并被现实承认的那一部分现实,小说使惯常的现实走了样,文字照亮了隐秘的角落,重新结构起我们所置身其中的人物关系和精神现实。

杨洋与安虹。安虹是杨洋丈夫的情人,本应是杨洋的仇人。《我们》的高妙之处在于自始至终都未将复仇的火焰点燃。杨洋看起来沉静,实质坚强,并且有强大的爆发力,这从她和母亲的关系中可见一斑。她不停在盘算如何找到安虹并与之对质,但她始终在犹豫、摇摆和自我怀疑之中,最终在她决定要去找安虹的时候,火灾发生了,生死的巨痛面前,爱恨情仇都变得无比渺小。杨洋如何看待和面对安虹是小说的主题核心,这样的关系处理无疑是成功的,愤怒的张力变成了温情的和解,和解比复仇更有力。杨洋对安虹情感的变化是在火灾后的医院里,她本想借着手机的铃声找到安虹,在医院的走廊上,杨洋看到躺在上面被绑得像木乃伊一样的伤员。"那群忙碌的人变得非常遥远,像蚂蚁般大小。"杨洋最终放弃了寻找安虹,她折返了,在一座教堂的门口,杨洋从门缝里凑进去看到救苦救难的耶稣像被摆放在最里面的高台上,耶稣"悲悯地俯看跟前的众多信徒"。杨洋隐藏着的复仇火焰完全熄灭,她将手机卡丢进了小河里,芯片在水面划开一道口子,远处经过的红色消防车仿佛成了一个老朋友。

就人物关系来说,安虹在杨洋的生活中曾经存在过,但从未现形,导致肖林牺牲的一场火灾和安虹报警的另一场火灾之后,安虹从杨洋的生活中永远消失。爱情、愤怒、危险的火焰曾熊熊燃烧,最后安全而合理地熄灭。本质上去想,回过头去追溯,杨洋的生活出现如此重大的转折与安虹关系密切,却从未在现实世界中被人们看见。在这个世界中,有很多潜在的人物关系,看见或看不见的,它无处不存在着,如此广泛地存在着。

《我们》是一篇讲述亲人伦理和熟人伦理的小说,通过关系的揭示呈现这个无比复杂而又温情脉脉的世界。雷默这样的小说还有《光芒》《无处逃遁》和《殿堂里灯火通明》。

另一种关系:小说《气味》的陌生人伦理

小说集《气味》的同名小说《气味》,让人读后难忘,掩卷沉思:伍毛是个怎样的人?伍毛到底是怎么回事?作者通过伍毛想表达什么？

伍毛有一个社会身份：一家名叫锦绣图书馆的工作人员。他的这一社会身份出场次数不多，冒出来两次，虽作用关键，但并不被强调。倒是他的另外两个面目模糊的自然身份占据更多比重：一个都市广场上的无所事事的游荡者、一个追逐女人的尚未成熟的青年人。伍毛和张妮的邂逅看起来是一个刚刚进入青春期的男子嗅到了他所喜欢的异性气味而发起的自然进攻。但致命的问题是：伍毛与张妮是陌生人。因此，分析作为青年男性的伍毛与作为青年女性的张妮之间的关系，关键点就在他们是陌生人。"他想，如果以一个陌生人的身份约见对方，她肯定是不会出来的。那如何让自己变得不陌生呢？"伍毛展开追求行动的难点在于从陌生人向熟人的转化，他伪装成化妆品推销员的计划一度看似高明，但很快就被识破，原因就在于陌生人往往会有更多戒备，并且不是所有的陌生人关系都可以成功转化成熟人。当张妮在警察面前说她不认识伍毛的时候，从陌生人到熟人的转化宣告破产，伍毛对一个陌生异性的追求计划也宣告流产。

《气味》当然不是简单到只是讲述一个青年男性与青年女性之间的求爱故事。小说还埋下了很多脉络和伏笔，正是这些社会结构的脉络和伏笔作为潜在的轨道，导向了伍毛求爱计划的最终失败，同时还昭示了他所置身的社会与时代。第一重伏笔是张妮的家与伍毛的办公室之间的距离，这显示的是陌生人之间的空间关系。伍毛在广场上邂逅张妮的时候，她对于他完全是个陌生人，当伍毛第一次去张妮家里装作开展市场调研实质是套近乎的时候，他惊讶地发现张妮家就在自己办公室后窗下的一条巷子里。在一个偌大的城市里，一个人就住在你办公室后窗下的巷子里，这在空间上是多么近的距离！空间的近距离和关系上的远距离,构成了一组客观、荒诞的悖论。乡村伦理中,空间距离与关系距离是呼应对等的,七姑八婆,三爹四叔,邻人就是亲人和熟人。空间距离与关系距离的悖论是城市中的人存在的常态。《气味》这一笔处理,看似淡,却一下子提升了主题的深刻度。

第二处伏笔是张妮、伍毛、张妮的外婆、伍毛的父母、伍毛的同事所构成的公共社会关系。我们拿离得最远的那一组关系来分析,可以发现最远的社会距离也可造成非常切近的影响。伍毛的同事与张妮的外婆,这一组关系从未发生正面联系,但他们却相互左右、相互影响,好似自然界中的蝴蝶效应。伍毛在广场上游荡的情形呼应伍毛在单位被边缘化的情境,伍毛在单位被边缘化的情境呼应了伍毛在广场上闲逛的情形,伍毛在广场上闲逛的情形导致了伍毛向张妮求爱过程中的被动与慌乱,伍毛向张妮求爱的被动与慌乱导致张妮报警,张妮的恐惧和报警导致张妮外婆同意拆迁办将老房子拆除的要求,从伍毛和伍毛同事办公室后窗可见的张妮家的老房子消失了,办公室的外面出现了一个施工场地,一棵巨大的古树被挖走了,每天都传来推土机的声音,到处是灰尘。伍毛重新回归那个他熟悉又陌生的同事圈中。

将伍毛的故事,包括他的生长环境与工作环境、心理环境与人际环境画工笔画,在一个短篇里包含着提炼过的丰富信息,显示了雷默于细处落笔的天分,寥寥数笔即将人物画活在文字中。将伍毛周围的一个个个体人与人群所构成的对比关系勾勒出来,像画浮雕一样打好时代群像的基调,再将主角刻于背景之上,这就不只是画工笔画的细心,这表现出作者刻画时代本质的一种企图、一种努力和一种野心。在《气味》中,雷默将伍毛一等众人置于中心,放大他们的动作、心理和语言等外部符号,背后的真正用意是张妮家门上那个大大的"拆"字所象征的由拆迁和废墟所构成的正在改变的城市。连追个女孩都和"拆迁"扯上了关系,这就是我们所处的这个到处是废墟的时代。

如《气味》这样的作品还有《芝兰桥轶事》《梦想乐园》。你看,《梦想乐园》的结局是梦想乐园随着那栋老楼的倒塌成为废墟,这不是巧合,这是真的。

在现代文学史上,曾有一篇在我看来几乎实现了完美理想的短篇小说:林徽因的《九十九度中》。小说通过一组个人的小故事讲述社会和时代,通过连环套的方式将看起来本没有关系的故事连缀起来,以构成清明上河图式的社会全貌。这是只有林徽因这样空间感极强的建筑师才能写出来的小说。在华氏九十九度的高温中,一户钟鸣鼎食之家的老太太要做大寿,挑夫挑着大户人家在酒楼定制的酒菜送进那高门大户,酒楼前等生意的车夫、酒楼里办婚礼的青年人、黄包车上赴约的衙门职员,这些散乱的故事通过重组,变成了"你在桥上看风景,看风景的人在楼上看你"的关系相对论。没有主角与配角,没有主要与次要。午夜暴毙的苦命挑夫和做完大寿的好命老太太,都是这个社会客观的构成和存在。这样的小说决定于作者的艺术能力。但仅仅是这样的艺术能力是不够的,艺术说到底是有多功能的。它不只是比敏感,比技能,比腔调,它还比境界。在《九十九度中》里,林徽因通过散乱故事、散乱人物的重组,于呈现社会全貌的过程中,表现社会阶层的分化和贫富差异所带来的灾难和悲剧,这是艺术境界。艺术能力是一种细腻的本领,艺术境界是一种壮阔的本领,它们相互支撑,相互给予,相互成就。

雷默的小说中,如《我们》,显示的是艺术能力;如《气味》,显示的是艺术野心。两者相互需要,互相印证,共同成长。相互结合起来,雷默的下一部小说篇制应该转向长篇,他已练好了手,该来个大手笔。

短小说何为

——由雷默四篇近作谈及他从前的一些短篇

我们的时代,仿佛动力火车拉起了时速,一切都很快,包括写作的速度。在一些写作者那里,书桌前码字,变得和工业流水线上的装配工一样将速度和数量视作理所当然。追求速度、数量的写作对于文学作为艺术的功能绝对没好处。当然,拿它换钱买酒喝或派点别的用场又是另一码事。古往今来的文学史告诉我们:又有几个作家能像巴尔扎克那样为应付催账单而成功地建造起文字的巍峨大厦载入史册?急速而量大的写作以失败告终者居多。有鉴于历史的经验,有鉴于阅读的感受,看多了那些一时占据数量优势而终难被历史永远高估的人,我真心欣赏那些写得慢、少而质高的作家。慢是一种目标的自律,更可贵;慢是一种自尊的素养,更高级。慢的速度感体现着写作者的耐心、定力、对深度的追求、对数量的控制和内心深处对于远景的充分自信。

十数年的写作,雷默只有《黑暗来临》《气味》和《追火车的人》三本小说集。我相信他写得要远比面世的作品多,他反复打磨修改甚至推翻作品的时间或许能以不那么较真的态度再多出三五本。但他只有三本集子,在这样一个人人比速度和数量、争先恐后犹如赶集的时代里,这非常好。集子与集子之间各自分明,篇目与篇目之间各自分明,一个个都长着自己的面孔,流露着自己的品性,那样独立、清晰、笃定地报得出自己的来路,这非常好。

欣赏雷默只有三本小说集,并且,此文主要谈他 2015 年以来的四篇近作。如有必要,再追溯一下这四篇近作与过去作品的关系。成年人的容颜里藏着少年时的轮廓,少年已追不回,也不必追。看近作即可知过往至今的轨迹、布局与秉性。

慢的速度感:《信》

小说《信》在雷默的小说序列中具有象征意义,它象征着雷默作为一个写作者的感受力和表达式。《信》的道具是邮寄的信件。借助这个具象的参照物,雷默有效地提醒读者:我们一起坐在一趟叫作时代的列车上。我们坐在高速行驶的列车上,忽略了相对速度的比较而糊里糊涂地跟着跑,身体跑在了前面,灵魂丢在了后面,身心分离不自知。什么是我们的时代?时代太笼统,在《信》里,时代就是"信"。

《信》以慢倒带的方式写出了时代的快速。信件、田老师、田老师的年轻夫人彭娜几十年平静生活所构成的原地是静止的参照;"我"、新闻报社充满新事物嗅觉的工作、"我"与大学时代女友的分手、"我"与老婆带着成长中的儿子、互联网和一秒即达的电子邮件构成了向前运行的时代。这两个世界本来已互相隔离、互不相干,但有一天因为一个联络电话而构成比照和互动关系。"我"借助给九十多岁的田老师写信、寄信、收信的环节,重新整理了"我"的现在、过去和未来,重新打量所置身的这个世界如何以我们不可控制的速度和方式往前跑,重新感受在生老病死的永恒规律里那些被留下来的真正珍贵的东西。《信》,测出时代速度感的方式是倒带，倒带带出了将时代列车放慢后的速度感。这样的方式，是艺术的方式。世界就在那里，对于小说家来说，他的使命和任务只是寻找到一种方式将它表达出来，这个方式找到了，这个艺术品就成了。

慢，使作家进入了世道人心的内部从而获得深度。小说中，田老师与夫人彭娜的关系是重点，雷默着墨不多，勾勒却异常清晰。两人的关系大概包含以下逻辑情节：①97岁的田老师告诉"我"，彭娜当时也没有想到他会活得这么久；②彭娜将田老师照顾得非常细致，她的细心照顾进一步延长了田老师的生命；③田老师与彭娜在一起以平静方式度过了很长时间，彭娜从年轻美貌的姑娘进入了貌似变局越来越小的中年；④田老师死后，彭娜远走他国的原因是她无法接受一个遍布着田老师影子的祖国大地，她是逃离而不是背叛。从以上经我改写顺序后的情节逻辑来看，这部小说本来可以写成具有冲突性的故事，故事可以很精彩、很曲折。事实上，《信》里这些冲突和矛盾都写得非常和缓而隐蔽，和缓隐蔽到轻易不会被发现。田老师和彭娜在一起度过的长达几十年的时间，只是借助互联网兴起后信件消失、数码技术兴起、照相馆停业的背景反衬而得到确认。他们之间的故事也只在我与田老师通信的过程中以八卦心态从侧面有所提及。这是一个完全可以换个题目、换个写法变成冲突戏的题材，但事实上它根本就不是，它被成功地写成了在时间的河流里旧的战胜了新的、慢的战胜了快的、静止的战胜了流动的等关于时间的普遍性命题。

《信》有一种慢慢看的艺术感，它重新确立了时间河流里那些不会消失的价值，爱情、友谊构成每一个即将消失的过去的我的一个个此在。因为写得慢，要写慢，所以小说的节奏非常从容，闲笔在急处闪光。"我"明明急着找到写信的笔，却在找笔的过程中重新回味了恋爱时写给老婆的密密麻麻的情书,将叙述者"我"以看似散漫的方式轻轻松松就写得很清楚。看似无规划的叙事节奏,暗喻着我们的人生,轻重缓急、情浅义重岂是理性可以规划?闲笔在情节的缝隙里闪亮。《信》不仅写慢的速度感,本身也以慢的速度感成就了小说的独特气质。

冷酷、希望与平静:《告密者》

作家以第三只眼将世界和人心看清,他的心脏也有两个心室:一边有多么冷,另一边就有多么热。在这一点上,《告密者》是一个值得深读的作品。

《告密者》是个如此血腥的故事,它以极度的冷静讲述内心的怯懦和残存的尊严如何打开了胆小者的凶恶和残暴,却在讲述的过程中充满了软心肠的忧伤和在场者的游离。张力构成了魅力。雷默在创作谈里说:当蝴蝶挥动翅膀的时候,谁能想到那是一场风暴?《告密者》写得极有耐心,作者抽丝剥茧地层层打开人心的内核,引发凶杀案的动力层层累积,整个故事无懈可击,最后的炸药终于被点燃,国光的爸爸用一把磨了三个晚上的尖刀刺死了邱老师。孩子间的原始嬉闹和无意泄密引发的人心连环套以成人世界的凶杀案方式得到解决。动机是这样的原始,方式是这样的粗暴,死亡是这样的无谓,孩子间的故事放大了成人世界精神深处的紧张、盲目和暗斗;孩子间的故事犹如反射玻璃,折射出成人世界人性底层的嫉妒、虚荣、冲动、怯懦、自私和不堪一击的脆弱。

《告密者》成功地设置了一组人物关系的多米诺骨牌,并以无懈可击的方式被完美推倒,它固然有凶案小说的机警和严谨;但相比于情节上的完美设置,我认为将这部小说在品格上推向高级感的是叙事者"我"的游离立场和忧伤情感。当"我"父亲在"我"去镇上上学伊始即希望白发老师予以照顾的时候,当由"我"父亲的告密而导致国光纠集同学们对"我"孤立的时候,当邱老师在课堂上以严厉批评国光的方式保护"我"的时候,甚至当凶杀案已经发生,国光父亲被带走,"我"在街上再次偶遇国光的时候,"我"的情感态度始终未与成人世界的判断完成融合。这是一场没有达成一致的道德审判。孩子与成人遵循着不一样的判断系统。"我"一直希望的是能回到入学之初,坏坏的国光始终对"我"一个人另眼相看,把"我"当作一个难得的朋友。这是孩子内心的柔情和纯真,可是成人把这残存的柔情和纯真弄丢了。

  小说隐蔽地交代了国光父亲的状态:他胆小,要面子,性格简单,妻子死于惨烈的车祸,独自抚养孩子,一直被人看轻。可是在事件进展的过程中,这些具体细节没有被成人世界的逻辑照顾到。大人们都忙着从自己的逻辑出发希望事件按自己的愿望推进。在这部小说中,有一个人物值得注意,他就是"我"父亲的老师——白头老师。白头老师带着"我"父亲的委托前去和国光父亲谈一谈,他的身份是国光父亲和"我"父亲共同的老师,但最终的对话变成了"我当没有你这样的学生"和"我当没有你这样的老师"。身份成了障碍,引发了国光父亲以最后一点野蛮力量维护自己被忽视的尊严。胆小的人证明了一次不胆小,吹牛的人终于动了一次真格,被轻视的人终于以野蛮的形式被正视了一回。通过小说我们再次确认现实的误差:在人物关系的谱系中,有多少次,我们因为错误估计和错误设置关系路线而导致场面失控?如白头老师,如邱老师,如"我"父亲那样?无人无意为恶,但恶由众人酿成,众人的合力终于导向一个完全不可知的黑暗陷阱。最终,一切失控了。

有必要再重温《告密者》的结尾,这是个短促而有深度的结尾:

> 我后来在大街上碰到过一次国光,他远远地看到我,像碰到了鬼,下意识地往角落里躲。其实那一瞬间,我也下意识地想找个地方藏起来,我们彼此都看到了对方的惶恐,随后都慢慢地镇定了下来。

即使平静的生活表象下暗流涌动,像船遇冰山一样一旦触礁即船毁人亡;然而,就像小说的结尾"我"与国光逐渐"镇定",所有的人最终都会平静下来。这件凶杀案最终会被生活的河流掩盖在河床的淤泥底下。人性中有一股自然存在的力量会重新控制住场面——平静。是平静扛住了黑暗的闸门,让脆弱而无助的人们出于安全感的需要留在太阳底下,这是人性最后的底线和规定性,它和冷酷、和温情一样在灵魂中默默存在,那是从漩涡、斗争和疯狂中复归正常的力量。《告密者》中,这三者都全了。

虚实产生意味:《深蓝》

好的小说,需要作家有坐实物质的敏感性与表现力。好比《红楼梦》中丫鬟、小姐用的绉纱窗、穿的锦缎衣、住的大观园和行酒令时铺开的琳琅酒席。人物具体在哪儿活动?怎么活动?活动与环境的作用与反作用是什么?环境起了怎样的作用?这些都靠物质性细节的建设在小说中得到确认。《深蓝》的物质是一艘远洋轮船,船舱、甲板、桅杆、渔网、油腻的床铺,隔开床铺与床铺之间的幔,几十条香烟码在床上,方便面和色情杂志,工友、老板、得忧郁症跳海自尽的孤独的狗,这是《深蓝》的物质性。这些物质环境显得很可靠,故事都在这里展开。空网捕捞的不详预兆最终坐实,王武在大海的风暴眼里为救"我"而丢了性命,和他第一次出海时带出去的狗一起被大海召回了生命。

  《深蓝》的叙事者"我"是一个成长期的叛逆少年。"我"与父母之间在情感通道中的不畅和疏远使"我"踏上了远洋航行的旅程。这是成长小说的一般套路:主人公从家庭出发,出门游历,遇见各种意外和传奇,经历内心的冲突和嬗变,最终长大成人。看起来《深蓝》似乎也具备这样的套路要素。使《深蓝》摆脱一般成长小说套路痕迹的是小说中没有坐实的部分——这与坐实的远洋渔轮的物质环境构成了虚实呼应。正是这些虚化的部分使小说出彩。实的写实,虚的写虚,大海的归大海,人类的归人类。小说的题目"深蓝"是个深刻的隐喻。探究王武为什么见不得人落水而拼出命去救,从可见的故事元素推理,有两点是可能的原因:①王武曾答应"我"的父母会照顾"我",他搭上性命相救只为信守诺言;②海风吹起的床幔后照片上那个与王武相像的少年或许是王武的死去的孩子,他搭上性命相救只为父爱的转移。

  小说的实提升可读性,小说的虚则产生意义的空间。《深蓝》最终并没有将原因点破,好处就在这里。《深蓝》如一场生命的潮水,将读者的悲伤淹没。海上暴风雨的恐惧过后,反观生命的崇高,这种崇高感曾经流淌在一副卑微的骨头里不为人知。就像雷默在创作谈里说的:"短篇小说并没有一个固定的模式,它有时可能也没有一个完整的故事或事件,而只是表达一个情绪或片段。小说被故事或者情感填满都会失去内在的气韵。"最终点化现实的是培根所说的"心灵幻象"。王武救"我"的背后还有很多推测的可能,人性多向度的可能——比如出于愧疚?出于水手的职业自信?像自杀的狗一样对无穷无尽的大海较量与探究的本能？大自然的魅惑力召回了在大海上讨生活的人的命？然而，这些原因都已不重要了。生命就像蔚蓝幽深的大海，温柔而又狂暴，野蛮而又崇高，壮美而又残酷。《深蓝》是个诱惑，诱惑我们读完，它或许不指向任何意义，却又对意义无限敞开。

短篇的高级艺术感:《奔跑》

《奔跑》是部写小人物零余者的小说，这样的题材和人物在雷默过去的作品中并不少见，并且这次走得更远。这次是走不了路的残疾人。雷默一直以来对弱者心怀柔情，一直在意被忽视的那些边缘人，他过去的多篇小说写小镇乡村和城市里的流浪者、漫游者，他的视线经常是在大众目光所及的平均线以下停留。对于写作来说，选择即情怀，只有心怀慈悲和爱，才能将视线的水平坐标放得那么低。《奔跑》是边缘人的存在之歌，诗意提升了小说之美。《奔跑》是一篇具有超现实感的小说，是一首飞翔的诗。我颂扬雷默在其他小说中的现实感，更加颂扬在《奔跑》中营造出来的超现实感。混合着眼泪、鲜血、伤痛和自卑，以骑自行车掩盖生理缺陷的飞翔渴望是残疾人马良内心深处的歌。他努力工作日夜修鞋、毫无吝啬买车修路、勤奋谦虚学骑自行车，终于，他学会了骑自行车，"马良不骑自行车的时候是个修鞋匠，骑上自行车大约会变成一个诗人"。他变得和一天到晚在鸟笼里修钟表的浩明不一样了。最终，马良的飞翔之歌尽管失败了，但毕竟唱过了，他说："骑上它，我才明白为什么形容一个人跑得快叫'风快'，耳朵旁边就是风声，呼啦啦头发全往后扬，你看看我的头发，跟理发店吹出来似的。"马良尽管非常希望将骑自行车的飞翔之歌继续唱下去，但一个残疾人对于现实的驾驭力是他无法超越的,他付出的失败代价实在太大,一脚高一脚低的马良从此失去了一条腿:马良在医院里躺了三个月,然后拄着拐杖,拖着一条空荡荡的裤腿出院了。空荡荡的裤腿,马良和没有腿的好朋友浩明重新一起坐进了鸟笼,一个修钟表,一个修鞋。但是,等一切摆完以后,人们把目光投向了马路的尽头,那里仿佛随时会出现一个奔跑的身影。过去他们的视线只盯着手里的手表和旧鞋子。经过了自行车之歌的洗礼,生活毕竟变得不同了。

《奔跑》以循环闭合的结构建构了小说自身的艺术感,结构美感提升了小说的理性美。雷默曾在《短小说的格局》中写道:"我觉得,短小说虽然篇幅有限,在做好细部的同时,也应该有相对开阔的视野。在这一点上,西方有些优秀的短篇小说作家做得特别好,他们在小说可能性上不失丰富的同时,又能站在一个时代的高度,用全人类的视角去开拓小说的疆域,这尤其值得我们借鉴。""我突然想到,这大约跟在米粒大的象牙上微雕是一样,应该在米粒那么大的地方闪转腾挪,刻出一座豪华的宫殿来。"细部与格局,这两者其实是不矛盾的,如果都可以做到,那应该就是一部优秀的短篇小说。《奔跑》的结构可以看到雷默的匠心,鸟笼—马路—鸟笼,他像文字工匠一样铺起一条路,让浩明和马良这样的可怜人在生活的轨道上转一圈,风光了一回,嫉妒了一回,担心了一回,同情了一回,认命了一回,感叹了一回,又回到了原点。弱势者的弱势不仅通过故事得到表现,更通过结构得到点化:正常人骑着骑着就骑出去了,残疾人骑着骑着就摔坏了。精巧的结构里藏着人性的无限悲凉,这是底层关怀的另一种写法,更隐蔽、更含蓄,也更具艺术感的写法。

汪曾祺在《短篇小说的本质》中说:"短篇小说者,是在一定时间、一定空间内利用一定工具制造出来的一种比较轻巧的艺术。……一个短篇小说,是一种思索方式,一种情感形态,是人类智慧的一种模样。"①这样的写法我们以前在雷默的《气味》中也见到过,通过一个人的嗅觉,处处埋伏笔,最后勾点成线,连成门上写着"拆"字的到处是废墟的时代。短篇,可以在精巧的形式里见到惊心动魄的时代,见证人类情感、智慧和思维的高级形态,它没有体型的拖累,更加直见人心,短篇的篇制可以在美的形式上引起读者阅读的颤栗,也可以达到思想深处长久的回响。

丹纳在《艺术哲学》中谈如何写出一流的作品时说:即便是同一个作家,他的才情、教育、修养和努力始终相同,但写出平庸作品的时候,作者只表达了一些浮表而暂时的特征,写出杰作的时候,却抓住了经久而深刻的特征。② 可见"特征"——题材的偏好与艺术的风格经过作家心灵幻象的反射所形成的整体,对于一个作家确立自己的地标如此重要。雷默的小说,在小篇制里能如《深蓝》一样探底幽深的人心,又能在小篇制里如《奔跑》一样将跛足青年的灵魂带离沉重的大地,在邮票大的地盘上见到开阔有度的大气象、大时代。那么,就像汪曾祺、林斤澜或者契诃夫、卡佛一样,一生只写短篇,只重在写短篇,只把短篇写好。除非真正想好了长篇的变法术,否则,写长篇的事情就让别人去干吧。只写短篇,已经足够,短篇可以大有作为。

---

① 汪曾祺:《短篇小说的本质》,《北京文学》1997 年第 3 期。
② [法]丹纳:《艺术哲学》,傅雷译,江苏文艺出版社 2012 年版,第 353 页。

海蛟先生,浙人的散文路,你沿着走

恋上文学,恐无退路。一生最长百年,终将化为虚无,靠什么让我们恋战此生脱离虚无?人生的宴席终将散去,现世里的同道和知己毕竟有限,在我们离开后只有文字留下来替我们等那惺惺相惜的后来人。

海蛟钟情于寒霜与玫瑰交错的道路,倾力于刻写生命里爱与痛的交织,"踏着荆棘,脚下才能开出莲花来"。我们在文字中邂逅散文中的浙人鲁迅、周作人、朱自清、郁达夫,或许还有苏青。将来,也定有人在文字中邂逅你,浙人的散文路,你该继续这样沿着走。

相比那些文体的多面手,我更喜欢一个作家只把一种文体调停得最拿手、最活泼、最钟情。海蛟也写小说和其他文体,但他写得最好的还是散文。散文的后面站着一个人,散文是读者与作者之间最可靠的消息驿站,散文是作者将自己的人生所得淬炼成最切近的文字。气质、性情、品味、修养和情怀,是怎样的人,就有怎样的文章,散文最是藏不住那一个人。

海蛟对生命炽烈的情感与真诚的敬畏全在他的文字里。在那一团乱糟糟升腾起的人间烟火中怀揣着他对生命的爱与忠诚。他说:我有两个同岁的兄弟,一个是黄牛,另一个则是松树,我们都在1980年的初春降生在一个小山村里。然后,开始各自的成长,小男孩在石墙黑瓦的屋檐下成长,小牛犊在铺着干草的仄仄的牛栏里成长,小树在天下的溪水畔成长。有众生平等的爱,是因为有洞穿宇宙法则人生有限的慧根。他说:一个人,一头牛,一棵树,一样的,几近尘埃。把人放低到一头牛、一棵树一样的位置,在大自然中心甘情愿地消融自己,这是海蛟。看到人间世界里不能和一棵树、一头牛一样好好地长的人,米琴姑姑的死、住在城市大桥底下的外来工、在城市的钢筋水泥阵里弄丢了妻子的舅舅,他们沉默的生,猝然的死,一种说不清道不明的属于原初蒙昧里的生与死,让人忍不住愤怒,忍不住骂世,这也是海蛟。他们其实是同一个人。这是对的,他本是海边长大、见识过台风核心区最凶悍样子的孩子。他说:我看过江南的绵绵丝雨,听过蜀地的巴山夜雨,但这些雨的底子太温柔,只有台风裹挟而来的暴雨才最有气势。如太平洋上的云团裹挟着巨大的暴风雨到来,这是海蛟散文的火气和力量。火气是要的,火气是底子,没有火气,文章就没了判断力和主心骨。最好是去了火气,单留了力量。

  如何在生活的炉里淬火成文,考验着艺术的智慧。思想越深,文笔越淡,犹如浙东人用暗炉火煨年糕,待炉火将尽,外表带着焦面目,内里却已酥了,炉火与年糕碰撞产生的焦味散发到屋外。这是文章消了火气的香气。张爱玲写于1968年的《忆胡适之》,面对她所爱的父辈口中的偶像、她所崇拜的老人胡适,她把悲伤、失落乃至人生之愤懑都化作纽约哈德孙湖上的一阵风:我也跟着向河上望过去微笑着,可是仿佛有一阵悲风,隔着十万八千里从时代的深处吹出来,吹得眼睛都睁不开。那是我最后一次看见适之先生。无论怎样的人,终究要跌倒在历史的长河里,让自然带走,随水流到远方。

  要去散文的火气,一靠生命的磨砺以臻至境,生命没到那样的境,恐怕不容易得到。二靠艺术的智慧将火气约束,智慧的打磨既是形式,也是内容。化技巧于无形,散文同样需要一种形式,那是锤炼文字的文章的心眼。杨绛的《孟婆茶》、李健吾的《切梦刀》、张爱玲的《更衣记》都是这样的佳作。我喜欢海蛟的《病隙笔记》中这样的句子:一场手术让世界暂时静止了,现在它们重新流动起来,我重新开始自己刷牙、洗脸,重新自己拿调羹喝下一碗清粥……大彻大悟,大悲大喜,全在刷牙、洗脸、喝粥这样简单的动作里被一网打尽。

  海蛟的文章里有他的秉性与人生观。他在江南人的柔气中暗藏浙东山区土地培育起来的硬气。看起来,他是个谦逊有礼、文质彬彬的书生。在浙东靠海地方长大的少年,终难脱礁石与大海砥砺出的那一份刚毅。他骨子里的精神和大海边靠天赏饭的渔船上的黑脸汉子血脉相通。他在文章中不时露出硬脾气,这是浙东人的可爱处,不容易说服,不轻易妥协,是一个大写的"耿"字。海蛟在《秋白,1935》中进入历史来表达自我,他这样说瞿秋白:这个外表文弱、性格温顺的人,其实有着无比强大的内心,他有自己的方向,坚不可摧,当然最重要的是,他已做好了不再回头的准备,他柔弱的身躯下面掩藏着无法折断的气节。文字里的秋白,就是藏在白脸书生模样下的浙东汉子海蛟。他借秋白来说他自己。

  赤诚,棱角,硬气,是浙东人海蛟散文好看的地方,是容易被看出好的地方。可是如要长久地看出好,还需要对人生的面有更深沉的包容和沉思。散文至境中不仅该有思想,还需有情怀;不仅有理,还需有情,情怀比思想更久远、更绵长。情怀愈深,文笔越淡,硬气作底,感悟化之。海蛟散文里的城与乡、生与死、爱与恨、美与丑,有时表达得太剑拔弩张、太一本正经了。海蛟为米琴姑姑的死动了怒:我不知道是凶手的杀人方式太过隐秘还是一个外来黄包车夫命若草芥，不值得他们动用更多的侦查资源……我想起了《从文自传》中的死亡事件。沈从文这样描写革命后的人间惨状：于是我就在道尹衙门口平地上看到了一大堆肮脏血污人头，还有衙门口鹿角上，辕门上，也无处不是人头。①恐怖与残忍如此，沈从文的情感与议论却如此克制：我并不怕，可不明白为什么这些人就让兵士砍他们，有点疑心，以为这一定有了错误。声音太大，容易破声，平静的笔墨比愤怒的嘶吼更能让这世界听到。当海蛟在台风眼里说：窗外风狂雨骤，而房间里却还有亲人，有橘色的灯光，这样的时刻，让人突然觉得宁静是生命最大的富足。我们的怒都只因为懂得生的平等，懂得被剥夺和被侮辱的错误，这个满目疮痍的世界需要一份以己度人的雅量。所以海蛟写《出走的托尔斯泰》，托尔斯泰说：世上还有无数人在受难，你们不要仅仅盯着一个托尔斯泰。在一片白桦林包围的林间空地上长眠，托尔斯泰栖身在大地深处。海蛟说：托尔斯泰的灵魂从此获得了自由之上永恒的明亮。

海蛟的散文在书生的耿介中藏着对世界和自我的悲悯。海蛟的散文中最动人的部分是看到了一种叫作命运的东西：一个被死神看中的10岁男孩被小小的铅笔按钮封住了他的咽喉；散发谷粒之香的午后稻田里被雷电击打的青年被父亲唤回生命却同时失去了母亲。当他说：这样刁钻的角度，除了死神的手，谁也设计不出来。我知道，他已部分地放弃了和世界说理。我们和世界说理，可这世界不全由理做主，它有一部分无常和永恒叫作命运。用已经启蒙了的眼睛去看乡村自然状态下的生生死死，容易激于义愤。胡适说：不要因为动了一点正义的火气，就都失去容忍的气量。乡村不全是美丽的牧歌，也不全是凄凉的

---

① 沈从文：《从文自传》，北京十月文艺出版社2008年版，第22页。

挽歌。存在与消亡、合理与错误,不是如黑与白那样截然分开。当散文的叙述中有"我",当作者把自己放进去,这世界也许就没有那么黑白分明了。沈从文在《夜泊鸭窠围》中写:"水手们爱玩牌的,皆蹲坐在舱板上小油灯下玩牌,便也镶拢去看他们。这就是我,这就是我!"①他在《鸭窠围的夜》中也写这场景,把这场景与自己联系得更深、想得更透彻:"便镶到水手身边去看牌,一直看到半夜——十五年前自己的事,在这样地方温习起来,使人对于命运感到惊异。我懂得那个独自跑上岸去的人,为什么上去的理由!"②由此想到,水中的鱼与水面的渔人生存的搏战,已在这河面存在了若干年,且将在接连而来的每个夜晚依然继续存在。流水,水手,船,静止的岁月,逃出来的人庆幸,但没有理由动了一点正义的火气就都失掉容忍的气量。在那儿的人还依旧那样活。海蛟的散文《归期不详》写生与死的思考,其中打动我的是写迎祖母灵柩回家,祖母的回乡之路,她仿佛重新变成了懵懂的孩子和羞涩的少女,海蛟这样写道:她在村庄上并不需要更深的思索,她从土地里获取粮食,在野花盛开的田垄上获取爱情,她的世界宁静有序,她的痛很清晰,爱恨简单纯粹。

在城与乡、生与死、美与丑的混杂世界中,看透是一,包容是二,承受孤独是三。人文主义者的态度,不全要别人懂。散文犹如智者和长者,谈话风与商量感是走向不惑的归宿。海蛟说:这个世界之所以越来越孤独,是因为我们越来越不能相信自己的嘴巴和自己的耳朵。世界没有一个中心,写文章的人也不是世界的中心。沈从文看到一条沅水上周而复始的原始的生沉默的死,不指责,不板起脸教训人,不打着手电照人的不好。写作的

---

① 沈从文:《夜泊鸭窠围》,《湘行散记》,北岳文艺出版社2002年版,第47页。
② 沈从文:《鸭窠围的夜》,《沈从文散文》,人民文学出版社2007年版,第63页。

人,看懂了的人,你只能默默承受一份自己看懂了命运的孤独。爱、悲和怜悯,统统落在了一份热情和谅解背后的孤独。文人悲悯的至境是:你们不懂我,我也没关系。这是人文情感,不是启蒙立场,不至于走到油滑或说教的歧途上去,永远对这世界有一份生命去向暮年却始终停在婴儿状态的纯真情感。承受了不被懂得的孤独,悲悯才有动人的人格力量。把属于时代也属于永恒的悲怆藏在疏淡的笔墨里。其实,我们的孤独都是在一定时代里永恒的孤独。还记得郁达夫的《一个人在途上》吗?还记得苏青的散文《论言语不通》吗?还记得张爱玲写苏青的《我看苏青》吗?张爱玲和苏青有一段关于将来的日子会不会好的对谈,当张爱玲觉得苏青一定觉得不知道她在说什么,她就住口了。笔墨到这里,所有懂得的喜悦与不被懂得的克制都在淡然的笔墨里。

我们需要怎样的儿童文学

——从童话书《疯狂海螺牛咕咚》谈起

　　这该是一个令人高兴的事实,正是靠这个事实,我们曾多次成功化解成人与儿童之间的差异和冲突:所有的成人都是从儿童长成的,所有的儿童最终也将成为大人。成人与儿童之间应该有一座桥梁,可以让长大了的成人回望过去,也可以让等待长大的孩子展望未来。优秀的儿童文学是成人与儿童之间的桥梁,它是成人的童话书,也是儿童的成人书。

　　正如如何对待儿童和老人是一个社会的文明标志,一个时代是否拥有、拥有怎样的儿童文学作家,一个儿童文学作家以怎样的态度为他的小读者写作,其他作家、成人读者及评论者所组成的群体如何看待儿童文学作家,以上诸种因素从一个角度显示着一个时代文学的文明质地。令人感到高兴的是,当下作家群体中涌现了一批富有特色、定位准确的儿童文学作家,如葛翠琳、曹文轩、郑渊洁。这份名单向前延伸,有冰心、张天翼、叶圣陶、陈伯吹、郭沫若、沈从文、巴金、老舍、丰子恺、陶行知、张乐平、黄谷柳等一长串闪亮的名字。要知道,以前大作家同样写儿童文学,这是快乐的写作,也是作家的使命。

　　儿童文学创作是快乐而又神圣的事业,因为是写给孩子们看的。经过多年的创作摸索,袁晓君终于寻找到一条安静、丰富的儿童文学创作道路,就像流淌多年的小溪终于寻找到大河的方向,她的童话书《疯狂海螺牛咕咚》就是这样一本写给小朋友的书。这可以看作是儿童文学创作在我们这个时代从自发向自觉回归的一部分力量。《安徒生童话》《格林童话》《一千零一夜》《三毛流浪记》……它们开启的童话源头曾滋润我们的成长,这个时代的作家同样有责任给我们的孩子贡献优质的精神食粮。丰富的童心、充沛的想象力、幽默的语言天赋和对生活的敏锐观察,在这本书中都一一可见。

《疯狂海螺牛咕咚》以儿童视角讲述童话故事,这个童话的核心主题是梦想:一只敢想敢做的小海螺牛咕咚离开家人,离开大海,离开生下来就已经预设好的惯常的生存方式,游历人间,经过与完全陌生的人类世界、陆地世界、魔幻世界的激烈碰撞,最终实现了海螺飞翔的疯狂梦想。童话以儿童的直觉、观察、情趣、想象力和价值判断来描写孩子眼中的事件和世界,这是儿童文学的基本素质。"是欢呼细笑间,莫非意理身心之学",《疯狂海螺牛咕咚》以儿童为本位进行创作,它在游戏的欢乐和坚持的勇气中,向孩子确认坚持梦想的意义。

优秀的儿童文学在创作主题和境界上至少应该具备以下三点:人道的和解、宇宙观的通达、历史认知的深沉。人道主义回答的是儿童和成人的关系问题,成人世界和儿童世界里都有善恶美丑、是非黑白,对于这些人性主题,成人与儿童之间是完全贯通的,但孩子的视角可以帮助他们确信自己更接近真理,也可帮助成人去伪存真。宇宙主义回答的是人类与自然的关系问题,孩子比成人离自然、宇宙更近,所以孩子的视角可以让他们与宇宙、自然之间的关系更快乐和谐,一草一木,小猫小狗小兔子,所有动植物生灵,与人类是一样的生命,在孩子们眼中都是这个世界的平等的构成。历史主义回答的是人类的过去与人类现在的关系,成人通过讲故事引领孩子进入父辈们的过去,并让他们了解未来的生活中可能会遇到的难题,比如战争、苦难、偏见、挫折等,人类通过历史传递文化遗传的密码,以此塑造美好的心灵和健康的人格。

古今中外的优秀儿童文学作品概莫能外。"为怎样的使命和目标"来写儿童文学,比"以怎样的语言和题材"来写儿童文学更重要。

气质、情怀和一种生命观
——谈《给燕子留个门》兼及其他

平民风与淡泊气

相比于其他文学体裁,散文侧重于抒发主体的内心体验和真实情感,大凡优秀的散文,都是作者情感、精神和人格的反映,是作者自由心灵和真实表达的产物。散文的背后站着一个人,在所有的文学体裁中,散文离作者自己最近,反映出的生活图景和精神肖像最可靠。干亚群的散文中最吸引人的、最有价值的部分,是闪耀着个性光辉的真实情感和内心体验,通过阅读她的一系列散文,能感受到散文背后站着的那个人:朴素、散淡、真诚和从容。

每天下班回家时,在我们小区后面的一个垃圾箱旁总看到一个老妇人在拾垃圾。时间长了,我发现她与别人拾垃圾有个明显的不同之处,她离开前总拿扫帚把垃圾箱旁的垃圾清扫干净。老妇人年纪约莫五十开外,人长得很瘦弱,衣服穿得也很破旧,但上上下下显得很干净。当装杂物的三轮车从我身旁过去时,我分明看到了一个女人面对生活沧桑的坚强。

  我深深地不安起来,这种不安没有我做了错事后撞击心灵时的强烈,但这种感觉一直持续着,以致我关掉空调,把门打开。一股热风扑面而来,我却反而轻松起来。第二天我让同事给我买来了电扇,尽管有时热得几乎看不进书,但内心却是清凉的,至少当我想起那些烈日下劳作的人时心里稍稍坦然一些。

  对干亚群散文的解读从这两个篇目、两个细节开始,以上两段文字也是她的散文最初引起我心灵震荡的诸多细节中的两个。初读,即发现,干亚群的散文中有两个鲜明而重要的关键词:平民立场和淡泊气质。《生活的菜根味》《淡淡草根悠悠情》《一位拾荒老妇人》《同学阿月》等文章中可见她对生活始终秉持的平民立场,她以平等博爱、推己及人的谦卑态度对待生命中所目及、所经历的一切,这种视线向下、关爱弱小的平民立场完全出自天然和本性。因为,我们常常在字里行间真切地感受到作者心灵的波动,追问、自省,甚至挣扎,于此尽现人心复杂的细微处,使读者有可能触及作者人性深处的幽微与复杂。

  也正是这种复杂使干亚群散文中的平民风摆脱了做作和伪饰。在尘世的磨砺中,本真的灵魂难免沾染上虚荣与矫饰,作者通过写作的过程时时擦拭着心灵所蒙上的尘埃,所有这一切通过文字得以留存,正是尘世反衬了本真,复杂反衬了纯净。《同学阿月》追忆了一位初中好友,当"我"多年后在一个夜晚偶遇下岗后以摆地摊谋生的少年好友时:

  望着曾经的同学与朋友,我感到一种复杂的情绪慢慢涌上来。我突然很后悔把她认出来,我站在她面前不是带给

> 她老同学相见的快乐,而是让她的心隐隐作痛。虽然她没有说出来,但她不安的眼神与局促的双手告诉了我一切。

这篇散文中的"后悔"是一个重要的文眼,此时的"后悔"是一种平民立场发酵后的微妙情感,这"后悔"里掺杂着、包含着体恤、同情、平等、善良和对弱小者的爱。究其本质,平民风不仅是作者创作态度和立场的反映,实质是其气质、个性和人生观的整体显现。干亚群有很多文章妙谈人生感悟:交友、品茶、成功、遗憾、物质与心灵空间,显示出作者对生活提炼后的睿智与豁达。将这些分散的文章连贯和集中起来看,我们能感受到作者的自由情怀和淡泊气质。因为渴求,所以淡泊其心,不为外物所累,追求内心的平静、富足与充实,体现了作者追求精神境界的淡泊之气。

> 对遗憾的态度,决定了一个人对生活的深情程度。
> 其实,无风波处即是家,我心安处即是家。
> 由闲入忙不难,而由忙入闲却不易,前者只需要投入,而后者却需要智慧。
> 当明白所成不过是偶然,所败不过是偶遇,所得未必是喜,所失未必是悲,便懂得了用从容来加减人生,用从容来经营人生。

值得注意的是,作者在表达这样的人生观时,往往通过"象"来释"理",将事、情和理融于一体,叙事、抒情并重,蕴含哲思,因此,干亚群的散文应属于"小品散文"这一类。著名散文作家和散文理论家林非曾就散文创作的作用和目的提出关键要素:其一,将内心世界的体验和表现时刻置于真实的天平上;其二,在这种体验和表现中不倦地去追求伦理道德的完善。我们发现,当作者将自身的主体精神灵动地寓于客观生活场景,将智性思考无形地圆融于充沛的情感表达,气与物交融,思与情合一,使入眼者入诗,将日常生活的经历和感悟审美化,并蒙情启智于读者的精神世界,这样的散文都成为干亚群散文的佳作,可惜在干亚群的第一本散文集《日子的灯花》中,这样成功的篇目比例还不是那么高,好在她迅速又推出了第二本散文集《给燕子留个门》。

《给燕子留个门》:村庄暗示着一种生命观

当代写作者们的大多数是中国农业文明终结的第一代亲历者,他们中的很多人,成年后才从农村走进城市,农民和农民的后裔们命中注定会与乡村情结纠缠不休。当代文坛,无论是小说、诗歌或是散文,乡村情结是一个普遍话题,也是一种普遍的思想资源和文化立场。如果孤立地评价干亚群新近出的散文集《给燕子留个门》,也许仅仅只是这个书写行列中的一员。我认为,当我们,也只有当我们,将《燕子留个门》与《日子的灯花》放在一起整体地看待干亚群的散文时,这一切才更具意义。只有这样,她的乡村书写才能摆脱仅仅只是将乡村书写当作是文化标签的窠臼,才能摆脱在工业文明狂飙突进的背景中仅仅只是将乡村视作文化后花园的精神乌托邦。当我们将干亚群的平民风、淡泊气与乡村书写整体地联系在一起看待的时候,这一切才是和谐地共存在一起,并且是相互作用、互为佐证的。

《给燕子留个门》中呈现出一张多元结构的乡村生存图谱,这里至少包括三组世界和三种关系:动物的世界和它们的相互关系;人类的世界和他们的相互关系;动物和人类共存的世界及

两者的相互关系。以下类似的段落散落在文中,随处可见:

> 多年以后,每当看到麻雀从窗前飞,我就会想起它双腿跳着走路,忽闪着黑豆样小眼睛注视我们的样子。麻雀把窝选择在瓦缝里树杈上,是否告诉我们村庄也有它们的伤口。
>
> 村子里的人一旦认定了这些动物、昆虫的居地,谁也不会无端地去破坏它们的住所,就像没有人会认为那些蜜蜂是野蜜蜂一样。村里人愿意把自己的泥墙作为蜜蜂的巢穴。
>
> 我们不免猜想,火缸也许储存了炊烟的所有记忆,连同一个村子的日子,成为人们可以继续人间烟火的理由。
>
> 万一病重过世的,村里人也用门板送走他最后的背影。他为别人开过门,也串过别人的门,门为他镌刻生命的气息,也承载村庄对他一生的记忆。

干亚群以清新的语言、朴素的方式追念着人与人、人与自然的和谐关系,她以此发现和发掘世界本来的意义。当作者以十二分的耐心和爱心去勾勒猫、狗、鸡、鸭、蜻蜓和燕子的生存世界时,她是乡村世界的真诚观看者和虔诚聆听者,她也是构成乡村世界的一个自然基因。庄子在《齐物论》中说"天地与我并生,万物与我为一",天地万物表面不同,实质同一。在这些文字中,作者因物而喜,欢快而又自然地对待周遭的一切,渗透着万物平等的思想,以平等、博爱的眼光去看待万物。

齐物论思想在干亚群思想中得以形成有两个方面的因素:一是乡村生活所形成的自然观,二是从医生涯所形成的生命观。这两种经历前者是基础,后者将前者固定和延伸,形成了崇尚自然、尊重生命、视世间万物同此一性的人生态度:

气质、情怀和一种生命观

送葬的以及抬棺材的在外面转一圈后,仍然回到了村里,那块坟地是过世老人曾经劳作的地方,留下过的汗水和足迹还在散发着熟悉的气息,逝者与生者相隔的不过是一道烟火味。祖先停留在空气里的气息似乎会时时飘进屋里。也许因为这个,我们白天敢去坟头挖野菜,摘花。

他被家人带走后我耳边长时间地回响着他母亲绝望而悲痛的哭声,而脑海中时时地浮现他挂在眼角的泪水。我参与抢救病人的经历也不少,可只有这次我强烈地感觉到生命断裂的痛楚与人生的无奈。

在干亚群的散文中,对乡村世界的眷恋和皈依不言而喻;值得辨析的是,干亚群无意于把乡村生存的荒芜、困顿和表象诗意化,粉饰上精神乌托邦的美丽外衣,而是以其独特的体悟营造出哲学意义上的诗意栖居之境。通过描摹动物的世界与人类的世界和谐共存,作者实质上想传递的是一种自然、健康的生命观和生态观。这种生命观尊重自然万物的整体性,认为自然万物之间存在普遍的联系,从日月星辰到山川河流,从动植物到人类在内的一切都有自己的价值和意义。它们服从于统一的宇宙精神,人类只有把自己看成自然的一部分,呵护自然,以同情、友爱和审美的目光去守护一片绿地、一泓溪水、一片蓝天,才能守护住心中那片圣洁的真诚、那片葱茏的诗意。这令我们想起了刘亮程的散文,"他的作品,阳光充沛,令人想起高更笔下的塔希提岛,但是又没有那种原始的浪漫情调,在那里夹杂地生长着的,是一种困苦,一种危机,一种天命中的孤独、快乐和幸福"。[①] 一花一世界,一树一菩提,干亚群的散文世界因为有生界万物的参

---

① 林贤治:《五十年:散文与自由的一种观察》,《当代作家评论》2000年第3期。

与而变得博大和深远,情感由于和生界万物的亲近而变得细腻和敏锐。

回想起《同学阿月》的结尾,当作者接到同学阿月打来的带着喜悦的、告知近况并邀请"我"去做客的电话时,"阿月在电话里的笑声分明给我一种重逢的踏实与相聚的快乐"。这种天涯若比邻的人间情谊,与作者细致描摹枝头跳跃的麻雀、池塘凫水的鸭子、质朴生长的歪脖子树、阳光雨露和生老病死时所秉持的人生观是一脉相承的。它们真实、坚强而和谐地共存,经过作者情感与理智的过滤,成为文字世界中我们共同的心灵居所。无论是乡村还是都市,无论是人类还是动物,无论是生物还是非生物,干亚群的散文连接着的是一种人类丢失了的自然生态,连接着的是一种朴素而和谐的人生观、一种真诚而高洁的灵魂家园。

谈"浙东作家文丛"里的五个作家和他们的作品

"小说,是个人想象的天堂,在这块土地上,没有人是真理的占有者,但所有人在那里都有权被理解。"①文学的魅力就在这里,谁都不可能妄想成为所谓艺术真理的占有者,然而又都可能在虚构世界中获得想象的狂欢和反观世界的勇气。假如一篇小说能提供一个带领我们重回生活现场的通道,并进而以一种独特的方式告诉我们叙述者对笔下所有这一切的看法,那它就应有绝对的理由被慎重阅读和理解。

现实世界与内心的冲突

赵柏田:平静的力量

在《站在屋顶上吹风》这部小说集中,赵柏田的小说站成了一个长长的队列,这些作品可称得上是赵柏田的代表作,也很能体现赵柏田对小说从内容到形式不间断的自我更新,如《扫烟囱的男孩》《站在屋顶上吹风》《地震之年》《坐拖拉机去远方》《一个长跑冠军的一生》《寻找隐地》……值得注意的是,这些作品酝酿

---

① 米兰·昆德拉著,孟湄译:《小说的艺术》,生活·读书·新知三联书店1992年版,第155页。

着一种让人感受独特而又印象深刻的气息,文字中始终酝酿着一股不同寻常的力量,作者似乎始终憋着一口气,始终抱着一种不让情绪流泄出来的克制态度,始终秉持着一种压抑自我体验的叙述自觉,所有这一切最后都归结和上升为小说中一股平静的力量。要细说的话,赵柏田小说中这种带着独特气息的平静力量主要由两种元素构成——回忆的基调和超然的立场。

汪曾祺在给金介甫《沈从文传》所写的序言中说:"高尔基沿着伏尔加河流浪过。马克·吐温在密西西比河上当过领港员。沈从文在一条长达千里的沅水上生活了一辈子:二十岁以前生活在沅水边的土地上,二十岁以后生活在对这片土地的印象里。"[1]20世纪中国现代化转型历程中的很多作家不乏类似的经验:无法离开乡土而写作。少年时混迹土著部队的沈从文很早便熟读社会这本大书,然而我们在沈从文的小说中几乎看不到这一切,流在笔端的只有关于乡村印象的美好、善良、淳厚与爱。究其原因,其中之一是沈从文对于乡土的叙述采用了回溯笔法,这种回忆的立场对于叙述者来说具有决定性的意义,它产生了涤荡作者曾经历过的苦难生活的超越性力量。

这里援引沈从文这样的作家来作参照系,目的并不在于再一次证明一个关于创作规律的常识,即作家的早期经验与其写作之间的血缘联系,更有意味的问题应该是经过过滤的早期经验在作家笔下的呈现形态。像赵柏田这样从农村出来的作家,和那些在都市文明中生长起来、即便后来曾有过乡村经历的作家无疑是不同的,赵柏田小说创作最丰厚的资源,一度就是他的乡村生活,这和当代文坛大部分具有类似生活变迁的作家们大致无异,赵柏田每次在写作中重返他的乡村时,苦难、窘迫、荒

---

[1] 汪曾祺:"序",[美]金介甫:《沈从文传》,新星出版社2018年版,第1页。

凉、无奈和尴尬一直压迫着他。然而,我要说的重心是这位作家的独特气质和禀赋,那就是:我们或许可以在他的小说的字里行间捕捉到他关于生活的一声叹息,但我们肯定从未也无法在赵柏田的小说中听到声嘶力竭的呐喊和呼叫。赵柏田关于乡村经验的小说,很好地清除了那些作家们在书写苦难与荒凉时一般的歇斯底里的态度,从而规避了一般的苦难叙述容易沦为"涕泪文学"的潜在陷阱。

在复杂的现实面前,作家固然应该具有直面黑暗、书写苦难的勇气和能力,但在我看来,这只是写作的起点。在这一切之上,艺术对人类真正的救赎,应该是在苦难与荒凉的底色之上而生的温暖气息和明净光芒,好的作品和好的作家,应该永远具有引领读者穿越黑暗找寻光亮的态度与禀赋。以这样的立场,即使今天重读赵柏田1999年发表于《青年文学》的《坐拖拉机去远方》也依旧让人产生无法控制的温暖与感动,这是一篇第一次烙上了作家鲜明气质和独特印痕的小说,它带着一股难以抵挡的个人气息扑面而来,让读者可以无误地在这一个作品和这一个作者之间建立起天然联系。缘此,我认为这篇小说在赵柏田所有的小说中永远占有重要的地位,即使他后来的创作一直在寻求着突破和变化。顺便说一句,有些作家也许终其一生都在费尽心思地编故事,但遗憾的是可能终其一生也没有寻找到属于自身独特口吻与气息的叙述方式。这种独特方式对于一个作家而言是如此至关重要,就像一个人的肤色与种族的联系那样紧密和天然。

《坐拖拉机去远方》这部小说无疑是书写乡村经验和苦难人生的,但这部作品突出的、特别的地方就是作者始终没有让苦难正面出场。苦难的回忆调子缓缓拉出,有效地缓解了情节本身的惨痛感与剧烈感。小说中,娘、"我"、弟弟、潘冬子和哑爸,所有的人物都处于生命的悬空状态,因为贫穷、愚昧、混乱、本能、欲望和说不清道不明的纠葛,林林总总的难堪与苦难一直伴随着。可是,作者有意让一直出没着的悲伤情感和痛苦情绪始终处于张弛之间,待要紧了它又松了,待要松了它又紧了,作者绝不让这一切铺张到无法承受的地步。小说的结尾处,"我"那好心肠的、给我们带来快乐的哑爸因与牛的搏斗而惨烈死去,从而将一家人的痛苦、悲伤与不幸几乎要拎到情绪顶点。这时,作者让回忆基调再次出场而冲淡了悲伤的程度,绷紧的痛苦因为回忆基调的出现而使情绪得以放松。一切的苦难和不安都结束了,只因为"我"死了,以上所叙述的一切不过是一个躺在坟堆里的死去的傻子的不可靠回忆,回忆中支离破碎的情节和混乱无序的细节使这一切苦难都保持着一种箭在弦上、引而不发的平静张力:

> 我看着这人世间的尘埃,升起来又落下去,我知道当我重重地落下,它们也会盖住我,让我透不过气来,它们会埋住我就像我很久以前在山坡下埋好那个秘密,我也会成为别人的秘密。

超然的立场是赵柏田小说平静力量的第二个来源。我们在赵柏田的小说中能强烈地感受到他与现实的激烈冲突,但他对现实与内心的冲突却又表达出满不在乎的超然立场,这种对现实的干预和游离于现实的立场,是飘荡在赵柏田小说上空的独特气息,这使他在很多时候被读者想象成一个洞穿世事、静默不语的智者,而不是那个还在乡村的田野上撒腿奔跑的莽撞少年。就像他在《坐拖拉机去远方》的开头和结尾所说的"我是你们所有都要死去的人的兄弟",带着无尽的沧桑和无奈,他将个人的生活状态上升为苍茫无边的天下凡人和普遍人生,周而复始,苦乐轮回。

赵柏田在讲故事的时候又似乎总是乐于从他自己编好的故事里抽身逃出,他一直在寻找理想中的生存方式,《坐拖拉机去远方》中那辆最终带领"我"飞翔在村庄上空的拖拉机是个表征,是个道具,它帮助作者向读者表明:和庸常的、变质的、无聊的现实分道扬镳是可能的。他总是能在丰富表象遮盖着的现实下发现无聊、虚无的实质并保持警惕。

这样的立场在《寻找隐地》《我在天元寺的秘密生活》等小说中都有表现,《寻找隐地》也许是个代表。小说借双重叙事的线索近乎偏执地追问那个虚无缥缈的所谓人生意义,可是叙述者在一次又一次的追问中沉溺于现实世界的温床。如梦如幻的叙述模糊了叙述者的界限,而界限的不清楚又让每一种理解都有存在的可能。小说关于"隐地"的对话充满了难以言尽的玄机。或许我们可以把"隐地"理解为生活的目标,寻找隐地在某种意义上就是对人生意义的一种寻找,可作者又不断地瓦解和嘲弄,告诉读者这样的寻找也许只是人生的徒劳。重叠的叙事人讲述的故事里都有一个"我"想要的生活目标,这目标既是凡俗的,又是精神的;既有超越的,也有贴伏的,二者交错而行,难以并存。小说最后的一个梦又将读者从"是谁编织了这个故事"的问题拉入对生活、对人生意义的思考中,编织故事的"我"与故事中的"我"在叠合归一的时候展现出肉欲分离的人生悖论。

在这个小说中,赵柏田借一种智者平静的诘问,向读者告知和阐释了人生永恒的"不在场"和"在路上"的迷惘和无着。

马克:游离的意义

将马克的小说连缀起来看,很能印证成长小说所具有的一般规律性特征,"成长在这里是变化着的生活条件与事件、活动与工作等的总和之结果。这里形成着人的命运,与这个命运一起也创造着人自身,形成他的性格。人生命运的生成与本人的成长融合在一起"①。当然,这需要将马克小说集《开往奥斯维辛的列车》中很多篇目的主人公"我"看作是同一个人物,一个正在变化着的、在不同的时空背景中出没、遭遇着不同人生命题、经历着精神困惑与挣扎的成长中的男孩。《开往奥斯维辛的列车》中,王狼、方勇、曹猫、罗狗、公公等这几个名字轮流作为主人公出场,也使它读起来确实像是部系列小说,事实上,我也是以这样妄加揣测的方式将这些不同篇目中的主人公看作是同一个主人公来阅读的,我发现这样的联系十分有趣和有效。

在马克的笔下,出现了一类共同的人物群像:游荡流民和无事逛街者,他们被命名为王狼、方勇、曹猫、罗狗和公公,他们是《大鱼上岸》中的"我"和"一撮毛"、《像鱼一样游动》中的"我"、《厄尔尼诺现象》中的曹猫和罗狗……他们的行动不是在麻将桌上调侃,就是在小巷子里闲荡滋事;不是每天无所事事地躺在家里的浴缸里发呆,就是等候在别人家女孩的窗户前用口哨声引诱她们出来鬼混,再被女孩的父亲在田野里撒疯一样地追赶,没有一点正经形,没有一点正经事,都是一帮无事可做又似乎忙碌不停的无聊小人物。

精彩就在这里,马克的本领,在我看来,主要在于他一定程度上成功地捕捉到了那些对海边小渔镇的全新生活方式的出现具有重要意义的事件和细节,这些事件和细节出现伊始对周围人来说尽管是新颖的,但随着社会的飞速发展很快被同化到了新成型的感知和生活方式中,因而它们很快便退出了意识的兴奋层面,成了新生活方式中司空见惯的日常事实,作家有责任将

---

① 巴赫金:《教育小说及其在现实主义历史中的意义》,巴赫金著,钱中文主编,白春仁等译:《巴赫金全集》第三卷,河北教育出版社 2002 年版,第 231 页。

这些司空见惯或稍纵即逝的场景和体验留存。这一类作品中,算得上是代表性的人物,当是《大鱼上岸》中的"一撮毛"和"我的父亲"。"一撮毛"是在镇上开起了保健品药店的上岸渔民,"我的父亲"则是小镇上剩下的为数不多的老渔民。作者以海边小渔镇稔熟的生活经验勾勒起普通渔民的生活变迁在历史幕布上投下的影像。在渔业资源急剧衰退的大背景下,高中毕业后无事可做的"我"最终向生养了我祖祖辈辈的大海挥手告别,和"一撮毛"一样终结了渔民的家族职业,在镇上搭起了铁皮小屋,做起了铁匠的营生。而我的同龄人们还在海上辛苦地捕鱼劳作,小说结尾处魏伯的小儿子的"王狼,你还是写写我们吧"的要求是促使"我"为这一群体留下剪影的动因:

> ……穿着高高的雨靴,衣服上沾满了亮晶晶的鱼鳞,散发着令人作呕的鱼腥味,眼球上的血丝宛如地图上的公路标志。乍看上去,比他的实际年龄足足老了十岁,只有当他笑起来时,你才能发现他依然年轻。

两代人和两类人的差异、分化和对比在这里得到了延续,"我"和"魏伯儿子"就像当年的"一撮毛"和"我的父亲",社会、人生和历史就这样在无声的细节处嬗变。作家从司空见惯中发现异常性的独特眼光,成功地实现了自身书写与真实存在之间的距离,这种距离也曾被评价成马克小说独特的"远离尘嚣的冥想气质"[①]。

海边小渔镇的现代文化方式的起源虽然已成了不太令人在意,甚至近乎已被忘却的东西,但它们以一种绝对的力量控制和

---

① 艾伟:《一个人的梦游(代序)》,马克:《开往奥斯维辛的列车》,宁波出版社 2006 年版。

主宰着现代人的感知和生活方式。马克将这些被忘却的缘起,重又展现在人们面前。社会正经历着剧变,新出现的社会事件不断冲击着旧的感知和生活方式,同时也在不断铸成着新的方式,这个过程发生得如此之快,如此之有效,以至于人们只是不断地被这个过程拖着走,而无暇审视这个过程的来龙去脉,最终使人虽置身这个新生活方式中,遇到问题时却往往不明就里,也就形成了生命游离于环境的普遍状态。在《我与马克》中,作者再次显示了这种嬗变着的现实所导致的人生游离,《我与马克》呈现了两个互相对立又互相补充的马克:一个是喜欢音乐、文学,喜欢读卡夫卡和博尔赫斯的形而上的马克;一个是花钱如流水、换女友如走马灯、在欲望的世界里纵情享乐的形而下的马克。最后,形而下的马克被形而上的马克杀死,随着形而下的马克的死亡,形而上的马克也无处安放沉重的肉身,只能从凡俗的真实世界中消失了。守护最初信仰与认同现实铁律之间的紧张关系构成了生命的梦魇,使人性遭受着可怕的撕裂,这场撕裂被喻化为两个"马克"最后的"枪杀"与"自杀"。

存在与消亡、精神与物质、欲望与超越,叙述者通过两个"马克"表达了超越凡俗生活的愿望与被限制的焦虑,文学佳作本身大多即是精神焦虑的产物。值得注意的是,马克的《我与马克》与赵柏田的《寻找隐地》存在着主题上某种惊人的一致性,从中也可见两位作者对终极意义命题不谋而合的共同思考。在日新月异的现实之中,作家们未必缺乏探索现实奥秘的意图与勇气,但确实有大部分作家没能快速而准确地触摸到文学与现实的关联点及处理现实问题的审美方式,这种手足无措的现象在20世纪90年代的写作者中几乎是普遍的,它是转型期社会的主要文化征候。因此,我愿意在对作家更多的理解之中援引一位评论家的说法:"还有一个更大的问题:在这么剧烈的社会变迁中,当中国改革出现新的非常复杂和尖锐的社会问题的时候,当社会各个阶层在复杂的社会现实面前,都在进行激烈的、充满激情的思考的时候,90年代的大多数作家并没有把自己的写作介入这些思考和激动当中,反而是陷入'纯文学'这样一个固定的观念里,越来越拒绝了解社会,越来越拒绝和社会以文学的方式进行互动,更不必说以文学的方式(我愿意在这里再强调一下,一定是以文学的方式)参与当前的社会变革。当然这样说有一个缺点,就是忽略了一些长期以来一直坚持与社会变革同步、坚持以自己的写作对现实进行大胆干预的作家……"①

也许,一开始马克的意图只是想进行一场"一个人的梦游",但没料到,客观上却以一系列人物群像的方式产生了为一段时间和一个空间留剪影的效果。并且,作者对笔下的一切有清醒的认识与批判意识,就像《你见过我的丈夫吗》结尾处高鼻子校长所说的那样:"别看这个城市表面上生机勃勃,但其实正在腐烂,肛门、大肠、肝脏,甚至包括心脏,他妈的。……就像一个得了梅毒的婊子!"马克游离于现实的态度,实质上曲折地表达了作者对人类文明进程的反思与反省,以一块比邮票还小的地方的人们的生活,折射出人类文明在社会表面的繁荣与内在的精神退化之间的微妙反差。

日常生活与美学关联

夏真:小说视域的三元构成

小说的艺术问题之一是叙述者如何展开情节的问题,即小说的叙述手法问题。一个故事被呈现的角度和方式,在相当程

---

① 李陀:《漫说"纯文学"》,《上海文学》2001年第3期。

度上构成了小说本身。夏真是一个擅长讲故事的老手,她的小说大多具有强烈的故事性,总体而言,以下三元视域构成了夏真小说讲述故事的基本视角。

一、凡人视域。夏真《鱼也疯狂》小说集里的篇目,始终贯穿着一个基本的叙述视角,那就是表现普通人的喜怒哀乐与人生变迁,由普通人的群像构筑起一个时代的合影。凡人必定不如英雄有力,但凡人比英雄更能代表时代的总量,《一个凡人的悲剧》堪称是这一类小人物故事的缩影。它以第一人称叙述了"我父亲"的故事,作者一一瓦解了父亲有可能被升华为伟人的一系列可能,即便父亲唯一一次参加革命活动的光荣经历,也因肚子疼而缺席会议的插曲,留下了不清不白的历史疑点,"父亲不是伟人也不是名人——虽然命运曾好几次安排他有成为伟人的机会,虽然他也雄心勃勃艰苦奋斗一辈子想成为伟人……"作者在小说中细述"我父亲"芝麻绿豆大的琐事和不登大雅之堂的私事,颇具传奇性却充满乡村迷信气息的出身,种花种菜却被看作是不务正业的个人爱好,闹剧式的吵闹不休的婚姻和无疾而终的婚外情,"父亲"的生活概括了平凡的"父辈们"平凡生活的一般特征。夏真总是站在民间的视角、生活的底层,以同道者的眼光与立场书写和理解着周围的一切。这种凡人视角和叙述方式在文本形式上表现为强烈的通俗性,另一些类似的小说如《新车子,旧车子》《小站站长》也都具有这样世俗或通俗的外壳。正如夏志清在《中国现代小说史》中所说:"人生的范围是广大的;巴哈、莎士比亚固然重要,爵士音乐和好莱坞也有它们的重要性;中国旧诗里所抒写的情感虽然精致,'申曲'里所表现的人生虽然恶俗,但对于作家而言,它们是同样有其效用的。"①

---

① 夏志清:《中国现代小说史》,香港中文大学出版社2002年版,第340页。

也许,更有意味的是以此返观作家自身创作历程的变迁。回头去看夏真早期如《首航》这样带有英雄主义色彩的小说,再读近期如《一个凡人的悲剧》《心狱》《风波》等作品,就会发现,虽然作者在基本人生观的传递上依旧不失对崇高事物、人生信念的认同与赞美,但对所谓的人生真理、所谓的历史正确和所谓的社会权威大前提,作者明显表现出了相当的动摇和怀疑,甚至有时这种对所谓"正确前提"的怀疑就是小说所要表现的意图本身。正如作者在"后记"中所说:"时光的流逝让发生在每个作家身上的思维与文字的蜕变是如何不可阻挡。当年的悲情理想主义者如今却站在反讽的洼地中嬉笑。"《一个凡人的悲剧》此类表现日常生活和凡俗人性的小说,显示了作者对社会人生关注点的转移,就其实质而言,这类以日常美学和凡人哲学为基点的创作视角,是政治激进主义支配下的集体力量感的幻觉衰退后引起创作转向的普遍反映,并且,从创作时间上推算,作家的这一转向是与20世纪80至90年代"新写实"小说潮流的出现完全呼应和吻合的。

二、女性视域。不自觉的性别敏感和性别观照是大多数女作家天生的创作基因,然而,在优秀的女性小说中,性别仅仅只是呈现为一种视角、方式和意识,而非刻意标榜的主张,这和那种以极端的性别彰显方式呈现性别立场的做法是完全不同的,它已经内化为作者看待世界的一种方式,而绝不是小说时时处处发出的直白的呼喊。夏真小说的女性视域便具有类似特征。《城里有个姑娘叫小芳》写了一个返城的知识青年升为大学教授后与他从农村来的妻子之间无爱的婚姻,意味深长的是小说的结尾。这是一个讽刺性十分强烈的结局:身为大学教师的他终于成功地离婚了,但在离婚宴上因酒精中毒病倒而依然回到妻子的照顾与呵护之下,而那个险些被遗弃的妻子也继续毫无怨言,甚至不无庆幸地担负起照顾丈夫的任务。《大院里有座女儿楼》写了在大院的老楼里当妇联主任的年轻女性在平步青云的仕途与变味的爱情之间的尴尬处境。《鱼也疯狂》中的穆霞和她因情伤而削发为尼的母亲传奇式地重复了相似的不幸命运。《心狱》中的洁云姨妈以自身的完美演绎了残缺的人生。唯一看似幸福美满的是《第二档案》中的女主人公祝景华,然而在夫妻恩爱的表象之下,是丈夫对妻子极度的不信任和变态的控制欲,阁楼上那只上了锁的装着女主人公保证书和调查材料的小木箱子尽情地嘲弄了从男权立场出发的所谓美满婚姻的实质。

应该指出的是,作者虽在《鱼也疯狂》中多处表现出可贵的女性意识,并以细腻的笔触表现着女性在主客观两方面所遭受着的苦痛命运,但作者并不采取凌厉决绝的态度来批判女性的性别处境。叙述者对受苦的女主人公处处流露出的同情心和体恤感,有效地缓和了小说的悲剧感和因悲剧而引发的恐惧情绪。作为一个敏锐的观察者,观察在一个过渡时期身边女性们的挫折与悲惨遭遇,并给予出于对主客观历史境遇的理解而达到的同情、理解和宽容之心,这种真正的同道者立场当视为夏真女性题材小说的优点,她始终都不是高高在上、袖手旁观的看客和说客。

三、历史视域。在《一个凡人的悲剧》中有这样一段话:"历史是一个非常令人困惑的名词,因为我们能看到的都只是现实,也就是现象本身所在的某一时刻,譬如站在风雨交加的屋顶上的父亲。但是历史看到的还有现实背后一点一滴的线索,这些线索往往辗转曲折真假难分,这也就是为什么许多历史公案老是打个没完没了。许多时候就是这个东西在起着作用。它使我们常常对同一件事的价值评判南辕北辙。"说到底,个体的人生固然与性格、机遇及某些偶然性因素有关,但真正决定个体人生的宏观因素则是个体所置身的历史情境,因此,作家倘要表现凡人之人生,一定不能脱离从本质上规定和制约着人生的历史环境,这就是一个作家表现个体人生时的历史意识的深广度。要说文学反映或表现现实生活,实质是很模棱两可的,只有将一个独特的"人物"与其所置身的"历史"相互映照起来看的时候,那个"现实"才真正具备了具体的内涵,"一个作家不可避免地要表现他的生活经验和他对生活的总的观念;可是要说他完全而详尽地表现整个生活,甚至某一特定时代的整个生活,那就显然是不真实的"[①]。

  作家大多只能表现他所领略到的那一部分现实,作家像一棵树,风吹了种子播送到远方,并非全无可能,但那毕竟是不多的例外。叙述者对历史情境的把握往往决定着作者在怎样的深度上去理解和看待笔下人物的命运。从这个意义上说,"我爸""洁云姨妈"的人生都是和产生这个人物的历史情境不可分割地互相推动、互相生成的。"我爸"这个小人物的命运折射出的是在非常态政治环境中大多数小人物可能面临的命运歧途;洁云姨妈从谈婚论嫁、守寡、做公家人、退休到失意孤寂的晚年,所有这些人生变迁都是和她周围整个社会的变迁同步进行的,晚年的洁云姨妈走在曾经风光无限的小镇老街上时仿佛已经成了一棵缄默无望的枯树,曾经以自己的美丽成为这个小镇超级明星的洁云姨妈被人们遗忘了,就像这条曾经承载过小镇荣辱兴衰的老街被200米外的新集市所代替一样。

  这里来讨论夏真小说的历史意识,并非包含着这样的主张,

[①] 勒内·韦勒克、奥斯汀·沃伦著,刘象愚等译:《文学理论》,江苏教育出版社2005年版,第101页。

也就是黑格尔派的批评与泰纳派的批评所认为的,作品中所表现的历史的或社会的伟大性,几乎等同于艺术上的伟大性。事实上,作品中所表现的历史的或社会的伟大性与作品本身的伟大性并无丝毫的关系,艺术作品可以作为"文献,因为它们是纪念碑"这样的观念不在本文所支持的观点之列。这里所赞同的小说的历史意识,不是社会进程的一种简单的反映,而是建立在文学前提上的对于全部历史的精华、节略和概要。简单地说,文学中的历史,不过是人物活动的幕布,作家所应做的,不是以历史纪录片的方式去记录历史,而是应始终定位于小说人物的命运变迁与人生兴衰,并为所有这一切活动投射在历史帷幕上的剪影留下记录。

凡人、女性和历史情境这三元视域交叉后形成的体恤、悲悯、同情和理解的特征,是夏真处理笔下凡人故事和日常生活的总体立场。这使她的小说在悲凉、荒诞和嘲弄中总带有一抹暖色,这抹暖色在直面人生惨淡的领悟后是一种坚持的力量。

李建树:青春美学

在《高一新生》的封底,作者写下了这样一段话:青春总是与孤独做伴的。专心致志的阅读也许是一种非常好的方式,相信在那种孤独与静寂中获得的温暖与感动会使自己的心灵变得柔软与明亮起来。可以说,表现青春的孤独感正是李建树《高一新生》主要的审美意蕴。

儿童的眼睛里折射的是成人的世界。李建树的儿童文学最明显的特征是他的儿童形象与成人形象是那样地水乳交融、密不可分,就像在生活中那样真实和自然,却又由于经过提炼而比生活更加突出和鲜明,李建树在《高一新生》中所表现的青春的孤独,并非纯然是独特年龄段的"为赋新词强说愁",而是与创设未成年人成长环境的成人世界连在一起的。由孩子们所连接起的是家庭和整个现实社会的明显肌理,孩子们所遭遇到的问题正是成人社会无法自愈的顽疾。

对任何一个作家来说,最重要的是寻找到一种独特的表述世界的方式,这在某种程度上比作家确定自身的创作领域还要来得重要。评论家们的笔下,李建树总是和儿童文学连在一起,并且,李建树的名字总是和"幽默"连在一起。事实上,李建树"幽默"的儿童文学是与他对成人社会深透的认识与理智的批判连在一起的,"幽默"与"凝重"是李建树小说的两个侧面,这个文学品质在《高一新生》这个集子里也有明显的表现。《流星》《孤女章水娟的故事》《史官生》等作品是凝重的、深沉的,但《外星人到来之后》《午夜狂奔》这两部作品却透露出作家"幽默"的基调,这与他轻喜剧风格和幽默特色代表作家之一的身份相吻合。

进一步说,幽默,不仅表现为李建树语言的俏皮和轻捷,不仅表现为他攫取生活中最滑稽、富有喜剧性的场景进行鲜明刻画,更在于小说故事的呈现方式,也就是作家如何看待和表述世界的方式。在《深沟》《往事》《午夜狂奔》等短篇小说中,童年的吵嘴、游戏、争斗,少年的孤独、困惑,阴差阳错却造就的意外转机,看似漫不经心却令人回味隽永的结局,呈现出一种活泼的生命存在的方式,一种少年和青年生活的独特意趣,呈现出一种对现实社会的喜剧因素和偶然因素达观的理解与把握。有时,成人世界所达到的荒诞、滑稽和不合理性来得比小说本身程度更深,而对这一错位社会特性的达观把握与表现正是李建树小说幽默感的来源。

再谈谈李建树小说中的情感因素。一个作家表现的是情感,但并不是一个大发牢骚的政治家或是像一个正在大哭或大笑的儿童所表现出来的情感。艺术家将那些在常人看来混乱不整的和隐蔽的现实变成了可见的形式,这就是将主观领域客观化的过程。但是,艺术家表现的绝不是他自己的真实情感,而是他认识到的人类情感。一旦艺术家掌握了操纵符号的本领,他所掌握的知识就大大超出了他全部个人经验的总和。"艺术品表现的是关于生命、情感和内在现实的概念,它既不是一种自我吐露,又不是一种凝固的'个性',而是一种较为发达的隐喻或一种非推理性的符号,它表达的是语言无法表达的东西——意识本身的逻辑。"[①]从这个意义上说,李建树正是凭借儿童文学的一套艺术符号,表达着超越于自身生活经验和社会认知的人类世界,也以此表达着作者超越于个人的青春群体的生命与情感,即,一个作家凭借一定的手段表述其凌驾于个人经验之上的人类情感。对李建树而言,儿童文学也只是他的一种表达世界观的途径,他的儿童文学不是软性的儿童读物,而是寄托了厚重的社会与人生问题的思考。

谢志强:飞扬的快乐

"我们的作家一向对技巧抱着鄙夷的态度。'五四'以后,消耗了无数笔墨的是关于主义的论战。仿佛一有正确的意识就能立地成佛似的,区区艺术更是不成问题。哪一种主义也好,倘若没有深刻的人生观,真实的生活体验,迅速而犀利的观察,熟练的文字技能,活泼丰富的想象,绝不能产生一件像样的作品。而这一切都得经过长期艰苦的训练。"[②]以上傅雷所列的关于好作家、好作品的数条标准中,多数作家只能占其中一两项而已,作家的野心与实际的笔力之间往往并不能达成如愿的平衡,这是

[①] 苏珊·朗格著,滕守尧等译:《艺术问题》,中国社会科学出版社1983年版,第25页。
[②] 迅雨:《论张爱玲的小说》,子通、亦清主编:《张爱玲评说六十年》,中国华侨出版社2001年版,第56页。

个普遍的焦虑和遗憾。正因为这样,文学不仅是一项艰苦的事业,更是一个十分冒险的举动,对于很多作家来说,也许终其一生都很难产生一件像样的作品,这个过程就像小溪寻找大海一样要经历漫长的旅程和艰苦的探求。

谢志强对当代小小说领域的方位感也经过了漫长的摸索,无疑,如今他已是十分得心应手和游刃有余了。在《会唱歌的果实》这本集子中,谢志强关于文明形态及人类在文明形态中尴尬前景的寓言,如《城市的鸟》《羚羊寻父》《家里的另一个人》《神牛》等,通过不同的象征体与人类的关系,反复在诉说人类从原始的游牧社会过渡到现代的工业社会所失去的本性及所遭遇的痛苦。

在本雅明的理解中,寓言是西方现代社会衰败、理想失落的言说,被视为时代最有意义的思想形式,丧失意义的对象被赋予新的意义,凭借寓言的方式又能获得生命救赎的途径。现在,当我们用"寓言"来解读谢志强《会唱歌的果实》中的小说创作时,无论是寓言性的外在形式还是寓言性的文化实质,都很能说明谢志强小说的特点和价值。以《神牛》作为缩影来说,水田里那头沉入泥水中的水牛成全了贫穷的我们发家致富的梦想,我们如愿以偿凭借"水牛"的天赐良机成功地经营着神牛肉铺,此时,我们与牛是畸形的寄生关系,最后,我们从大自然的动物那里的无尽攫取引起了极端反应,我、我爱人、我父亲头上都长出了两对牛角。富有象征意味的是,逐渐地,头上长牛角已经如户口和身份证一样成了本市市民的又一标志。

当我们认同现代化进程中的文学是民族国家的寓言时,这里的"寓言"已经被赋予了特殊的背景,它是弹性的、模糊而含混的。在谢志强的小说中,人类被寓化为这样一些象征物:"尝试着从堵塞的车流中飞起来的鸟""到城里来寻找父亲的小羚羊"

"在房间里扮演着本我的我的分支""脱下后放在旁边、可又随时跟着我的面具"等。

寓言的表现形式正是现代主义艺术的特质之一,在诸多中国当代作家那里,现代主义一方面表现为夸张、放大、变形、荒诞和漫画化等叙事手法,同时又渗透了现代主义对人性和人的命运的理解。也就是说,在作家们的笔下,现实视角与超现实的寓言特征总是厮磨在一起相依为命的,凭借着寓言的伪装,谢志强一本正经地嘲弄着现实中的一切。但是,寓言的形式使谢志强的小说摆脱了现实性和真实性的束缚,这使叙述者的身姿得以舒服地展开,也使他的小说形成了一种独特的飞扬的气质。小说带着重量飞了起来,这种飞扬又有质感、沉重又飘逸的品质是谢志强小说的难得之处,这使谢志强很成功地摆脱了一种创作窘境:一个具有现实责任感的作家总是由于对现实的尊重而被现实俘虏而匍匐于地的尴尬局面。

三句题外话

关于近年来的小说创作,这里再补充三句题外话。

一、作家要像追求真理一样去追求语言。20 世纪 80 年代前期,汪曾祺以《受戒》《大淖记事》等作品令文坛震惊。汪曾祺作品博得好评的一个重要原因,是他语言上的造诣。汪曾祺曾多次表达对语言的看法,例如在《自报家门》一文中,汪曾祺说:"我很重视语言,也许过分重视了。我以为语言具有内容性。语言是小说的本体,不是外部的,不只是形式或技巧。探索一个作家气质、他的思想(他的生活态度,不是理念),必须由语言入手,并始终浸在作者的语言里。语言具有文化性。作品的语言映照出作者的全部文化修养。"①

  小说作家们永远有修炼语言的空间,作家要达到"心中有、笔下有"的超脱境界,云梯就是语言,其他再无更好的捷径。就宁波小说创作的现状而言,我相信,很多作家笔力不逮、词不达意的痛苦当是存在的。文学是语言的艺术,汉语运用得不纯熟、不老到、不独特是小说发展的最大障碍,也是最直接的障碍。在很多作品中,作家们由于汉语表达不自如而影响创作意图的清晰表达的例子很多;因语言的贫乏而在不同的作品中相同的句子重复多次出现的现象也大量存在。如在马克的小说中,就有类似数量比较大的比喻式重复句(这里举马克为例,并非由于马克语言问题突出,而是由于他的这类比喻句式从单句来看很独特,但因其独特,所以重复显得愈加遗憾和可惜)。

> 几圈下来,我与他的友谊就已经像桃花潭水那样深不见底了。(重复多次)
> 仿佛被钉在屁股下的椅子里已有几百年。
> 我看到自己的皮肤布满了白色的皱褶,好像一条被刮了鳞的鱼。
> 在拍对方手背时,副主任感到自己犹如河北智叟拍着愚公的手背。(在同一篇小说中重复两次)
> 我曾经猜想她在很长一段时间内是世界上最可人的妻子,她就像贴在吴乃身上的一块膏药。(在同一篇小说中重复两次)

  二、重建与读者的精神联系。政治与社会的进程并非与美

---

① 汪曾祺:《自报家门》,《蒲桥集》,作家出版社 1989 年版,第 370 页。

学进程必然一致,无疑,目前趣味的迅速改变似乎是前几十年社会的急剧变革和艺术家与读者、观众之间的关系普遍脱节的反映,文学变得所谓"纯"了,可文学读者的队伍也变得太"纯"。文学失去读者,是因为文学失去了与读者建立精神联系的基本愿望。作家应该永远有义务去做时代的记录者、思考者和批判者,假如文学不能在现实关怀、精神批判和人文救赎的层面上引领读者趋向光明,那么文学最终将失去的是自身的生存权。文学永远不应只是有闲阶级和专业文人茶余饭后的清谈,文学的园地中应当永远包含履行反映民生疾苦、反映民众精神现状的载道功能。

三、实践小说的虚构特质。小说艺术的本质是想象性、虚构性和创造性,文学所创造的那个想象世界建立在真实世界的基础上,但却绝不是真实世界的摹本,它应是创造和想象的产物,应该区分纯粹的虚构与艺术的真实之间的界限。文学、虚构与文学性之间具有本质性的密切联系。那种认为艺术纯粹是自我表现、是个人感情和经验的再现的观点,显然是不尽正确的。尽管文学作品与作家的生活之间有密切关系,但绝不意味着文学作品仅仅是作家生活的摹本。尽管如此,我们也应该承认,我们读了但丁、歌德和鲁迅的作品,了解到在作品背后有一个人。在同一个作家的作品之间,存在着一种无可置疑的相似的特征。文学在本质上是一种具有想象性、虚构性和创造性的艺术品,是一种具有某种审美目的的审美结构,它就必然激发某种审美体验,从而给人"娱乐和教益"。

小说是虚构的艺术,正因为如此,我们的作家应该自觉增强文体意识,控制自己不在散文与小说不同的文体之间作模棱两可的游移。是小说,就应突出其虚构和想象的特质,将这一文体特征充分地体现在自己的创作中,并将小说的虚构特质坦率地传递给观众。正因为小说是虚构的,有了这个前提,才有可能产生小说在情节、人物和细节上的艺术真实性问题,摹拟中的现实是否能完成其细节上的自圆其说,本是考察一部小说是否合格的基本标准。当然,首先,这一标准是建立在小说虚构的前提之上的,遗憾的是,有些作家被当作是小说的作品却还陷在摹拟现实的泥淖中难以自拔,也就难以获得小说因虚构而带来的叙述的想象、飞扬和自由的快感,这是接下来要努力克服和消除的不成熟现象。

当代文学与人文主义传统:以浙江为中心的论述

灵动禀赋

谈论文学与现实的一般关系显然是个超级问题,但就特定地域和时代背景下的浙江文学来看,问题似乎又要简单一些。概要地说,历时六十年的浙江当代文学,既和浙江这块古老土地在六十年中的沧桑巨变有着千丝万缕的生成关系,同时又在现实世界风云际会的土壤里酝生出超越性的、可忽略它所诞生的具体时代的、关于人类本质命题的艺术和声。从1949年到2009年,中国社会经历了从政治到经济的巨大社会变迁。在这一背景之下,浙江作家所感受到的时代巨变的深度与力度在他们的文字中有清晰、细致、全景而宏阔的表现,就这一点而言,浙江当代文学六十年参与现实、干预现实和表现现实的发展轨迹,与全国当代文学的嬗变历程一脉相承、相与偕行,它是中国当代文学"共名"的一部分。可以说,在当代文学话语世界恢复和重建的过程中,浙江作家贡献了一份历史厚礼。

尽管我们相信真正的艺术作品应当具有无法复制的独特个性,然而,那种无视和脱离具体历史情境的反历史主义倾向,显然更会有损于对文学的客观评价和准确定位,在文学发展的每个历史阶段,或在每个历史阶段的特定瞬间,都必然地涌现出记录现实、铭刻当下和引领未来的文学史经典,这反映出文学与时代、文学与现实、文学与生活互相依存、难分彼此的血缘关系。"每一个人的思想都受到自然的和艺术的一切客体的影响和改变,受到一切他允许作用于他自己的意识的语词和暗示的影响和改变。它是一面镜子,一切形式都得到反映,并且在这面镜子里形成一个形式。诗人——与哲学家、画家、雕刻家和音乐家一样——在某种意义上是创造者,而在另一种意义上又都是他们所处的时代的造物。最伟大的人物也逃脱不了这条法则。"①

在中国当代文学史的变迁过程中,浙江文学六十年的每一个历史阶段,都涌现出一代代具有现实情怀、勇于济民救世、坚持当下关照的作家群,浙江文学以"在场"的姿态成为当代文学精神、思想和文化发展嬗变过程中的一份独特史料,让特定历史情境下人们的生存状态永久地折射在作家们的文字世界中。

文学创作作为一种审美实践,它基于一般的社会实践而生,它又不同于一般的社会实践,甚至有时并不是一般社会实践的组成部分。作为一种思想创造与审美实践,文学创作具有自身的审美本体性,它在社会现实之外建构起一个由想象、虚构、冥思、哲想和感性审美构筑成的话语世界,它既在现实之中,又在现实之外;既立足于现实,又超越于现实。六十年浙江当代文学,不论作家们置身其中的时代语境怎样风云变幻,我们发现始终贯穿和流淌着高贵的、神圣的、超越的、带有精神殉道色彩的知识分子人文传统,总能发现每个时代中作家们所坚守的、不言

---

① 以赛亚·伯林著,潘荣荣等译:《现实感:观念及其历史研究》,译林出版社2011年版,第22页。

弃的对于时代、历史、社会、人生的批判性反思和超越性书写,这体现了作家对于自身作为知识分子本质身份的认知与定位。这种认知与定位对于作家们来说几乎是一种先天存在的、流淌在血液中的潜意识。

关于知识分子"士"的定位问题,余英时曾这样论述:"所谓知识分子,除了献身于专业工作以外,同时还必须深切地关怀着国家、社会以至世界上一切有关公共利害之事,而且这种关怀又必须是超越于个人的私利之上的。"①我们必须承认,在当代文学发展的客观历史条件和浙江作家独特人文气质的双重制约下,这种知识分子的人文关怀意识,表现在浙江作家们的文字世界中,它显得不是那么激烈,不是那么彰显,有时还采取着改头换面的遮掩方式,甚至有些意图也许不能成为创作中的自觉实践,它仅仅只能成为现实呈现过程中的一种意念、一种努力,或者仅仅成为主流话语展现中的一点气氛和一缕情感,但这种带着人文主义倾向的现实超越又是如此弥足珍贵。"真正的艺术作品,我们时代的真正的先锋派,完全不遮掩艺术与现实之间的这种疏远,完全不减弱两者之间的差异,而是扩大差异,并且强化他们自己同所给予的现实之间的不可调和性,其强化的程度达到使艺术不能有任何(行为上的)应用的地步,它们以这一方式履行了艺术的认识功能——让人类面对那些他们所背叛了的梦想和他们所忘却了的罪恶。"②以上这段话作为文学与现实关系一种形而上的阐述,也许只是创作者们追求着的一种理想状态。浙江当代文学正是在作家们坚守现实与超越当下的中间地带收

---

① 余英时:《士与中国文化》,上海人民出版社 1987 年版,第 2 页。
② 马尔库塞:《艺术作为现实的形式》,童学文等选编:《现代美学新维度》,北京大学出版社 1990 年版,第 255 页。

获着艺术的斑斓果实。

在以书写革命历史、抒发时代热情为主潮的1949—1966年"十七年"以至"文革"中,茅盾、冯雪峰、夏衍、郑振铎、邵荃麟、巴人、艾青、陈企霞、黄源、林淡秋、许钦文、王西彦、陈学昭、谷斯范、金近、董秋芳、唐湜等一大批早已蜚声文坛的浙籍现代名家以饱满的创作热情与旺盛的艺术生命力活跃在文坛上,如夏衍改编、创作的《祝福》《林家铺子》《革命家庭》《烈火中永生》等电影文学剧本,成为"十七年"电影文学创作最重要的收获之一。著名小说家王西彦回浙后曾两次赴朝鲜采访,创作了《为了祖国和人类》《朴玉丽》等作品,呼应了表现历史大事件的创作要求。著名作家陈学昭回浙后曾长期深入杭州郊区体验生活,并创作了呼应农业合作化运动的长篇小说《土地》《春茶》。以《新水浒》等小说驰名的谷斯范,回浙后先后出版了通讯报告文学集《最可爱的人》《我怀念朝鲜》及短篇小说集《山寨夜话》《晚间来客》等。新时期以来,呼应着时代的潮声,夏真创作了《红门》《大写教育》,可谓是时代精神的高亢赞歌。华侨作家阿航的《走入欧洲》《漂泊人生》《遥远的风车》全方位地反映了中国人在海外创业的艰辛及取得的骄人成就。湖州诗坛诞生了柯平弘扬时代主旋律的诗篇《诗人毛泽东》《诗话浙江》《文化浙江》。《诗话浙江》汇集了作家关于地域文化历史的诗歌作品,延续着他超越历史理性的人性关怀;四千行长诗《文化浙江》则以浙江七千年以来的人文景观为抒情对象,被认为是"用诗歌的形式来解读、颂咏、宣传浙江文化的一部微型的浙江文化简史"。

同时,即便在创作思维一体化的时代,我们也产生了被当时文坛视为异类,遭受排斥、批斗或冷遇,但在文学的宏观视野中具有独特价值的佳作,如茹志鹃的《百合花》等小说,巴人的《况钟的笔》等杂文,张中晓的《无梦楼随笔》、丰子恺的《缘缘堂随笔》、萧也牧的《我们夫妇之间》等作品,这些人文之作是值得浙江文学记取和自豪的。众所周知,在当时产生巨大影响的茹志鹃的《百合花》被茅盾评价说:"这是我最近读过的几十个短篇中最使我满意、也最使我感动的一篇。"也许是巧合中的必然,创作者和评论者都是浙江人,可见他们有着共同的文学敏感度与审美倾向性。置于当下再回首去看,茹志鹃在20世纪50年代的突出之处,就在于她超越了战争思维的善与恶、胜与负、英雄与凡人、敬仰与训导等二元对立模式,作家以人文关怀的柔情,基于人性视域对战争及战争中的个体生命与心灵的理解,以及对凡人情感生活的深切把握和对日常生活世界的关照,在战争题材的大场面中达到了举重若轻的超越。

事实上,《百合花》在超越性的人性视野中又带着对现实的批判与反思,作者坦言创作这篇小说最直接的动因是有感于泛滥的战争思维所形成的紧张人际关系,作家对小媳妇与小士兵之间淳朴情感的讴歌包含着一种与时代情绪形成差异对照的朴素心愿,"通过抒发对往昔燃情岁月中人与人之间真情的追怀,用诗意的方式表达对正常人性和美好情感的追寻,表达出作者对人人自危的现实状况的失望与批判"①。

另一篇在20世纪50年代引起争议的小说则是1950年萧也牧创作的《我们夫妇之间》,小说描写了一对被誉为"知识分子与工农相结合的典型"的夫妇,进城后两人关系如何出现裂痕及这裂痕如何获得修复的经过。作品涉及了当时相当敏感的两个层面的问题,即一些干部在接管城市后头脑中根深蒂固的农民意识与城市文明之间的冲突、知识分子与工农的关系及知识分

---

① 李建军:《再论〈百合花〉——关于〈红楼梦〉对茹志鹃写作的影响》,《文学评论》2009年第4期。

子自身思想改造问题,"我的妻"(张同志)和"我"(李克)分别代表着互相冲突的两种文化力量。最为可贵的是作家并没有以流行的阶级论来简单处理"我"与"妻子"之间的冲突,"我"与"妻子"最后矛盾的和解不仅因为"我"被"妻子"的政治热情、革命干劲和心地善良所感动而进行了自我反省,同时也因"我的妻"在城市文明的熏陶下正在改变自己的生活习性。萧也牧的《我们夫妇之间》的结尾显示:实际上"我"只在政治上认同妻子,在生活品位上依然保持了自己的趣味,并且还在用这种趣味同化妻子,"这无疑与主流意识形态对知识分子与工农的定位是大相径庭的"①。

张中晓的《无梦楼随笔》,坚持了知识分子文化传统中最为可贵的一面,那就是,在逆境中依然坚持对人类正义与良知的担当,对思想、正义与良知的忠诚使他甚至对自己产生反省,作品中所表现的精神之博大与其处境之困厄两相对照,震人心魄。《无梦楼随笔》让我们看到了那个时代有良知的知识分子的心路历程,"无疑是当代文学史乃至当代文化史上的一座道德文章的丰碑"②。巴人 20 世纪 50 年代中期的《姜尚公老爷列传》中塑造的姜尚公老爷这个浙东山村地主老爷形象,虽烙刻着以阶级性阐析人物的时代痕迹,但作品依旧保留了以儒文化传统人格与心理作为建立人物行动逻辑的重要因素,文本与人物因阶级性与儒文化的双重因素而在当时的小说中具有独特的审美价值。

随着"文革"结束后对于历史伤痕的清理和对往昔岁月理性分析的深入,从 20 世纪 70 年代末至 80 年代中期,浙江作家感

---

① 董健、丁帆、王彬彬主编:《中国当代文学史新稿》,人民文学出版社 2005 年版,第 86 页。
② 陈思和:《中国当代文学史教程》,复旦大学出版社 1999 年版,第 158 页。

应现实、追问历史、抒发情怀的灵动细腻型人文禀赋得到了更大空间的呈现。缘于地处南方的独特位置、开放自由的地域文化和柔慧细密的气质风格,重获创作自由的浙江作家们十分敏锐和快速地以时代记录者、反思者和引导者的身份汇入全国文学创作的大潮中,以巨大的创作热情召唤着浙江文学的盛季,浙江文学在特定时期的沉寂之后迅速崛起并堪当重任。留守在浙江土地上的叶文玲、汪浙成、温小钰、夏真、王毅、胡尹强等作家的创作在全国文坛引起瞩目,使浙江当代文学呈现出一种朝气勃发的态势。汪浙成、温小钰夫妇1980年因发表中篇小说《土壤》而产生广泛影响,他们以一系列关乎社会和民生问题的小说,表现出作家庄严的社会责任感与批判意识。胡尹强是一位有着执著现实主义追求的作家,他因《楼梯间里》《动摇》等校园题材小说而产生影响,其作品善于捕捉外表平淡但内涵精微的社会命题。迁徙到北京、但与浙江文化依然有着密切联系的张抗抗,以《夏》《淡淡的晨雾》《白罂粟》等作品,以"思考的一代"特有的敏锐与深沉切入对时代与人生悲剧的历史性探究中,以知青境遇和内心思想的真诚、深刻的袒露而别具价值。在这一创作潮流中,尤以叶文玲的创作影响广泛,这时期她的小说集《心香》《无花果》《长塘镇风情》,长篇小说《无梦谷》《秋瑾》等,以清幽淡远的风格疏离着记录伤痛的痛切之感,以朴素的民本思想召唤健康美好的人性,预示着一种美好的道德形态与精神资源重建的理想,呼应着读者的时代情感需求而产生了很大的社会反响。

就人文追思深化与升华的逻辑联系来看,超越单一的社会学艺术思维的模式,深入传统文化内部进行隐秘探寻,以发现和重建文化传统为目的的"寻根文学"无疑是对"伤痕"与"反思"的一次决断性超越,值得骄傲的是,浙江文坛在这一超越过程中扮演了重要的历史角色。参与筹备杭州会议的批评家蔡翔回忆说:"文化这个概念大家都有了一个共识,但不能说杭州会议就直接酝酿了'寻根文学',不好这么说。韩少功也这样认为。但是后来'寻根文学'的基本概念在这次会议上已经有了一些共识,这次会上算是把大家平时想的问题明朗化,所以杭州会议和'寻根文学'有内在联系。不能说直接地酝酿'寻根文学',但是它有一个内在的瓜葛。"蔡翔曾著文回忆说:"这次会议不约而同的话题之一,即是'文化'。我记得北京作家谈得最兴起的是京城文化乃至北方文化,韩少功则谈楚文化,看得出他对文化和文学的思考已由来已久并胸有成竹,李杭育则谈他的吴越文化。"[1]由地域文化则引申至文化和文学的关系。

以往的文学史叙述中,我们一般把当代文学中的伤痕梳理、批判反思与文化寻根三股思潮看作是逻辑链条上的先后产生物。然而,当我们今天回顾这个历程,事实显然不是这样,如果我们还原20世纪80年代中期文学发生的现场,这三股创作潮流几乎是同时登台的,并且在很多作家后来的创作中,这三股创作路向几乎是胶着缠绕在一起呈现的。我们完全有理由说:在20世纪80年代中期的时空下,"寻根文学"是一些不停滞于、不固守于现实再现的作家对当时仅仅局限于社会批判性创作思维的一次可贵超越,并且这一次决断性超越对延续至今的当代文学二十多年的后续发展起了非常重要的思想导向作用。

在此,我们需要认真分析一下"文化寻根"思潮产生的现实环境,这一思潮之于浙江文坛的特殊意义,以及浙江文学在这一思潮的导引下所取得的独特成就。以李杭育为代表的浙江作家

---

[1] 蔡翔口述:"杭州会议",见《一九八五年"小说革命"前后的时空——以"先锋"与"寻根"等文学话语的缠绕为线索》,王尧:《"思想事件"的修辞》,人民文学出版社2008年版,第61页。

"寻根"的最初动机和主观愿望是为江南文化的传统皈依寻找依据,发现"吴越的幽默、风骚、游戏鬼神和性意识的开放、坦荡",应该承认,这个愿望和动机是有着十分清晰的现实旨归的。现代化过程中的文化冲突问题令人猝不及防地站到了年轻人面前,在文化守成主义思潮的激励下,他们普遍认为:"如果以'现代意识'来重新观照'传统',将寻找自我与寻找民族文化精神联系起来,这种'本原'性(事物的'根')的东西,将能为社会和民族精神的修复提供可靠的根基。"①总体而言,寻根文学是随着作家们对历史伤痕清理的深入、随着中西文化交融冲撞程度的加剧和深入、随着作家对于历史与民族性深入理解的愿望、随着中国文坛追溯近代以来中国坎坷道路的文化根源而形成的。1984年底的杭州会议打出了"文化寻根"的旗号,并提出了建设性的理论主张。在这场"寻根文学"大潮中,浙江作家努力探入吴越文化的内部,寻找地域文化中的种种本质特征,然后在地域文化的历史语境中塑造人物,寻找人们个性与行为方式的历史文化依据,并且通过民俗、民情的风俗画、风情画、风景画的描摹,营造出独具风韵的话语空间,并以此折射作家对传统文化内在结构的深层思考。

回首去看,"寻根思潮"对当时创作格局的超越和对传统文化的回归,就客观环境而言,至少有酝生出这一思潮的三方面现实因素,而这三个因素在浙江这块土地上又是如此突出和强烈,这也是浙江文坛在寻根思潮中能涌现出以李杭育为中心的一批作家,并成为全国寻根思潮重镇的主要原因,而这些酝酿产生"寻根思潮"的现实动因一直延续下来,几乎可以构成浙江作家最近二十年生活与创作的基本现实环境。当然,这些现实环境的因

---

① 洪子诚:《中国当代文学史》,北京大学出版社1999年版,第323页。

素在后来的作家们的主观世界中引起的反应、所得到的呈现已是"古今不同",不可同日而语了。

之一:浙地兴盛繁荣的经济环境及现代化进程中的城乡格局转换。浙江历来富庶,尤其是以杭州为中心的宁绍平原、杭嘉湖平原一带和杭州以南一带的富春江流域,历来是江南富庶之地,鱼米饱足,商贾鼎盛,居住民很早就拥有高超的人文修养,20世纪80年代中期以后的浙江更是以经济改革和对外开放的前沿位置领全国之风骚,经济实力在全国居于领先地位。在这一拥有相对固定的文化传统和辉煌文明史的地域迅速崛起的过程中,发现和保护具有地域色彩的、以越人生活方式和人格形式为中心的传统文化,为浙江的地域文化注入自信与活力,这也许是浙江作家从传统文化上寻找依托的情感动因。

在国际大都市上海的辐射圈的影响下,曾作为南宋都城所遗留下来的高度的文化自足性,使浙江这块土地上的知识分子对于灿烂的地方文化十分自豪并自足。而以上海为中心的海派文化背景的辐射和城市商业文化的风气之先,使浙江作家更快、更早、更敏锐地感受到都市文明的脉动,这从萧也牧《我们夫妇之间》的城乡褒贬立场中也可见一斑。从农村来的"我的妻"看到城市中"烫着鸡窝头的女人"和"光怪陆离的城市景观"所表现出的震惊,与茅盾《子夜》中从农村来的"老太爷"到都市看到"冬天露着大腿的城市女人"和"霓虹灯胡乱闪烁迷人眼目"所引起的震惊何其相似;"老太爷"在城市的刺激下命归西天,而"我的妻"则为城市而改变了自己。可以说,从农村到城市生活场景的转换对于浙江作家们来说是很早的生活,也是十分熟悉贴切的。城市景观对有些作家而言就是他们生长背景的一部分。

李欧梵的《上海摩登》中曾仔细描述过咖啡馆、电影院、亭子间、百货大楼等现代城市景观,并认为"它们不仅在地理上是一种标记,而且也是西方物质文明的具体象征,象征着几乎一个世纪的中西接触所留下的印记和变化"①。李杭育的葛川江上渔佬儿面对的是"城里人"和"高楼里的人",蔡康的《空屋》中塑造的每年都要回家看倒塌了的老屋的、住在城里的"父亲"形象,都是中国城市化进程的遗痕。当代文坛真正以作家群的形态产生能直面描写都市并触及都市人灵魂的作家,大约要到20世纪90年代登上文坛的所谓"晚生代作家"群。在这一过程中,浙江文坛也出现了如亦秋、章轲、陈锟、顾艳、夏东风和湖州女作家群等善写都市题材的作家。总体来说,作家们努力的空间尚且很大,在直面式的都市文学精神世界的拓展、深化和延伸上,浙江作家已经丢失了在现代文学期、"寻根"时期,甚至"十七年"这样的非正常时期的创作优势。

之二:在工商业社会迅速发展的过程中,作家们很快就发现一个令他们无法接受的现实,那就是经济的发展和文明的进步是以传统生活与传统人格瓦解为代价的,而这一点又必然与他们所要达到的重建地域自信的现实需要产生内在的深刻矛盾,这就使浙江的作家们对传统复归产生了进退两难的抉择。我们发现,李杭育在"葛川江系列"后难以为继,不像陕军、鲁军那样对寻根有一如既往的执著,原因也在于此。在浙江作家的笔下,往往文本会呈现传统复归与现实认同兼而有之的双重取向,这也是一个十分复杂而特殊的现象。寻根文学所呈现的,不仅是皈依到传统中去寻找虚妄的依靠来对抗变化中的现实,更呈现了现实世界中以科技、理性、发展和工具论等诸多因素建构起来的决定性力量,那种排山倒海的历史前进力量是无法抗拒的,传统的生活方式与淳朴人格的延续,注定只能是一曲牧歌,也终将

---

① 李欧梵:《上海摩登》,北京大学出版社2001年版,第46页。

是一曲挽歌。

可以说,浙江的现实是经济与文化之间的复杂关系在当代最生动的区域体现。据2004年浙江省统计局的统计数字,浙江省城镇居民人均可支配收入14 546元,农民人均收入6 096元,对比全国,就可知浙江在全国的经济发展位置,同样根据2004年年底的统计数字,我国农村绝对贫困人口为2 610万人,占农村人口的比重为2.8%,农民人均年收入为2 936元。另一组数字是,由国家统计局公布的2004年全国百强县中,浙江省独占30席;由《新财富》公布的2005年500富人榜中,浙江105人,位列全国之首;由《福布斯》公布的2005年中国100位慈善人物榜中,浙江有21位企业家上榜。在这些由数字体现出来的经济速度面前,小桥流水人家的浪漫守候似乎有些力不从心,在现实的需要与理想的守护之间,浙江作家更强烈地感受到文化选择的尴尬处境。

大机器生产驱走了诸如枯藤、落叶、斜峰夕阳、孤舟野渡这些农业文明的意象,空灵悠远的小令和一唱三叹的古风嵌不进钢铁世界。面对这些,浙江作家所面临的精神困境尤其强烈,现实的困境往往孕育着文学的生机。在作家的话语世界中,重新复活了那些随着现代文明的崛起而凋零了的乡村、古镇与生活在其中的人们:林斤澜的"矮凳桥"、叶文玲的"长塘镇"、李杭育的"葛川江"、王旭烽的"西湖人家"、沈贻伟的"绍兴水港"、沈治平的"南运河风情"、赵锐勇的"浣江人家"、汪逸芳的"西塘人家"等。在这里,农村的乡村和都市的民间,生活形态与人物性格往往成为作家们对抗现实、缅怀过往的一种最好形式。在20世纪中国城乡格局与矛盾冲突对立化的书写中,萧也牧的《我们夫妇之间》是对他的时代的一次超越。20世纪80年代中期以来都市文明以物质现代化的合法性取得其稳固的现实地位的时候,作家们却又潮流式地咏叹起乡村文明的哀歌、情歌、牧歌和挽歌,从这个意义上说,文学作为一种精神活动与人文关怀,它永远以怀旧的形式抚慰人类失落的痛苦伤口。如艾伟的成名作《乡村电影》中,作者细致而深情地描述儿时在乡下看露天电影的美好时光。"文学家不仅是文学和社会的研究者,也是未来的预言家、告诫者和宣传者;这两种作用在他们身上是难解难分的。"①

之三:在经济发展和对外交流加剧的过程中,较之中国内陆地区,浙江作家尤其强烈地感到外来文化的压力与威胁感,于是有更强烈的愿望通过历史的线索与人生的挣扎来表现中华民族不灭的火种。浙江作为沿海开放省份,自明清至民国都一直保持着一个地域文化的内部传统,即"面海的中国"传统的承载地之一。

美国学者费正清指出:中国自海禁大开以来,"面海的中国"的"小传统",对以儒家文化为正宗的占着思想文化"支配地位"的大传统形成有力冲击,中国文化发生着传统与现代文化交融与冲撞的变迁,而这个转化也正是民族新生之良机。李杭育强调自己小说创作的现实目的是"要为汉民族招魂与铸魂",这使我们回想起沈从文在谈自己以湘西边地为对象的浪漫化书写中,背后的现实目的:以边地文化的原始雄强精神引燃中国这个老态龙钟的民族。文化寻根的意图是以地域文化的守护为依托,从地域文化中寻找有生命力的因素,将文学植根在悠久而雄厚的民族文化土壤中,并以中国化的文学引领国人重返传统文化,以此作为当代文学重建的可行之路。全国是如此,浙江尤是如此。在这一现实的感召之下,有些作家的创作在困境的挣扎

---

① 勒内·韦勒克、奥斯汀·沃沦著,刘象愚等译:《文学理论》,江苏教育出版社2005年版,第101页。

中达到高峰，如王旭烽的《茶人三部曲》、余秋雨的《文化苦旅》等。尤为值得称道的是王旭烽的《茶人三部曲》，其中尤以《南方有嘉木》最见作者糅江南之灵秀与历史之大气于一体的独特风骨，小说没有纯粹将茶文化作为表现的中心，也没有将纯粹的风土人情作为文化来表述，而是将茶人命运放在中国近现代历史的大背景下，以此把握和展示吴越文化的精髓，"他们在那小天地里自得其乐和对周而复始生活的叛逆冲动，那血性起来时的慷慨悲歌和总也摆脱不掉的颓唐，那细腻敏感的内心感受和优雅散淡的市民习气"[①]。

王旭烽的高超之处是将"文化"从形而上的抽象层面和作为传统而存在的独立物重新放置在历史与社会的风云变幻中，作为一种心理结构和人文特征的地域文化，它从来不仅仅体现在一种器物、一群人或一种风俗上，它与现实社会的诸多因素结合在一起才能得到最本质的体现，文化的生存或死亡、封闭或新生也必须在历史的抉择中才能定局。因此，茅盾文学奖评委的评语是："茶的青烟、血的蒸汽、心的碰撞、爱的纠缠，在作者清丽柔婉而劲力内敛的笔下交织；世纪风云、杭城史影、茶业兴衰、茶人情致，相互映带，熔于一炉，显示了作者在当前尤为难得的严谨明达的史识和大规模描写社会现象的腕力。"[②]最重要的是，小说通过历史事件的变与越人精神的不变，提出了地域文化的历史创化与生命力延续问题，越文化柔婉而坚韧、颓唐而激越、奢靡而灵动、散淡而内敛的双重性格是这块土地上的人们生息发展的不竭动力。可以说，《茶人三部曲》中写的"茶文化"，真算是写到了文化的深处与活处。

---

① 吴秀明主编：《文学浙军与吴越文化》，浙江文艺出版社1999年版，第37页。
② 转引自王旭烽：《南方有嘉木》书首页，浙江文艺出版社1995年版。

从 1949 年到 2009 年,纵观这六十年风云跌宕、波诡云谲的历史巨变,由于文学与政治、文学与社会、文学与读者、文学与媒介乃至创作者与时代等诸多关系的演变,文学与现实的关系嬗变的幅度巨大。在文学内部,当代文学初始阶段的创作思潮呈现出较强的社会政治内涵,由粗疏到精湛,创作从一般的政治反思上升为对人类普遍具有永恒哲思的文化反思,作家们从 20 世纪 90 年代后有一个普遍性的、趋向性的创作转型和提升,在传统文化与历史往事的呈现中则更为注重对丰富、细微和平实的个人生活世界,尤其是个人的精神世界与心理逻辑的深入还原与解读。

在文学外部,从 1949 年至 1978 年的前三十年,文学处于中心位置,扮演着精神领域主导者和号令者的角色;从 1979 年至 2009 年的后三十年,文学看似失去了中心地位号令者的优越,在文化媒介发生巨变的新时代,无奈地让位,处在退居边缘的落寞境地。然而,从精神指向和价值旨归的角度上考量,文学却获得了全新的生长空间和拓展的可能性,文学从政治的附庸中抽身而出,返归它自身的独特本质,作家们获得了与社会重大事件形成和保持距离的精神自由和创作空间,使他们更有可能以社会警戒者、预言者和人文主义关怀者的身份来关注和书写周围的一切。

分段总括之,前三十年的创作主题基本是以"阶级"为核心来解读人类、社会与历史;而后三十年的创作,作家们则大多数是在"文化"的怀抱中找到了皈依的母体,这也是我们在这里要多花一些笔墨来细致阐述"寻根思潮"在浙江文坛来龙去脉和价值取向的原因。在相当长的历史时期内,地域文化和本土文明是一个暧昧的问题,作家们在如何对待和表现地域文化的问题上曾徘徊良久,作家们一度将摆脱传统文化和地域文化的色彩作为创作的成人礼,而从 20 世纪 80 年代"寻根文学"亮起寻根的大旗后,我们几乎可以在所有浙江作家的创作中探寻到他们对本土文化在情感和理性上的双重皈依。

信手拈来,随意的一部作品中就可看出"文化气息"与"文化阐析"无处不在的渗透和支撑。一方水土养育下的作家写一方的文化,李苏卿、李浔父子带有乡土情绪的江南诗,在诗坛上产生了一定的影响,他们被誉为中国江南诗的代表诗人。潘维的诗歌被认为是"液体江南:汉诗地图中的一个路标",他的江南哀歌《太湖龙镜》在当时的诗坛获得好评。邹汉明的诗歌《四季南方》是这样书写嘉兴的:"一座光的庭院,/孕育了潮湿的萌芽/一口锈蚀的水井,/埋葬着一颗很深的灵魂/一条石拱桥,一簇油亮的青苔/一朵摇曳的绿火,/一滴水晶般的雨水/哦,说吧,一个躺在水底下的懒洋洋的南方。"①阳光明媚的庭院、带着锈蚀的千年古井、轻盈狭窄的石拱桥、暗夜里摇曳的渔火,勾勒出一幅美妙的江南水墨图。再如立人的《水乡情结》《水乡的桨》《怀念水乡》等《水乡组诗》里,"到处是水的声音。/布谷的声音/桑椹开裂的声音/芦苇拔节的声音/渔夫在簖上挥臂敲打竹桩的声音",里面有鸡啼、小桥、炊烟、渔簖、河网、摇船等优美的意象,作家将故土的文化具化为富有典型性的物象。

就"阶级"与"文化"两者的关系而言,在中国当代文学的演进过程与历史语境中,后者当然具有对前者"一元论"的超越意义。但是,由一种思维方式统摄一切的创作模式永远是存在弊端的,以"阶级"论是如此,以"文化"论亦是如此,尤其是当作家们仅仅将"文化"的含义定位为传统文化所形成的稳定生活方式和人的心理结构时,就更会限制对人生与社会形成更为宏阔和

---

① 邹汉明:《四季南方》,见嘉兴市文联编:《嘉兴市优秀文学作品选·诗歌卷》,学林出版社2001年版,第34—35页。

深入的了解,作家们如果太多地从传统文化、地域文化那里寻找创作依托的话,往往会迷失在一方小天地中而忽略了对现实世界更为精准的把握和更透彻的洞察。

不管是折射还是反射,都必须承认,文学是社会历史的一面镜子,文学在时代的土壤上生根生长,浙江当代文学与社会历史的关系当然也不可能违背这一文学规律。在中国知识分子精神传统中的"文以载道""经世济民"思维方式的作用下,在近代以来浙江思想文化先哲们参与国家和民族的改革图强历史伟绩的影响下,浙江作家素有强烈而执著的现实担当。

自近现代以来,关注社会现实,以文学参与时代变革,在生活的巨大震荡中揭示现实的发展动态与社会的脉象,反映与历史发展趋向相关联的思想和精神,成为浙江文学优良传统的一个方面。同时,自宋明以来启蒙文化所形成的隐性的两浙文化的开明传统,浙江沿海的地理位置所形成的商业经济和对外交流的思想遗留,浙江人依海傍水而居所养成的灵动自由、高洁绵密的人文个性,浙江相对于中原儒文化圈所形成的南方蛮夷边地的自我放逐与自由取向,以及由此而形成的对民间社会与日常生活的人文尊重倾向,都使浙江当代文学不可能成为中国当代文学完全忠实的跟随者,它发出了自身特殊的动听的声音,绘出了自身的特殊的美丽画卷,浙江的作家们在感应和书写特定历史情境下的主流话语的同时,又以飞翔的创作姿态、旁逸的人文追思和高蹈的理想实现着对现实尽可能的超越。

雅士文化与民本传统的交错包容

以全国范围内的楚文化、黄土地文化、京派文化等其他地域文化作参照来看,吴越文化总体和本质上具有雅士文化的特征。

环境是文学创作的三要素之一,生存环境富庶、平和而安宁,人们就会产生更多的精神向往,寻求生活中的雅趣和闲逸,作家生活在这片土地上,必然成为地域文化性格最显著的代表。宋代以降,中原汉民大量南迁,使吴越之地的尚文之风逐渐形成并加强,轻礼重乐的文化传统也开始显现,知识分子的文化素养追求与中国传统文化和思想观念融会贯通,对现实生活进行富有超越性的情感体验,追求精神的自由与张扬,追求主体逍遥、浪漫、冲淡、柔美的精神世界的构建。在漫长的历史演进中,吴越文化以其独特的超越性的精神价值和丰富的艺术风格而自成特色。这个传统特征以其旺盛的生命力延续至当代而不绝,只要客观创作条件许可,这种文学上的审美特性就会得到最大限度的彰显。

对浙江当代作家而言,表现独特的吴越风情和冲淡雅致的生活品性一直是作家心仪的创作题材。一方面,浙江本土文化传统是雅士文化,是贵族文化,浙江以自身拥有的悠久而丰厚的文化传统而自足,而知识分子又处在这一文化传统的顶端,在心理上具有隐蔽而强烈的自信和优越感,作家往往很自觉地在他们的作品中呈现悠然自得的越文化色彩。反映在创作中,作家往往偏重选择自然、轻松而灵性的题材,如山、水、云、烟、酒和茶等;在他们笔下出现的地域文化景观,都常常与清风白水、竹篱茅舍、古寺古庙、石桥河埠、墙门小巷、清溪小船、丽花秀草等精致雅逸的意象联系在一起,给人以无限的韵味。像叶文玲的"长塘镇系列"、李杭育的"葛川江系列"、王旭烽的"茶人系列"、沈贻伟的"绍兴水港系列"、沈治平的"南运河系列"、赵锐勇的"浣江系列"等,莫不如此。即便是描写大江、大山或是重大、凝重一类题材,在表现吴越人民相对坚韧刚强的另一面文化性格的同时,也总是氤氲着浓浓的空灵之气,与"陕军"等西部或北方作家迥然有异。

　　这是吴越文化品质构成的一方面。另一方面,作为大中华文化的一部分,吴越文化与巴蜀文化、荆楚文化、岭南文化等地域文化一样处于边缘化的位置,与中原主流文化相对应。这主要是由于古代吴越文化与中原主流文化相隔绝,历史上被称为"南蛮",具有质朴野性的一面,且在心理意识层面对中原主流文化形成一种隐性的"帝力于我何有哉"的逍遥与抗拒心理。回顾历史变迁,在历次中华各民族南北大迁移的过程中,生活在越地的土著民曾大批逃亡闽、赣、粤乃至东南亚和日本等地,形成了吴越之民往往向南方和海外寻求发展和生路的民间传统,与北方的中原文化相对疏离,儒文化的正统地位在民间社会的根基也不如在北方那么稳固,因此吴越之地素有"越名教而任自然"的民间传统与民本立场。

　　再加上其优越的对外交往地理位置,吴越很早就有对外文化交流的辉煌历史,意大利的航海家马可·波罗13世纪就曾来到苏杭等地,并对当地的灿烂文明惊叹不已。而近代被动的对外交流客观上促进了西方民主思想与人道主义在中国的植根,新思想对吴越之地的影响尤甚,孕育了大批曾留学日本和欧美、具有世界影响的现当代思想史与文学史的大家,如鲁迅、茅盾、郁达夫、艾青、徐志摩和戴望舒等人。中国现代文学大家陈独秀、胡适和周作人的三大文论中,周作人的《人的文学》与《平民文学》表现"健全的人的文学"的新思想对现代文学的影响尤其深远,其中的核心概念,即"人道主义"是"人的文学"的哲学基础,倡导描写平实的"人的平常生活,或非常人的生活",使人们以此"明白人生实在的情状,与理想生活比较出差异与改善的方法"。

　　民间立场的草根传统与人道主义的现代新变在当代浙江作家的创作中有十分明显的余脉流传,具体表现为浙江作家笔下大量的"小人物"题材。在身怀技艺或平凡无闻的底层人物身上,作者写出他们贴近生活的生命状态、浑然天成的美好性格、自然的人性表达,即使在恶劣的环境和艰苦的生存斗争中依然保持着对生活朴素自然的美好愿望、乐观的天性和令人可敬的生存智慧。如林斤澜的《雪天》《孙实》,朱樵小说集《平民百姓》中的《绿豆糕矮子》《菜农胡阿三》和《杂工沈保金》,阙迪伟的《乡村行动》《村长有事》和《老江家的故事》等。

进一步来看,浙江文学雅士文化与民本立场的交错包容最明显的表现,在于作家如何处理自我身份与表现对象的关系,概而论之,就是浙江作家笔下的"小人物故事"大多被赋予平和与宽厚之气,作家较少对平民性格中的负面因素进行声色俱厉的批判,也较少对平民的苦难生活进行声泪俱下的控诉。浙江作家自身大多在情感上倾向于雅致的上层文化,又对底层的平民文化有一种自然的包容、谅解,甚至是感同身受的喜爱,他们尊重人性的高贵,体谅人性的弱点,尊重自我与他人作为个体的情感感受与现实权利。他们乐于欣赏并表现小人物的自足自在、自尊自爱,很少有涕泪文学那种极端的控诉和浪漫文学那种伪饰的美好,作家们大多着力于表现一种充满了逍遥、舒适与满足感的乡野生活与民间状态。在中外文学史上,也有很多这样的例子,如列夫·托尔斯泰、雪莱、果戈理和卡莱尔等。如果作家有对创作和现实足够认真的勇气和超越私利的责任感,那么,"一个作家的社会出身,在其社会地位、立场和意识形态所引起的问题当中,只占一个很次要的部分;因为作家往往会驱使自己去为别的阶级效劳。大多数宫廷诗的作者虽然出生于下层阶级,却采取了他们恩主的意识和情绪"[①]。

[①] 勒内·韦勒克、奥斯汀·沃沦著,刘象愚等译:《文学理论》,第104页。

批评的观念

对此浙江文学本身即有很绵延的传统,如郁达夫、徐志摩、鲁迅对民间小人物、苦生灵那种出自人心暖处的关切和对他们的苦难无能为力而产生的深切自责都曾是现代文学史上闪亮而宝贵的精神传统。作家们要保持对底层人物和底层生活的关注,对生活苦难的关注和书写,对小人物命运的悲悯、同情与呐喊,同时也要对那些在社会经济转型过程中在物质上得到提前满足、而在精神上依旧处于困境中的新富人们给予关注和细察,这也可说是作家们对民间社会生存现状的超阶级、超集团、超时代的书写。目前来看,经济与社会发展所引起的新富人们的精神困境问题在浙江作家的创作视野中初露端倪,但显然在作家群中所引起的反应依旧是寂寥和淡薄的。

从中国的整体格局来看,浙江在中国的地理版图中尚处于"中原腹地"与"南夷边地"的中间与过渡地带。它是大陆文化和海洋文化的混杂;它丰富复杂,像介于海洋与大陆之间的沼泽地一般,充满生机,因此从地理特性上看也符合它的文化构成中雅士文化与民本传统相互统一的特点。进而论之,以上所说只是基于越文化各种异质的构成所形成的概貌来判断,只就越文化与中国其他地域文化相比较才得以成立。实际上,地域文化内部同样具有强烈的差异性,就一国来说是如此:"中国文化有一特点,就是它的差别性,它的丰富性,并不像欧洲那样,每一个作家是在民族国家建立起来之前,有一个统一的民族文化,像德国、法国、英国。中国是多民族的国家,文化有非常大的差异性,既表现在民族上,又表现在地域上。"[①]

就浙江一地而言也是如此。它的一部分土地面对着磅礴的

[①]《一九八五年"小说革命"前后的时空——以"先锋"与"寻根"等文学话语的缠绕为线索》,见王尧:《"思想事件"的修辞》,第58页。

东海并连接着可延伸至海外的大洋,一部分土地连接着内陆丘陵地区,还有几乎处于中国版图最东端的海中的独立生态岛屿。另外,就浙江内部地区的主次性而言,杭嘉湖和宁绍平原处于中心,而其他的临海和丘陵地域则相对边缘,这也会由于地理位置的不同而形成不同的人文特点。大体上说,置身于中心位置的作家群受传统文化的熏陶更深一些,因此雅士文化的特征就会相对多一些;而处于边缘的作家则相对更多地保持和体现了民间的、民本的传统。结果,多元文化交错包容的品性在浙江内部的不同地域形成了不同的人文内涵与审美倾向。这些不同的人文内涵与审美倾向,既在作家们的创作中有一贯性的坚持与体现,也在作家们交流和迁徙的过程得到了不同个性互相之间的涤荡、冲撞与重建。

中心与边缘、平原与丘陵、临海与内陆,这些不同地域的人文特点所形成的差异与共性构成了浙江文坛复杂而丰厚的内涵。如以钱塘江为界的浙东与浙西的文化传统就存在相当大的差异,浙东多山,而浙西多水,因此这两种文化性格主要表现为"山之性格"与"水之性格"的差异;又由于浙东的宁波和舟山等地都临海,具有海洋文化磅礴、大气、进取的特点,而浙西的嘉兴、湖州则受太湖、大运河等内陆河流的文化性格的塑造,形成了细腻、温婉而坚韧的特点。"如果说浙东多山的自然地理特点,使得其地域文化具有一种'刚劲而邻于亢'的特点,那么,浙西近泽的自然地理特点,其文化则有'文秀而失之靡'的特点。"所以,"以犀利、坚韧、精细见长的'深刻'文风多出自浙东,以清秀、幽玄、柔美取胜的'飘逸'文风则多出自浙西。这种历史存在的审美差异,在新文学的'两浙'作家身上也得到了继承和弘扬。像浙东作家颇多'硬气',如除周氏兄弟外,还有'像地地道道农民'的冯雪峰,喜欢表现'石骨铁硬'性格的巴人、王鲁彦、许杰等,其文化性格和审美风格都偏'刚性';而浙西作家的创作则多具有'柔婉'的特点,如来自杭嘉湖地区的茅盾、郁达夫、徐志摩、丰子恺、戴望舒等,其文化性格和审美风格大都偏'柔性'。"①其中,如嘉兴位于钱塘江以西,历来归划为浙西地区,确实,地处浙西的嘉兴,其文尚柔,具有水性的气质。同时,蚕桑渔耕文化与运河文化的濡养,又导致嘉兴文学具有勤勉、务实、质朴、善开风气之先的品格。如湖州、嘉兴和杭州文学中多"江南"字眼,而宁波、舟山等地虽同在"江南",但"江南味"并不彰显,更多"大海奔腾"的语汇与意识;温州、台州、丽水的文学则在江南的灵秀中更糅入一丝穷山恶水之山地才有的凌厉、骁勇、不屈和刚韧。

浙江的文化精神与美学性格既有整体上的同一性,又有地域性上的差异性。这种同质与异质性的审美与人文内涵得到突出彰显的时候,往往是作家们面对时代突变和时代选择的时候。突出彰显的表现是作家们面对全新的时代语境、人生命题与创作转型时的选择,是从内容到形式作家们所坚持的和所放弃的、所继承的和所创变的;尽管作家的创作取向与价值立场存在差异,但就总体来说,雅士文化与民本立场始终以交错的形态形成浙江作家的基本文化品质。

20世纪90年代以来,"当代文学史第一次出现了无主潮、无定向、无共鸣的现象,几种文学走向同时并存,表达出多元的价值取向"②。当代文学的社会环境的重大转折发生在20世纪80年代末到90年代初,这个转折是急剧而迅猛的,国家经济领域的改革开放步伐正在加快,商品经济意识不断渗透到社会文化

---

① 黄健:《"两浙"作家与中国新文学》,浙江大学出版社2008年版,第53—54页。
② 陈思和:《中国当代文学史教程》,复旦大学出版社1999年版,第322页。

的各个领域,社会经济体制也随之转轨。在整个社会转型的大背景下,传统意识形态的格局相应地发生了调整,知识分子原先所处的社会文化的中心地位渐渐失落,向社会文化空间的边缘滑行。社会的客观环境因素促成了20世纪90年代以来基本的文化特征:"五四"传统中的知识分子启蒙话语受到质疑,个性化的多元文化格局开始形成,以及出现了知识分子在精神上的自我反省。在文学创作上则体现为对于官方的、政治的、功利化的道德理想的怀疑,转向对个人生存空间的真正关怀,特别是由此走向了民间立场的重新发现与主动认同。应该说,90年代以来文化与思想领域的这一转折与浙江的文化品质本身是契合和呼应的,但从客观的层面来看,浙江文化转型的深度与速度要远远落后于它在经济、政治领域转型的深度与速度,这又是我们无需讳言的。

在看似自由多元的创作格局中,作家及其文学创作却迎来了新的严峻考验。市场经济与传媒时代下的文化建设仍然是不平衡的,现代传播媒体和大众文化市场在现代社会文化发展中起了越来越重要的作用,其背后仍然体现着强大的国家意志与商业利润双重力量的制约,而作家们所坚持的特立独行的社会批判立场和纯文学的审美理想,在越来越边缘化的文化趋势中相对处于比较艰难的境地,这就不能不迫使作家重新思考、探索和定位自身、文学、文化环境与社会功用的关系问题。20世纪文学整体的嬗变与变迁,作家身份与创作的变化,显然都与这样一种关系的调整有密切联系。仔细分析后,再作相对笼统的分类,我们会发现不同地域的人文性格在这场转型中表现出了不同的方向:一是对传媒转型的现实应对,一是对现代化进程中的现实疏离,前者的主要成果是影视文学,后者的主要成果是现代主义小说。

批评的观念

　　浙江主流文学与精英文学的一大亮点是影视文学,浙江作家以骄人的成绩告诉人们,作家们是如何在商品经济发展与传媒方式转型的过程中适时而又适当地调整自己的身份与方向的。在这批创作转型的作家中,尤以浙西作家居多,如黄亚洲、李森祥和程蔚东。这与浙西的人文性格表现出了某种一致性,浙西的人文性格更关注当下的、经世的和致用的文学观念,他们在文化人格上体现为保守性和稳妥性,可在行动和实践上却又体现出连贯南北的大运河所具有的开拓性与先进性。浙江的影视文学在全国具有很大的影响力,产生了一系列载入史册的精品巨作,如黄亚洲的《老房子、新房子》《承诺》《东方大港》等;程蔚东的《中国神火》《中国商人》《中国空姐》"中国系列"三部曲,这些作品往往捕捉现实的热点,并且贯穿着开创风气、树碑立传的历史品格;《藏书人家》《子夜》(改编)这些厚实凝重的作品又可让我们看到作家沉潜艺术、品味高洁的艺术追求。金一鸣创作了《红粉须眉》《一江春水向东流》《玉卿嫂》(与程蔚东合作)等20多部电视剧本,广获声名。诗人潘维近年主持拍摄了大型历史文化纪录片500余集,具有一定影响。

　　这些适应现实变动而投身影视的创作者,大多早期是从事纯文学创作的,如黄亚洲、陈云其,早年就是诗人,在影视领域成就卓著的李森祥同时也创作小说和散文。影视领域的这些创作者们在适应市场发展、适应读者分化、适应媒体变化的同时,自身的精神价值观却始终有所坚持,依旧是以吴越的雅文化为依托,以社会责任为使命,在艺术作品中不改追求思想性与艺术性的青春理想,在以"娱乐精神"占主流的影视创作领域,他们可算得上我们这个时代以主流文化与精英文化引领大众的文化人物。对以电影电视为主要艺术接受形式的社会大众来说,影视创作者们的精神价值不仅不容小觑,也是创作者们自己不可妄自菲薄的。程蔚东曾这样阐释自己对于这个问题的清醒意识："一部作品思想性、艺术性的统一,要看作品的历史品格,也就是作品具有的历史眼光和审美的历史发现。作家要有这些能力。"①在他们的感召下,我省一大批有影响的作家纷纷投身影视,从中可见吴越文化开放、活跃的本质特征,也可见浙江作家一直坚持着的以雅士文化为主导的文化精神,这对于当代全国范围的影视文学精神品质的提升必将有深远的影响。面对传媒时代的转型,新生代作家依托网络而写作的现象是不容小觑的,21世纪以来在文坛成名的年轻作家中有相当一部分是先在网络成名,再由出版社结集出版纸质作品。在这一创作转型过程中,湖州的潘无依、朱十一、流潋紫等几位"80后"女作家在网络世界异军突起、后又在当代文坛引起关注的群体性现象值得注意。这也让文坛抱有期待,她们借助于网络与新闻媒体的推波助澜而叱咤于商业运作天地,成为新一代蓬勃发展的作家,凸显了市场经济和网络经济背景下文学市场化之路。

另一股是以"先锋性"为特征的现代主义文学思潮,这些作家大多散落在浙江的边缘,而且这些作家大多是在偏僻的小城的一个角落开始他们的艺术探索。这些作家有余华、王彪、艾伟等,以小小说在全国名气不小的有谢志强及近年来涌现的吴玄和张忌等,浙江的当代作家们正在以各种方式介入现代主义的文学大潮中。作为中国当代先锋作家重要代表人物的余华,就努力规避当时一些先锋作家对域外现代派的简单模仿,强调"心灵真实"在创作中的重要意义,以创作主体内在的精神秩序重构小说中的叙述,展示新型的小说形态。从《十八岁出门远行》《西

---

① 转引自张子帆:《旗帜的感召》,浙江省文学院编:《'97浙江文坛》,1998年5月,第204页。

北风呼啸的中午》,一直到《现实一种》《四月三日事件》《河边的错误》等大量作品,使他在新时期文学的发展过程中产生了巨大影响,成为一位不可或缺的代表性作家。余华的出现,不仅预示了浙江文学重振雄风的希望,而且让人们欣喜地看到经过多年沉寂之后的浙江文坛,终于重新有了可以望鲁迅、茅盾之项背的世界级作家。

这种冥思型的创作看起来是传统小说的超验形态,具有一定差异性。它似乎不以摹写现实真实为目的,而从形而上的层面思考和表现人类的命题,作者的目的是为了表现一个观念、一种理解,或一个与我们所了解的世俗存在的细节和行动几乎没有什么明显联系的存在状态。看起来似乎现代主义小说与我们时代的经验生活存在距离,它没有如传统小说那样以亲和的方式提供给读者一个可以比对的经验世界,但实际上,任何创作都是在现实的土壤中产生的,古代的神话看起来是超验的,可它提供的是与原始初民的认知水平相一致的经验形态。可以说,现代主义小说所表现的孤独、冷漠、自私、不确定性、人的异化、人类困境等主题,正是人类作为主体在现代化的物质欲望急速膨胀和人际关系急剧疏离背景下的真切感受与超越愿望。

就浙江的这些先锋小说作家的现代主义小说的特征来看,他们为先锋小说注入了新的时代与地域因素。现代主义小说本来无疑具有精英与先锋的形而上色彩,可是,在浙江作家血液中的越文化的作用下,这种对精神世界的探索又与细致柔婉的人文禀赋、与人道主义的民间立场交融在一起,形成对"人性恶"的探索后又致力于提升"人性善"的明亮的创作旨归。余华创作的后期从先锋时代的冷漠转化到《活着》与《许三观卖血记》的温情,内在原因也正在于此。艾伟在《时代的精神疑难》一文中表达了超越仅仅表现"阴暗、自私与幽闭"的现代主义思维模式的愿望与焦虑,他说:"这个时候(编者注:指人们已了解到现代化过程所带来的人性失落的时候),人们可能渴望的恰恰是温暖人心的东西。从某种意义上说艺术得以成立是因为人们的心理需要,是因为人们需要精神安慰。我们似乎没有能力对这类人物有令人信服的叙述。我们在这类人物面前无能为力,正好证明我们这个时代的精神疑难。"[①]这说明作家在现实问题与现实需求的依托之下,对超越于现实之上的人性善恶、美丑、困境与出路等问题进行提升与引导的伟大愿望。

水韵、江南品性与诗性书写

浙江作家的创作大多具有鲜明的文化韵味,作家在作品中体现文化性的自觉意识应该说在全国是比较早的,可谓得风气之先,再加上浙江作家本身即具有较高的文化素养、本土认同与祖根意识,因此,他们作品中的文化韵味有时是不自觉的、潜意识的自然流露。地理与人文的双重因素生成着独特的文化性格,文学本身既是地域文化的体现,同时又通过不断累积的艺术创造和参与地域文化的新构成;文学既是地域文化的当代反映,同时又在不同的历史背景下助推着地域文化新质的发展与转化。

20世纪90年代余秋雨的"文化散文"就是浙江的文化传统在当代的一次重大新变与飞跃,他的《文化苦旅》《文明的碎片》《山居笔记》等,借山水古迹探寻中国文人艰辛跋涉的脚印,拷问包括吴文化在内的宏大历史文化,并向我们这些文化的承接者与创造者发出深沉的召唤,力图以历史文化为本、为基建构一种

[①] 艾伟:《时代的精神疑难》,《当代作家评论》2009年第2期。

健全而响亮的文化人格。他在《西湖梦》《白发苏州》《江南小镇》《风雨天一阁》等散文中发问如何保存中国文化,可以说,余秋雨的文化散文既烙刻着明晰的越文化遗韵,同时又超越了一地之文化,他以知识分子强烈的忧患意识与入世精神走进中国文化,思考民族文化、文化的拯救与重建问题。

许多越文化意蕴浓厚的作家本身并未一直坚守于浙江这片土地,如余秋雨很早就到上海求学,因此他不是驻守在本地的浙江作家,甚至他并不算是在浙江土生土长的作家。可是,无疑余秋雨的创作又十分明显地体现了越人特性:文化与历史的深厚积淀,关怀现实、经世济民的强烈意识,耻为人后、激越凌厉、善开风气之先,以及体现在表达方式上的绵密细致的文风。

这样离家北上或南下的作家还有很多,如林斤澜、茹志鹃、金庸、余华等。即便是那些坚守在浙江本地的作家,他们也大多经历了从一方故土迁移到另一地的人生历程,那些在创作中一直以故土为对象的作家,事实上他们与故土的现实关系已很遥远了。这样的迁徙历程既和20世纪中国的城市化进程有关,也与作家骨子里的流浪意识有关。有些作家从农村到了县城;有些作家从农村到了部队,又从部队到了城市;有些作家则以归隐和寻根的心态从城市返回农村;也有些作家在浙江这片土地上有从南到北或从北到南的迁徙;又或者在一个作家的血液中本身即有多种地域文化的构成;又有一些作家从故乡流徙到了上海,甚至长途迁徙到了海外。

凡此种种情况,作家们都有一个共同的根基:浙江文化是他们最深切的童年记忆,是他们生命成长和人格发展过程中最深刻的影响因素,这奠定了他们看待世界和表述自我的基本方式,不管他们身在何处,浙江的故土记忆是唯一的,或最深刻的,他们的成长历程受着童年记忆的绵延不断的滋养。如林斤澜说:"四十多年没有在家乡生活,但这里有我的'血缘',我的'基因',我的'根'。只要一走而过,就好像没有离开过几天,坐下来不用问长问短,只要听听话头话尾,就好像这一家人的身世,全是心里有数的。"①

　　这种"回望故乡"的创作距离对作家而言是一剂文化心理和文化态度的好药,吴越文化黏滞绵密的特性在形成回望的距离后得到了延伸与拓展,如现代文学史上的柔石、鲁迅、茅盾等都是如此。柔石的家乡处于宁波东海之滨的宁海县,具有十分典型的耿介、朴直的"硬骨头"乡风,宁海在历史上曾出现过方孝孺这样与明庭对抗的民间忠良不屈之士,柔石的血液中就流淌着这样的血脉;当柔石到了上海的开化之地,又接受了新文化思想的启蒙后,回望故土,以细腻的人性情感揭示阶级、经济等社会问题,最后创作出了《为奴隶的母亲》《早春二月》等现代文学史上璀璨的经典篇章。同为体现文化韵味,对当代作家而言,如果对故土文化既保持着情感上的依恋,又有着超拔的理性批判,文化韵味的深度与质地在作品中就会更深厚、更有分量。因此,即便那些一直坚守在浙江文坛的作家,在创作中也应该适当地抽身而出,反观自省,与养育自身的文化形成一定的审视距离,就如鲁迅笔下的阿Q既有绍兴味,又有深情回忆故土风味时毫不留情的超越情感依恋的理性批判。在当代,余华是成功的一位,他的《许三观卖血记》显然带着他对浙江生活的深切回忆与寄托,如许三观每卖一次血就要喝黄酒的行为就是带着吴越民风的典型的生活细节,可余华对许三观的一生在颤抖的温情中又贯穿着冷静的审视立场。

　　回望故乡,既有理性的批判,又有情感的依恋。浙江作家继

---

① 转引自吴秀明主编:《文学浙军与吴越文化》,浙江文艺出版社1999年版,第248页。

续坚守着自信、张扬、敏锐、深刻而犀利的地域性格,秉持着江南性格中固有的细腻和柔情,依峙着可谓是得风气之先的人道主义个体尊重思想,形成了开放的、超越的、多元的、重构的越文化韵味。作家们的创作结出了丰硕的果实,涌现出了如阙迪伟、浦子、夏东风等名家。在《乡长有事》《村长有事》和其他一些小说中,我们可以明显感觉到阙迪伟在书写乡村时在道德判断上的模糊性和软弱性。他会将一个好人写成是一个软弱的人,他不会将一个坏人写成绝对的坏人,他似乎总在为乡村生活的复杂构成寻找内在的合理逻辑,他对乡村陋习与政治落后有强烈的现实批判,可他的批判精神里面包含了最为诚挚的一段情感。一段田塍,一座稻草堆,一根槐木桩子,打开的院门,还有村庄中他所认识的人物,都静静地流淌在他的笔下,活跃在他的作品中。最为平凡的事情、最为司空见惯的事物成为最为平实的一种情感眷恋,这是对浙西土地的眷恋、对乡情的眷恋、对诗意般乡土的眷恋。由阙迪伟充满乡土情结与批判精神的作品,我们看到了乡土小说创作的突破及其艺术可能,看到乡土小说家的叙事智慧和创新超越。

　　浙江文学的又一个表现特征是江南品性,它体现为作家们委婉曲折、一咏三叹、深层寄意的至美文风;体现为作家对"美好人性"与"美好风物"的独特敏感、无悔挚爱与不竭追求,有人将其命名为"吴越风情小说文体",这是由审美、抒情和写意的整体特征而判断的。浙江评论家盛子潮称之为"感知者的抒情视角","让作品中的叙事人以一个感知者的身份去体验笔下人物的文化心态,细腻地品味其中所表现的民情风俗等自然文化景观,呈现出一种情致化的抒情氛围"[①]。叶文玲的小说——从《心

[①] 盛子潮:《浅谈吴越风情小说》,《文艺报》1993年11月6日。

香》到《无梦谷》再到《秋瑾》,就明显具有这样的特征。她常常巧妙地将故事情节放在幕后处理或侧面交代,而正面展开的却是充满诗意的抒情性描写,以致屡屡发生故事主线被抒情描写所淹没和打断的情况。同样如林斤澜的《矮桥凳风情》,它虽然将生活背景放置于改革年代,但作者在此要书写的却是矮桥凳生活中独有的情韵,抒发的是自己对家乡的一片真情挚爱。为了最大限度地达到这种抒情效果,作家甚至有意无意地淡化那种错综复杂的人际纠葛,力求使之简约化、诗意化。江南品性的至美传统不仅表现在对人性美、风情美、风俗美等多方面的追求,而且很多时候,作家对柔婉雅致、典雅蕴藉的整体性语感与文风的追求简直到了"衣带渐宽终不悔"的程度。为了达到行文中江南味的保留与呈现,在语言中融入方言是作家自觉或不自觉的表述方式之一,或多或少,或深或浅,如林斤澜、王旭烽、夏真等人是这样,几乎所有的浙江作家都会在他们的作品中保留一些吴方言的痕迹以形成特殊的江南韵味。

  浙江作家对"文美"的要求有"至上"的倾向,这几乎已成为浙江文学留给读者印象的一个标志了,读者们也很容易接受这个文化因袭,因为客观上每个地域确实有自身独特的审美倾向和核心价值。"尽管每个社会都有自己的上层文化(精英文化)和大众文化(通俗文化),但它在不同城市的成分并不相同。在等级、阶层明晰,集中了全国的政治精英和文化精英的首都,往往是精英文化的大本营,具有更为发达的精神文化、政治文化和艺术文化;而远离政治中心,更为生活化和世俗化,社会也较为均质化的工商业城镇,则是市民文化、生活文化、通俗文化生长的沃土。这并不是说,这两种文化不能在一个城市共存,恰恰相反,每个城市都有自己的精英、大众和各个阶层;这只是说,不同的城市文化具有各自的主要功能以及不同的核心价值。正因为如此,我们对香港和北京才会产生完全不同的文化期望和文化评价。"①在核心价值与审美情绪的支撑下,我们的文坛涌现了很多隽永秀美、柔慧俊逸的佳作,其中尤以散文和诗歌的成果最为丰厚,如汪逸芳、莫小米的散文。其中,汪逸芳的散文主题上体现出了一个女性作家对女性意识和水文化的双重皈依;散文文字美丽清澈,像一杯初春的龙井,蕴着江南女儿的灵秀聪慧;她笔下的人物,似水墨的点染透着清淡可人的风韵。但有时,应该看到,浙江文学过度关注文学的外在形式美的倾向是一个必须绕过的陷阱,对形式的过度关注会妨碍作者对于作品内在思想的深入挖掘,字雕句琢的局部修饰肯定难与磅礴大气、深邃隽永的艺术境界相伴而生,而只能成为作者在形式与内容两者耗力上的相互抵牾。

　　循着散文和诗歌佳作,我们可看到浙江文学的表现特征之三:诗性书写。从一定意义上说,独特的越人气质十分契合散文与诗歌的文体特征,因为越人生性柔婉又激越,往往能超脱世事,洞穿事物的本质,对人生有种执著的追求,能通过丰厚的文化历史积淀在有限的篇章内雕刻精美的艺术佳制,又能凭着对人生高拔的感悟能力而获得对生命的哲理性理解,最后又能通过抒情的、写意的、灵性的语言方式引领读者一起进入阅读的愉悦中。我们在很多作家的文学世界中能感受到这种诗性气质。诗人立人在其《纯情歌手》一诗中写道:"走遍八百里江南/温暖的家始终在背上的行囊里/水乡,我在你宽阔的肩膀上。"又如沈泽宜的诗《倾诉——献给我两重世界的家园》这样写作者的"家园":夹岸而居,灯火十万人家/竹林深处栖息着村庄/吴歌。燕

---

① 杨东平:《城市季风——北京和上海的文化精神》,新星出版社 2006 年版,第 46 页。

子。逝去的橹声/……/光荣与耻辱,战争与饥荒/在欢庆丰收的锣鼓声中/延续和更新着一个古老的传说/这和平的种族,一代又一代。在世俗与神性之间,家园在日常生活的生生不息中演变千年的传奇历史。

诗性品质表现在小说中主要是叙事上的情节弱化,全文为一种抒情的、写意的或哲理提升的语言所统摄,同时小说语言会表现出诗意、节制、含蓄和张力。夏季风、谢志强的小说风格都是典型一例。如在谢志强的小说中,人类被寓化为这样一些象征物:"尝试着从堵塞的车流中飞起来的鸟","到城里来寻找父亲的小羚羊","在房间里扮演着本我的我的分支","脱下后放在旁边、可又随时跟着我的面具"等。它们象征着统一的社会环境已经解体后产生的无序乱象,作者以哲理、寓言、抽象的语言告诫着:人类已是乱象的创作者、并终将是这个世界乱象的最终受害者。夏季风的小说品质与大部分南方作家的作品相近,有鲜明的南派风格,细致、婉约、注重内心;谢志强的小说则带着西域草原的广阔、深邃与豁达。他们在表现现实生活时,也表现得迂回而留有余地,充满主观意识和距离感,作品语言蕴藉、干净而准确;并且与作品的故事情节相比,他们更加注重作品要表达的抽象意义,他们的小说中情节与细节充满了虚拟与想象的成分,他们的小说充溢着寓言色彩、理性思考与哲学提升。

以创作心理学为支点的现代作家研究

> 除了大环境外,人还有无数小环境,小至个人的日常生活。把在小环境下的一次次选择累积起来,就会具有从某方面来决定大环境的选择的力量。最低限度也需用小环境下的选择来充分铺垫大环境;倘若单是论述大环境,而忽视小环境,作为文学,就会变得粗糙。
>
> ——丸山升:《鲁迅·革命·历史——丸山升现代中国文学论集》

论《青春之歌》的创作心理

新时期视域中,众多论者注意到《青春之歌》①的含混意义,确实,作为"十七年"中反响巨大的小说,《青春之歌》是通过双线话语的交错而风行当时的。一般认为,《青春之歌》的显性层面是表现中国知识分子的革命史,通过林道静从个人主义者成长为无产阶级革命者的人生道路,展现知识分子由党领导寻找出路与真理的历史趋势,是"一部知识分子的思想改造手册"②。与之交错的隐性话语是一个女性与三个男性的情感史,展现的是林道静寻找真正的人生伴侣和幸福生活的青春历程。主题的含混性导致评价的毁誉参半、莫衷一是。纵观这部小说的主流批评史,呈现出明显的断代性。革命话语主导的 20 世纪 50—70 年代,批评者大多责难小说的儿女情长,"书里充满了小资产阶级情调,作者是站在小资产阶级立场上,把自己的作品当作小资

---

① 《青春之歌》主要有作家出版社 1958 年 7 月首版与人民文学出版社 1960 年 3 月再版的两种版本,本文根据论述需要均有涉及。
② 见戴锦华:《〈青春之歌〉:历史视域中的重读》,该文评论的是杨沫根据《青春之歌》原著改编的电影,但对小说原著亦有论及。此处引文的全句是:"事实上,在十七年主流艺术的诸多'历史教科书'中,《青春之歌》充当着一种特殊的读本:一部知识分子的思想改造手册。"这里指的应是小说。唐小兵主编:《再解读:大众文艺与意识形态》,牛津大学出版社 1993 年版,第 147 页。

产阶级的自我表现来进行创作的"①。90年代以来"去政治化"视野中的论者,又大多不满或诟病其言情成分的附属地位,"小说的主题远远超出了男女情爱的范畴——或者准确地说,小说中的男女情爱是为了小说明确而严肃的政治主题服务的"②。

此类评价的差异无疑呈现了特定历史语境中的批评各执一端的局限,仅在文本内部掂量双线话语的主次已无甚本质意义,仅从外因角度将小说看作是政治迫力作用下的被动产物显然也不符合历史事实。因此,本文试图梳理作者在与20世纪50年代文化语境的磨合中的个人状态,从创作心理学的本体角度,追索作者在内外诸多因素作用下丰富复杂的心理流程,以此呈现作家、文本和语境三者的内在联系。对每一部作品来说,这种内在联系都是独特、具体和不可复制的,即便是在"十七年"所谓"一体化"过程中,每一部作品的创作与问世都有其不应忽略、无可替代的细节性与个人化因素,这些因素使"一体化"的意识形态目标无法彻底实现。归根结底,作为精神生产的文学创作是无法完全按某种统一设想的步调运行的,客观或主观,有意或无意,总有些旁逸斜出的作品形成文学单调景观中的特例与亮色。

在这样的研究思路中,杨沫的日记集《自白——我的日记》③为我们解析作者的个体心理与独特意识,为我们梳理和恢复作家、文本和语境三者间的内在联系,提供了一个可靠参照。这里

---

① 郭开:《略谈对林道静的描写中的缺点——评杨沫的小说〈青春之歌〉》,原载《中国青年》1959年第2期,收于沈阳师范学院中文系编:《中国当代文学研究资料·杨沫专集》,1979年7月。
② 见《〈青春之歌〉——"成长小说"之二:"性"与"政治"的双重变奏》,李扬:《50—70年代中国文学经典再解读》,山东教育出版社2003年版,第91页。
③ 杨沫:《自白——我的日记》,花城出版社1985年版,本文中凡未另注出处的日记引文都引自该书。

先对《自白——我的日记》(以下简称《自白》)这本书作些相关说明。《自白》是杨沫将1945年至1982年三十八年间留存的八本日记整理后的日记集,是她唯一得以出版的日记,其中对作者在此期间的工作、生活和内心世界有比较详细的记录。对日记,我们必须鉴别它的真实度。老鬼在《母亲杨沫》一书中认为母亲过于维护自己的形象,出版时删除了个人感情部分和"反胡风""反右"等政治运动中的幼稚表态。① 与真实历史的这两点出入确实值得注意,但这并未改变这本日记集的文献价值。

第一,作者在《自白·序》中已说明:"准备发表后,我虽曾略加修葺,并增写了一些较为重要的事件与情节",但"增和修"的原因是日记中"有许多是干巴巴的记事和简略的叙述,有时无头无尾会使人看不懂",作者自己知道"日记的价值是真实,这是它存在的关键"。将"一个人真实的粗略的面目呈现给读者"是这本日记的基本宗旨,那些看起来不健康的情绪、不合潮流的思想、部分的私人生活情感都得以保留。同时,几处改动过的政治表态也可在《母亲杨沫》一书中找到原文以作比照。第二,据老鬼的《母亲杨沫·前记》说,杨沫曾于20世纪80年代表示十分佩服卢梭,晚年想写一部卢梭式的回忆录,可惜这个心愿还没有完全实现她就去世了。以这样的心态推论,作者不太可能在晚年对自己的日记大动干戈。凡此两处表明,《自白》总体上并未大加改删,尽管日记中作者缺乏剖析自我、批判时弊的勇气,但这恰恰反映了作者当时思想意识的真实状态。小说文本与日记虽不构成同一关系,但两者之间的对应关系为我们研究杨沫的创作心理带来了新的材料和方法。

---

① 老鬼:《母亲杨沫》,长江文艺出版社2005年版,第273页。

批评的观念

"成长小说"的心理传统：追忆青春与体味成长

20世纪40年代以后，在现代文学史叙述学中，知识分子的阶级出身被贴上小资产阶级的标签，"大众与知识分子锁在一个隐性的二元结构之中"，这种"隐性的二元结构将知识分子设定为尴尬的甚至是危险的角色"①。缘于此种"尴尬"和"危险"的关系，知识分子题材成为50年代公认的雷区，小知识分子逐渐被逐出革命历史叙事的中心，成为工农兵形象的陪衬或反面。在这样的文学背景中，《青春之歌》以女性和小资产阶级视角构架中国现代革命史，获得成功，显然是一个让人称羡的例外。有论者注意到小说将个人命运与历史趋势置换的巧妙性，并认为这是由于作者采取了一个聪明的写作策略，"我们在《青春之歌》这样的成长小说中看到的'性'与'政治'，就不再仅仅只是相互说明或相互印证的关系，女性命运与知识分子道路，在意义层面上作为象征的不断置换，成为小说最为重要的文本策略之一"②。单就文本层面来讨论，这样的结论似乎不无道理。然而，作者当时的真实意图和留给文学史的特殊经验，是否真是一场"刻意的策略"？作为一部典型的成长小说，个人命运与历史趋势的并置，是出于作者的刻意策略，还是讲述个人成长史的自发状态，这关涉到我们对"十七年"文学的概观式判断在这里是否适用的问题。

成长小说的文类特征是"表达一个人在内心的发展与外界

---

① 南帆：《四重奏：文学、革命、知识分子与大众》，《文学评论》2003年第2期。
② 见《〈青春之歌〉——"成长小说"之二："性"与"政治"的双重变奏》，李扬：《50—70年代中国文学经典再解读》，第130页。

的遭遇中所演化出来的历史"①。依照模式传统,"成长小说"着重叙述主人公的成长发展过程:离家,经历个人成长与社会抗争,主人公的自我意识与个性逐渐形成与改变,最终走向一个真实而复杂的成人世界。显然,《青春之歌》完全符合这样的传统模式,只是"成长"被赋予了特定时代的具体内容——革命式成长。由于"成长"是与"革命"相伴生,分歧的焦点就集中在:讲述"革命成长"是出于作家回溯生命体验的自发心理还是受制于时代语境不得已或潜意识的迎合?以《自白》为参照返观作者当时的心理事实,可以一窥端倪。

《青春之歌》的创作过程大致如下:1950年10月作者开始打起这部小说的腹稿,生活经验和人物原型在心中的揣摩则显然更早,自1950年9月至1951年9月一年间,杨沫几乎在每则日记中都提到将自身经历写成小说的构想。1950年10月7日的日记载:"忽然,我被某种说不出的创作欲望推动着,每日每时都想写———些杂乱的个人经历,革命人物的命运,各种情感的漂浮,总缭绕在脑际,冲动在心头。想写,又怕身体'神经'受不住。于是,徘徊、苦闷,真像一个快要临盆的大肚妇女,累赘而沉重。"出于不写不行的冲动,杨沫于1951年9月正式动笔。1952年11月工作调动到中央电影局剧本创作所,由于生病,创作陆陆续续,最终于1955年4月基本定稿。可见,较之同期的其他长篇小说,《青春之歌》具有相对漫长的心理酝酿和情感打磨期。就心理动机看,讲述"知识分子革命史"是由作者追忆青春、体味成长的自发需要决定的,如日记所说,"杂乱的个人经历""各种漂浮的情感"等个人感受酿成了强烈的创作热情,写作是自发而

---

① 见《威廉·麦斯特的学习时代·序》,该序言为译者所写,歌德著,冯至、姚可崴译:《威廉·麦斯特的学习时代》,人民文学出版社1988年版,第2页。

愉快的，全然不见我们想象中的20世纪50年代政治外力作用下可能产生的被动与痛苦。

这也许不难理解，"革命"是解放区作家这一群体自发而真诚的信仰。但是，持革命信仰且比杨沫更为真诚的作家大有人在，为何杨沫能开辟出一条新的写作道路呢？看来这并不能仅仅在信仰层面得到唯一或有效的解释。只有当革命信仰与作家某一时期的内在心理、情绪和生命感悟达到某种微妙的契合、共鸣，又或许是存在巨大落差时，才可能激发起个人的写作动力与热情，这样来阐释《青春之歌》的特定心理应该更为合理。解析杨沫写《青春之歌》时的具体状态，联系物质性的日常生活和精神性的主观世界，两个精神基点十分明显：落寞感与庆幸感。

一方面是落寞感，20世纪50年代的杨沫已年近四十，结束了战火硝烟的生活，于1949年3月进入北京，在现实生活的平淡、身为人母的烦琐、缠身的疾病和无为的事业面前，心理和情感上均有人到中年的落寞感，唯一感到安慰和自豪的是辉煌充实的青春时代。1951年8月13日的日记载："感觉生命在不知不觉中黯然逝去。"在杨沫的生命中，1936年入党至抗战期间的革命斗争经历举足轻重，她挚爱那一段艰苦岁月，自认是生命中最美好的时光。50年代初，日记中的杨沫不断回忆过去，写小说的心情和日记流露的心迹相似，借追忆、凭吊逝去的青春对抗平淡的现实，安抚步入中年的自我失落，回望"小星星最明亮的时刻"。显然，《青春之歌》的这一心理基调与步入新中国后大多数作家的高昂热情并不相符。这一由生活现实产生的心理情绪，不仅仅取决于作者个人的政治立场，同样取决于他们对在这个新社会中的个人遭际与价值地位的感受和判断。一言以蔽之，是现实的落寞引发杨沫回首过去，也让她对过往生活寄寓了更多的情感认同与价值期待。

另一方面,对新生活的满足和现代民族国家的想象,无疑使杨沫回首半生时又有一种胜利者的庆幸感。庆幸感来自三个层面:其一,求生。1946年1月10日的日记载:"我常常想,像我这样一个小知识分子,如果不是参加了革命,不是党把我哺育成人,我即使不堕落,也会被病魔夺去生命。"这种情感的真切性不容怀疑,1946年抗战刚结束时相对安定的生活环境下作者尚作此想,中华人民共和国建立初期杨沫的生活条件与社会地位节节提高,其感恩与庆幸心理可想而知。对于一个没有社会基础、渴望冲破庸常的小市民生活和附庸的高级玩偶命运、追寻个人理想的知识女性而言,从个人主义的单打独斗到集体主义的革命斗争,这一转折至少具有"求生"的意义。其二,幸福。知识女性的革命生涯必然包含"娜拉"式的性别命题,革命岁月所掺杂着的激荡的两性情感,个人情感的明智选择,都足以增添作者庆幸感的分量,对杨沫来说,爱情追求与革命考验在人生经历中是合二为一的。其三,成长。和林道静一样,杨沫并非完全因为活不下去才参加革命,作为知识分子和有产者,旧社会里的暂时苟活并非难事,但个人能否具有时代预见性并与时代一起完成转折,则意味着个体能否有真正的出路和更高意义的成长。

巴赫金论述说:"这类小说中,人的成长带有另一种性质。这已不是他的私事。他与世界一同成长,他自身反映着世界本身的历史成长。他已不在一个时代的内部,而处在两个时代的交叉处,处在一个时代向另一个时代的转折点上。"[①]置身于50年代的历史关口,革命极端性尚未显现,杨沫对自己当年的选择高度认可和自信,建设现代民族国家的集体想象使她更添一份

---

① 巴赫金:《教育小说及其在现实主义历史中的意义》,巴赫金著,钱中文主编,晓河译:《巴赫金全集》第三卷,河北教育出版社1998年版,第230页。

自豪感,使她视自己为伟大时代中已经成长起来的典型一员,作家急迫将这种感受落于笔端,通过虚构与经历的重叠,借林道静将先进的、有远见的、坚定成熟的"镜中自我"确认为"现实自我"①。

现实落寞感与朴素庆幸感的交错,催生了作家自然的创作动机,这使《青春之歌》得以保留革命青春的原生态面貌,呈现出革命生活的丰富内涵和勃勃生机。它的好处也正在这里:由生活而涉革命,未因革命阉割全部生活,"青春期奔突无羁的热情、不甘于平庸的人生追求、对异性的爱恋与仰慕等,都可以化作他们义无返顾投身革命的动因"②。革命是激变的生活,两者并不对立,更无法隔离。无论从人性出发,还是于生活终止,革命都不外是日常状态的延展和升腾。对二者之关系,张爱玲曾有过精辟论述:"真的革命与革命战争,在情调上我想应该和恋爱是近亲,和恋爱一样是放恣的,渗透于人生的全面,而对于自己是和谐。"文学史上表现斗争的题材,"好的作品,还是在于它是以人生的安稳做底子来描写人生的飞扬的。没有这底子,飞扬只能是浮沫"③。我们当然不必完全以张爱玲的观点论述杨沫,但注意生活与革命的关系,则是我们考察那一代知识分子时不能忽略的。《青春之歌》中的革命追求虽有理想化的嫌疑,但以厚实永恒的"人生的安稳"作底,"人生的飞扬"并不显得盲目和夸张,并非为斗争而斗争,它相对清晰地交代了一代青年从日常生

---

① 拉康的"镜像理论"认为:人生通过持续不断地认同于某个特性而不断形成和改变"自我"。想象与虚构的林道静是杨沫的"镜像自我",《青春之歌》帮助杨沫将"镜像自我"确立为"现实自我"。见《助成"我"的功能形成的镜子阶段——精神分析经验所揭示的一个阶段》,拉康著,储孝泉译:《拉康选集》,上海三联书店2001年版。

② 董之林:《旧梦新知:"十七年"小说论稿》,广西师范大学出版社2004年版,第162页。

③ 见《自己的文章》,张爱玲:《张爱玲文集》,安徽文艺出版社1992年版,第176页。

活出发,又试图超越日常生活的个人动因和人生理想。比如,林道静接受江华的转折一步是:在林道静开展地下工作难以果腹的日子里,江华来到她身边生炉火做饭,并在走之前将兜里所有的钱都留给她,革命男女似乎又回到了柴米夫妻的老路。然而,以这样的生活场景拉近林道静与江华的情感距离,为林道静后来接受江华铺垫了合理的情感逻辑,并非仅仅因为江华是革命引路人。再比如,罗大方对自己体面富裕的上流家庭弃之如敝屣,新思想的感召是原因之一,另一看似不经意的细节似乎更可解释他为何不爱自己的家庭:母亲已逝,家中有继母,小说虽一笔带过父亲与继母的恩爱,但这已为我们推想他离开家庭的心理成因提供了足够的想象空间。他和林道静都是不健全家庭里的孩子,这不是叙述上的随意和偶然。革命生活由此显露出它的暧昧面目和毛糙细节。这样的叙事,呈现了革命道路与生活道路、理想与世俗难以分离的一种状态。

　　无论就文本分析还是据日记记载,写"成长小说"应是杨沫写《青春之歌》的心理基点,这样的出发点使《青春之歌》保持了革命生活本身的丰富细节与合理逻辑,增加了小说的人性空间、想象余地和艺术魅力。与成长小说谱系中的《维廉·麦斯特的学习时代》《简·爱》《麦田里的守望者》这些同类作品相联系,我们方能为它找到一个基本定位,找到它的承传关系与文学渊源。①

---

① 巴赫金在《教育小说及其在现实主义历史中的意义》一文中认为:人和历史不可分离的"成长小说"是五种成长型小说中最为重要的一种,它是启蒙时代最典型的文学现象,在西方以歌德小说为源头。陈建华在《"革命"的现代性——中国革命话语考论》(上海古籍出版社 2000 年版)一书中就茅盾的早期小说《虹》,对中国成长小说的现代开端作过很充分的论述。本文认为,《青春之歌》与中西文学的成长小说谱系有文学史的渊源联系,它们同发生于现代史的转折过程中,《青春之歌》所表现的"同时代英雄"是成长小说类别在 20 世纪 50 年代的重要延续与承传。

批评的观念

疾病的转移与死亡的逃离

独立于革命叙事之外,《青春之歌》保留了鲜明的日常生活感、小资情调和人性化成分,为我们提供了相对完整的日常生活场景和建立在人性基础上的情感逻辑,带有明显的"五四"痕迹。出版过程的波折也足以说明它的不合时宜,中国青年出版社拿到文稿后一直搁置,犹豫不决,拖了三年多时间,后改到作家出版社才得以出版。出版似乎受惠于 1956 年短暂的文艺开放政策,但它并非是在"双百"方针的政策直接倡导下写的,两者之间压根没有因果关系,对这部小说与"双百"方针的关系,杨沫自己有清醒的认识。1956 年 6 月 28 日的日记载:"看起来,什么都是一阵风。现在是赶在'百花齐放'的时机上了,否则这小说的命运还不知如何呢。"在"双百"方针的短暂开放中,小说得到秦兆阳、林杉和何其芳等有文艺修养的文艺界领导的肯定与支持,这部偏离时代规训的小说才得以出版和流传。小说一问世就伴随着指责,知识分子的地位日益下降,"文革"中更是大受批判。

《青春之歌》的"五四"痕迹,使它相悖于时代意识形态的整合目标,小说所表现出的价值观与创作观"滞后",与作家当时受疾病与死亡威胁的身体状况不无关系。

首先,20 世纪 40 年代至 50 年代长达十多年时间里,杨沫一直深受疾病折磨,《青春之歌》可说是一场疾病的转移和隐喻:以小说解脱和终结生命苦痛。日记中,充斥着漫长岁月里与病痛斗争过程中琐细而痛苦的感受,尤其是 1949 年至 1955 年这段时间,死亡的威胁如梦魇一般缠绕着她,对生的憧憬,死神威胁下的恐惧,病痛的煎熬与折磨,日记中的杨沫像一个在死亡线上挣扎的灵魂,不住地哀号和惨叫,失眠、神经痛等疾病以一种极端方式折磨着她。1951年6月28日的日记载:"一星期来,又被关节炎所苦,周身关节忽上忽下地疼痛。"1951年10月15日的日记载:"可是现在身体各处痛,痛得不能写。除了上医院,我已连着躺了三四天了","昨天下腹痛得厉害,已开始烤电。百病丛生,如何得了!"《青春之歌》几乎是"灯尽油干"的死亡威胁下的生命绝唱,作者是以一种垂死挣扎的状态与情绪来写小说的。写自传小说是与死亡的赛跑,1950年至1951年数月间她将小板凳垫在膝上躺在床上写,心里认为既然很快一死,与其躺着等死,不如抓紧时间,以文字作为生命的替代和死亡的慰藉。1951年6月9日的日记载:"这两天,我有时忽然想,身体总是不好,干脆来个灯尽油干,尽所有力量写出那长篇小说来,然后死就死了,也比现在不死不活,一事无成的好。"三年七个月的写作时间里,看着小说逐渐成形,杨沫多次在日记中以"小说问世的喜悦"来安慰和替代自己"生命终结的痛苦"。

其次,离群索居的求医生活,使杨沫相对疏离频繁的思想改造与创作戒律的训导。中华人民共和国建立初期,杨沫的生活轨迹基本局限于医院和家庭的两点一线,偶尔才到单位,基本是低社会化、半自由人的独处状态。1949年至1952年间,杨沫得到较长时间休息养病的许可,基本"赋闲";其中1951年初到1952年11月近两年的时间,杨沫更是没有单位的自由人,与组织和社会的联系相对松散,1951年年初组织关系从原单位调出后一度没有落实,导致其一段时间几乎停止了组织生活。在五六十年代高度集体化、组织化的社会形态中,这种生活状态相当特殊。再加上政府对解放区作家相对信任,这也就意味着,知识分子思想改造运动对杨沫的洗礼风暴相对要小得多。50年代频繁的政治运动中,杨沫几乎成了时代浪潮中的"边缘人",尽管在主观上她为此十分焦虑,努力向中心靠拢。

离群索居使杨沫的思想观和价值观相对"滞后",没有跟随集体大踏步"左倾",与集体组织的疏离、低社会化的生活环境、居家赋闲的生活状态,使她的认同感较多地停留在中学至青年时代所接受的个性解放思想中,与当时的政治形势拉开了一定距离,这从她对同时期其他小说的评价中也可见一斑。1956年7月2日的日记载:"这两天读完了《保卫延安》。……这个人(注:指小说主人公周大勇)除了打仗,好像不知世上还有别的生活。李诚呢,走到那里,那里便有一堆训人的、正确的观念。"看来她完全不认同这样的创作法和美学观。同时,为提高自身的创作素养,养病期间的杨沫有计划地阅读了《红楼梦》《包法利夫人》《莱蒙托夫诗集》等中外文学名著,这对她的文学美感与个体思想裨益良多。1952年1月6日的日记载:"今天没写东西。找出《普希金文集》,看了他的传记。对于这位伟大作家向往自由和一种'叛逆者'的崇高品质,我越来越喜欢。"

1952年11月起杨沫调到中央电影局剧本创作所任编剧,写剧本应是她的主要工作,但是,她依旧自认为死神会随时光临,"死期的逼近"使她无暇过多顾及剧本,对于单位指派的写作任务,主观上她投入的精力并不多,客观上完成得也并不好。杨沫当时的迫切愿望就是《青春之歌》能尽快面世。1955年5月4日的日记载:"半年多没有写日记,原因是把全部精力都放在《烧不尽的野火》(注:即《青春之歌》)这部小说上面了。剧本勉强写了一个梗概(农村的),但未通过。我不管它,就开始拾起了我日夜萦怀的长篇小说,一鼓作气,终于使她脱颖而出。"可以说,《青春之歌》糅合着作家真挚苦痛与真切的生命体验,因为受病痛折磨,自觉死期将至,无所禁忌,无所顾虑,写起来反而洒脱大胆。疏离状态使小说有幸逃脱受命、应景、颂歌的普遍弊病,无意间趋近了生命的本真,女作家天然的生命感悟、本能的性别意识及对日常生活的直感得以保留,也使她的创作承接了中外文学名著的宝贵经验与美学传统,尤其吸收了青年时代"五四"文学的阅读营养。

黄子平就曾论述过《青春之歌》从结构到语言与"五四"文艺之间的承接关系。①"五四"思想的余绪在小说中也有多处散落。连杨沫对林道静"黑白骨头"颇费心思的身世重构,换一个角度看反倒增加了革命的人性成分;这说明,杨沫还没有勇气将亲生母亲在小说中设为"革命形象",所以她让林道静的母亲早早去世,代之以一个没有血缘关系的继母。更为根本的是,林道静走出家庭投身社会的思想动力,主要来自"五四"思潮中的人道主义思想和个体主义价值观,林道静与三个男人的恋爱史,也几乎完全是以自我成长的需要和个体价值的实现为中心的。今天来看,林道静的性别意识也极其勇敢和叛逆:第一次见到卢嘉川就在无意识中将他与余永泽相比,江华没到来之前林道静又想象这个领导人的模样——与"五四"叛逆女性的典型"莎菲"简直如出一辙,只是由于后来终于找到一条出路,才得以摆脱个性主义的极端。怪不得小说出版后,就有评论者敏锐地指出:"她总是摆脱不开一些个人的问题,总是把一些革命者的敬与个人的爱掺杂在一起……总是想着卢嘉川,纠缠在个人的爱情激动里,这种感情使她不能提起腿来,迅速去完成党交给她的任务。"②这样的批判虽代表了20世纪50年代的普遍立场,带有浓重的时代痕迹,但一眼看穿林道静思想脉络的阅读感受却很准确。

日本学者丸山升曾就时代"大环境"与个人"小环境"的关系做过很好的阐释:"除了大环境外,人还有无数小环境,小至个人

---

① 黄子平:《革命·历史·小说》,牛津大学出版社1996年版,第13页。
② 刘茵:《批评与反批评》,《文艺报》1959年第4期。

的日常生活。把在小环境下的一次次选择累积起来,就会具有从某方面来决定大环境的选择的力量。最低限度也需用小环境下的选择来充分铺垫大环境;倘若单是论述大环境,而忽视小环境,作为文学,就会变得粗糙。"① 换言之,作家创作的个人状况,不是笼统的,而是具体的;不是统一的,而是有差别的。个人意识对时代思潮内化、转移、变异的具体情况,不仅包含宏观性的外部因素,也包含那些偶然的、日常的、微观的因素。"疾病"这一生理性因素,看似只属于杨沫琐细的日常生活,特定语境下却对她的创作产生了至关重要的影响。

气质、经历与语境的合流

在关注了《青春之歌》与作者成长追述和疾病影响的关系后,我们还不能最终确定杨沫的心理特征与小说文本的内在联系;因为这两个因素从来都不是独立发生的,无疑有个更大的背景在影响这类因素,这种影响便是个人成长中本质力量的显现。因此,我们也必须注意到,作家的"社会自我"会受历史语境的影响、摩擦和塑造,置身于意识形态的强势规约中,尤其如此。影响是普遍性的,但因为"个人"的差异,结果则可能是不同的。

祖籍湖南湘阴的杨沫,性格里始终带着湖南人的勇敢、冒险和执著,再加上中学时代受"五四"思想的影响而个性独立、追求自我,这一性格促使她放弃青年时代的物质享受,奔赴危险的战地,投身抗日救亡,"她厌烦整天围着锅台转,当家庭妇女。她渴

---

① 丸山升:《从萧乾看中国知识分子的选择》,原载《日本中国学会报》1988 年第 40 集,《新文学史料》1993 年第 1 期转载。转引自贺桂梅:《转折的时代——40—50 年代作家研究》,山东教育出版社 2003 年版,第 16 页。

望投身到一个伟大运动中,给自己的生命注入价值,即使危险丛生,也比这灰色的平庸的小布尔乔亚生活有意思"①。奔放激越、爱冒险、关注社会的气质特征,同样反映在她的早期创作中,肇始于20世纪30年代的创作一开始就表现出她关注世界的外倾型特点。

1934年杨沫的处女作《热南山地居民生活素描》及稍后在"七七"事变激发下所写的《浮尸》《怒涛》《死与逃》《某家庭》四篇小说,都是关注社会事件、表现民生疾苦、剖析社会时弊的"问题小说"。应该说,20世纪30年代的文艺氛围相当宽松自由,且当时杨沫才是个20岁左右的中学生,写什么和怎么写完全取决于个人喜好。心理学家克雷奇说:"知觉定势主要来自两个方面:早先的经验和像需要、情绪、态度和价值观念这样一些重要的个人因素。简言之,我们倾向于看见我们以前看过的东西,以及看见最适合我们当前对于世界所全神贯注的和定向的东西。"②联系后来《青春之歌》对历史趋势和社会问题的展现,完全印证了她早期创作的几点定势,也从另一角度说明作家的这种情感气质与性格类型具有先天性,并非全是环境造就。

依照性格,杨沫不可能在落寞现实中安然度日,也不可能甘心于青年时代所抛弃的平庸生活。1955年12月14日的日记载:"(我)喜欢把自己投入于一种湍急而激越的生活中。我的内心是极端不平静的,为了一种梦想的生活,和一种应当那样活下来的生活,我投身在两个极端中。"现实是"应当那样活下来的生活",理想是"一种梦想的生活",很长一段时间里,杨沫在自己的

---

① 老鬼:《母亲杨沫》,第4页。
② 克雷奇等编:《心理学纲要》,转引自钱谷融、鲁枢元:《文艺心理学》,华东师范大学出版社2003年版,第150页。

"小环境"里犹作困兽斗,两者搏斗的结果是《青春之歌》的问世。

安稳的家庭生活对于她是一种局囿。作为革命者之妻和四个孩子的母亲,杨沫反复记录"在工作和孩子的矛盾中过日子"的苦恼。面对性别角色与社会职业身份间的矛盾,她愿意放弃前者选择后者,经常计划将需要照顾的孩子托人抚养或送到寄宿学校去,"如同她的母亲整天醉心于打牌看戏,我的母亲整天醉心于她的写作,都同样的不管孩子,儿女情很淡"①。杨沫则有自己的看法:新女性应抛弃杂念、生活琐事与儿女私情的牵绊以实现自我价值,至少不应成为社会中的废物和多余者。她渴望在工作环境中自我实现,却又障碍重重。1936 年入党的杨沫一直从事妇女和宣传工作,相比战时风云,作为解放区老革命、资深的宣传工作者,中华人民共和国建立后自我的重要性与价值感直线下降。《人民日报》社、北京市妇联宣传部、市委组织部,在街道里和大妈们一起过组织生活,这是中华人民共和国建立初期杨沫的职业路线图。此间的日记中,杨沫多次写到别人对她的轻视、怠慢和误解,觉得自己被看作是一个从解放区来的土包子,一个需要照顾很多孩子的管家婆,一个疾病缠身派不上用场的老病号,沉重的危机感压抑着她。

1949 年 5 月 2 日的日记载:"我觉得我工作了这么多年,却和新参加工作的同志几乎同等的职务,使我很不高兴。加之又无固定业务,打杂式的飘来飘去,我怕这样进步很慢……因此,我心里常常被苦闷占据着。十几年来对工作第一次如此地情绪不高。"特别是当她得知自己的政治待遇差人一等时,不能不说是心头一大痛处。1947 年 11 月 26 日的日记载:"然而,当一想到这个'中灶'待遇是衡量政治标准的另一尺度时,心里就不舒

---

① 老鬼:《母亲杨沫》,第 280 页。

服,觉得委屈。虽然没有埋怨什么人错待自己,但是,总有一种竞争的心情在心里作怪。"时隔四年的日记中又提到了这件事。1951年5月6日的日记载:"亚萍(注:作者抗战时的老战友)不知怎的忽然说道:'你已经有十五六年的党龄了,怎么还是科长级?该小灶待遇了。'"虽然作者在日记中以党员标准进行了一番自我教育,但内心隐忧肯定没有那么快就排解。渴望有所作为的性格,促使她谋求改变,况且以写作谋改变的想法由来已久,1949年4月28日的日记载:"不管如何,我还是要争气的!……我力争把病痛治好,把工作做出点成绩来。尤其在写作上,我不相信我会永远这么低能。"1951年年底杨沫正式居家病休,《青春之歌》就是在作家无奈而又抗争的心境中开始写的。这样看来,杨沫写《青春之歌》本身即有明确的"用世"意图,潜伏着作者的自我实现欲;在相对漫长和充分的心理准备中,也包含着重新获得社会中心地位的潜在期待。可以说,作家的用世意图越强烈,作品的酝酿过程越漫长,影响和塑造个体意识的社会因素就越多,力量也越大。

任何作家都脱离不了自己的时代环境,即便是相对疏离,也必有联系。就语境看,20世纪50年代初期的社会形势,导致文学生产高度的意识形态化和计划体制化。政府既需要文学生产完成舆论整合的功能,又希望文学作品在实现这一功能的同时具有强大的艺术感染力,文艺政策在短时期内的数次变更就是这种矛盾的反映。对创作最有制约性的,一是对违规作家的批判,二是对编辑出版的监管。1952年9月,国家出版总署发出《关于执行〈关于公营出版社编辑机构及工作制度的规定〉的指示》,明确出版社对书稿实行初审、复审和终审的"三审制"政策,对涉及革命史的稿件尤其需要慎重处理、反复修改、层层把关。严峻的出版形势,声势浩大的知识分子思想改造运动,杨沫不可能毫无觉察。从日记可见,杨沫对此既无自觉疏离,更无自觉抗拒;相反,她十分担心自己落后掉队。改造运动的严密布控不可能让任何一个人漏网,杨沫较详细地记载了她对政治时事、文化政策和时代风向的理解,记录了"批武训""三反"等政治运动中,家人朋友的谈心和单位组织的活动,督促她不断与自己跟不上形势的观念作斗争的情况。

既然想得到社会认可,作品首先得在严格的编审制度中过关斩将,获得公开出版的机会;作品要在舆论整合过程中出现,自己不被戴上各类批斗帽子,小说就不能偏离革命话语的主流轨道,类似的认知和期待必然会使作家关注时代气氛、大众心理和文艺政策,以调整自己的创作。出版政策与公众审美等外部因素,确实影响着小说的进展。比如,杨沫写作时始终十分注意听取朋友的反馈意见,随时调整和靠拢读者的阅读风尚。1952年2月22日的日记载:"下午,吕果(注:北京市妇联的同事)来送还稿子。她提了一些很好的意见。……前面一段(道静幼年和中学生时代)写得过多,主要交代出她的出身就可以了。"

又如几处明显的重构:杨沫自己的生母是个地主太太,小说中作者将林道静的母亲置换成受到侮辱的佃农女儿;余永泽的人物原型与作者一直相安无事甚至对其不无牵挂,小说结尾却写余永泽幸灾乐祸地观看游行队伍中鼻青脸肿的林道静;等等。1955年4月底小说定稿后交于中国青年出版社,1956年1月杨沫接到反馈意见。为使小说顺利出版,杨沫根据修改意见大力修剪林道静的小资产阶级意识,三年时间里修改六七遍之多。可以想见,我们所看到的1958年作家出版社的初版,相对于作者1955年交给中青社时的手稿,已经差距甚大。经多次修改后的小说结构,从"讲述青春岁月"向"证明革命选择合理性"转移,从第11章开始明显分为两截,前半截重在讲林道静自由恋爱的故事,后半截重在讲林道静与党的代言人"启蒙与被启蒙"的故事。从1958年作家出版社的初版本到1960年人民文学出版社的再版本,作者则直接增写3章"卢嘉川领导南下示威活动"和8章"林道静到深泽县农村参加锻炼"的内容,以加重小说的革命戏份。① 受到广大读者热捧的就是经大力修改的再版本。环境对创作的影响显然是很强大的,由《自白》可见,杨沫已清楚而强烈地意识到这种影响,但她并不认为这是对创作自由的压制,也没有产生被环境胁迫的痛苦感,更没有从写完后艰难的出版进程中去理性地反思环境的负面影响,而是将适应要求看作是创作过程的环节之一。1956年1月17日的日记载:"我决定改好它。凡海同志(注:指青年出版社的编辑欧阳凡海)的许多意见是极其宝贵的。但目前我没有力量。我想多酝酿一下,准备好再执笔。"

若仔细分析此时的杨沫,特殊性就不难发现,1952年的杨沫是一个有十多年党员生涯的解放区作家,对于小资产阶级思想改造的呼声和要求,对于党领导中国革命必然性的话语体系,杨沫既不陌生,也不难适应;相比国统区作家,她更能驾轻就熟地分辨创作素材的去留,哪些是该保留的,哪些是该剔除的,哪些是修剪后尚可保留的,从而统一到表现无产阶级革命史的主流轨道中来。尽管连作者都不相信《青春之歌》是自己所写,说是"丑娘养了个俊女儿",但就内外因的辩证关系来看,这并非是历史偶然和时代奇迹。从根本上说,20世纪50年代的外部语境与作家的个人世界是基本呼应的,《青春之歌》是作家的经历、气质

---

① 据金宏宇更正:1960年版增写的"林道静到深泽县农村参加锻炼"应为8章,而非作者自己在《再版后记》中所说是7章,很多教材和文章都基本沿用作者自己的错误说法。金宏宇:《中国现代长篇小说名著版本校评》,人民文学出版社2004年版,第250页。

与时代汇流的结果。

一方面,作者激越外倾的情感气质和关注社会的创作倾向,与20世纪50年代的时代气氛是内在统一的。思想改造的厉声棒喝没有将她吓怕,使她如其他作家那样搁笔噤声;出版社的修改要求并不让她反感,也没让她心生胆怯,这符合作家借小说以实现自我价值、重回社会中心的愿望。由日记可见,她与出版社接触、交涉的中心问题,不是修改会否让小说面目全非,而是小说经修改后能否顺利出版,计划出版体制下,固然作家很少有这样的权力,但换另一个作家也许选择束之高阁。

另一方面,是生活造就了作品,从1936年参加革命到1955年写完《青春之歌》,杨沫恰好全部体验了30年代民族危机中的知识分子投身革命、寻找出路、建立民族国家的完整历程,革命不是她的外在之物,其思想里有着天然的革命养分,她的过往经历与中国现代革命史血肉相连,她的思维逻辑与30年代以来左翼历史走向有着血缘联系。《青春之歌》通过"一个人的人生"代言了一代青年的成长历程,这也是它受到众多有艺术修养的左翼评论家和新中国一些奠基者中知识分子支持的原因。1958年7月19日的日记载:"他(注:北大党委书记陆平)一股劲问我:'用两年时间怎样?两年怎样?一定写出来吧!这对知识分子的改造太需要了!你要不写,我叫学生写信催你写。'"革命青年的出生、性格、背景及命运均不相同,林道静、卢嘉川、江华和罗大方,这些小说中的英雄都是现实中的凡人,只有众多凡人积蓄起时代的总量才能成就中国现代史的激变,杨沫以对这段历史生活的熟知和体验,生动演绎了一代青年的"前半生"。

表现个人与历史难分彼此的关系,既是成长小说最为重要的现代体式,也是现实主义小说的本来传统。"人的成长过程可能是截然不同的。一切取决于对真实的历史时间把握的程度。"

因此,"人在历史中成长这种成分存在于一切伟大的现实主义小说中;因而,凡是出色地把握了真实的历史时间的地方,都存在着这种成分"①。对此,何其芳的看法不无道理,他说:"我国人民长时期的伟大而又丰富的斗争生活,注定了必然要出现一些反映它的作品。斗争胜利了,和平了,参加过这些斗争的人有时间写作了,再加上有了必要的准备,这就一定会产生一些好作品。"②但何其芳似乎只说了一半,因为生活并不必然对应着作品,投身革命的知识青年千千万,为何独出一部《青春之歌》? 事实上,即便同是带着革命印记的解放区作家,在步入新社会、新秩序的过程中,每个作家的个人遭际、精神状态和艺术积淀并不相同。20世纪30年代左翼革命初期很快消退的"革命加恋爱"小说,时隔20年后由《青春之歌》重新衔接,政治化的时代与浪漫的爱情重新联手登场,在普罗文学的历史传承中算是空前绝后,这既有时代的必然性,又有个人的偶然性。对普罗革命生活的真正表现,需要一代人等待和准备的时间,杨沫既是这一代"革命儿女"的典型,她以半生经历积淀起丰厚的生活储备,又恰是个具有一定艺术储备和个性思想的革命者,在1958年的时间点上,疏离的独特状态、前半生的个人经历、激越气质和时代语境,这四者恰好在《青春之歌》当中形成了合流。

---

① 巴赫金:《教育小说及其在现实主义历史中的意义》,巴赫金著,钱中文主编,晓河译:《巴赫金全集》第三卷,第230页。
② 何其芳:《我看到了我们文艺水平的提高》,《文学研究》1958年第2期。转引自董之林:《旧梦新知:"十七年"小说论稿》,广西师范大学出版社2014年版。

创作者生命力渐次陨落的三镜像

——从一个方面论曹禺剧中三女性

从压抑的抗争到抗争的压抑

《雷雨》中的蘩漪是曹禺塑造的第一位女性形象,代表着一个23岁青年的青春诗学。在华丽阴冷的周公馆里沉默度过十八年青春时光后,作为一个在冷落和压制的环境中顽强挺过来的中年妇人,蘩漪以超乎寻常的破坏力量,诠释了全剧的"雷雨"色彩和"五四"个性。从人生表相看来,蘩漪是个弱者;但我们很快就发现将同情施于她并不合适,经过对家庭压抑的抗争,蘩漪的生命力丝毫没有减退,相反,"对于她,一切都咽下去,做成有力的内在的生命。……所谓热情者也,到了表现的时候,反而冷静到像叫你走进了坟窟的程度"[①]。蘩漪撼动人心之处正是温良文弱背后"更原始的一点野性";对观众来说,"也许蘩漪吸住人的地方是她的尖锐,她是一柄犀利的刀,她愈爱的,她愈要划

---

① 刘西渭:《〈雷雨〉——曹禺先生作》,田本相、胡叔和编:《中国现代文学史资料汇编·曹禺研究资料》,中国戏剧出版社1991年版,第505页。

着深深的创痕"①。蘩漪的原始生命力不容她屈服于社会世俗的一般逻辑,从某种意义上说,周朴园对她的冷落反而是保全她生命力的重要原因,"任她的热烈的情感,不曾满足的强烈要求自生自灭,不曾有意地摧残过"②。正因为这样,她才会不顾一切地抓住周萍,与其说她爱周萍,不如说她更爱自己被周萍唤醒了的残存青春,周萍带着些许来自乡间的原始生命力从乡下回到这阴沉压抑的周公馆,于是她像溺水人抓住救命稻草一样抓住了他,虽然他仅仅是一棵弱不禁风的草,然而一颗强悍的心促使她决定对生命压抑做一次困兽的搏斗。

曹禺以《日出》中的陈白露上演了中国文学传统中风尘女子这一形象类型的现代变体。在曹禺笔下,陈白露具有丰富复杂的性格内涵,她爱生活又厌恶生活,她把自己的美丽与青春拍卖给社会以享受她交换得来的权利。白露在少女时代感受着个性解放思潮而成长,出于对生命自由和尊严的追求而离开家庭,单枪匹马地踏上社会,与诗人的遇合又分离,从竹筠变为白露是陈白露的人生转折。从她依旧那样喜欢日出的情绪来看,她与诗人之间不应是因感情而破裂,造成这场分离的主要原因应是现实困境,她没有决心像诗人那样以绝对的力量为理想而斗争,只好又单枪匹马地回到当初离开的社会圈子。然而,她所寄生的人群是她所厌恶的,她所依赖的社会是她所唾弃的。

在人格自尊被侮辱、被凌羞的过程中,白露始终是半个清醒者;直至自杀,她人格的一半都在对污浊社会作无声的、矛盾的、徘徊不定的抗争,她的心灵始终奔流着向往光明和自由的人性

---

① 曹禺:《雷雨·序》,王兴平、刘思久、陆文璧编:《曹禺研究专集(上)》,海峡文艺出版社1985年版,第14页。
② 杨晦:《曹禺论》,田本相、胡叔和编:《中国现代文学史资料汇编·曹禺研究资料(上)》,第219页。

潮水。深层来看,生命力量与抗争勇气的衰退比社会环境的黑暗更具杀伤力,它决定了白露的无路可走,尽管白露远比繁漪年轻,但她的精神世界却远比繁漪衰弱疲惫,她过早过多地见识到生活"自来的残忍",但她却清醒地意识到自己不能和方达生一起脱离污浊,已再无力作将自己与恶浊环境分离的尝试。

《北京人》中的愫方是中国传统道德推崇的代表,舍己求义、压抑自我、牺牲自我的道德感是愫方的性格标志。愫芳的不自知、不觉醒有一个看似合理的理由:为爱牺牲。但是,看似高尚的理由却经不起情感逻辑的仔细推敲,因为她所为之牺牲的士大夫子弟曾文清完全是没落的、传统历史因袭的产物,染受了没落的腐烂的北平士大夫文化,带有浓厚的寄生性,是消磨生存的一代"耗子",除了无止境地消耗祖先和别人创造的财富外,已不能再为历史进步增添任何价值和力量。曾文清作为愫芳自我的对象物,反衬出她的忍耐、懦弱和愚蠢,"当人陷入不自知的盲目状态时,实际上处于被捉弄的地位,这是比《雷雨》里人们挣扎而遭毁灭更为可怕的残忍,因为这里连对于自己不幸地位的自觉意识与挣扎欲望也没有,有的只是莫名其妙的自我满足,因而也就不配享受哪怕是'垂死挣扎'的悲壮之美,而只让人感到人的愚蠢与卑琐"[①]。从个性张扬和文明批判的角度看,愫方为这样一只"耗子"牺牲,意味着自身生命的彻底浪费——至少表明她对曾文清所代表的没落历史因袭缺乏任何自觉的反省,她将自身价值完全依附于此,从侧面显示了其自身生命意志的近乎于无。

整体比较三个剧目中的三个女性形象,可以说,繁漪是一个

[①] 《知识者与文学"被改造"的标本——曹禺戏剧生命流程》,钱理群:《拒绝遗忘——钱理群文选》,汕头大学出版社1999年版,第138页。

青春期的英雄,她没有丝毫犹豫和动摇,是文明社会中一个理想化的野人;陈白露发现了桎梏的坚韧性,在无力抗争的情况下为保全残存的自由意志而舍弃物质生命;愫方是顺从、牺牲和自我奉献的美德代表,她是以对道德桎梏的极度忍耐而获得克服和超越痛苦的价值感。

镜像:创造物作为创作者的自我确认

拉康的"镜像理论"认为:艺术创造具有人类从镜中获得虚像、确认自我的类似意义。"镜中形象显然是可见世界的门槛,如果我们信从自身躯体的意象在幻觉和在梦境中表现的镜面形态的话,不管这是关系到自己的特征甚至缺陷或者客观反映也好,还是假如我们注意到镜子在替身再现中的作用的话也好。而在这样的重现中,异质的心理现实就呈现了出来。"[①]人类始终在追寻某种形象,将它视为是自己的"自我",通过形成认同并产生"自我"的经验和功能。

因此,类似镜中虚像的人物塑造,对创作者来说,意味着其自我呈现和确认的类似意义。假如我们以这样的理念来解读三剧目中的三女性,将三女性的性格内涵与创作者试图借以确认的"自我"经验相联系,那么,就不难发现,从蘩漪的强悍、白露的徘徊到愫方的自我牺牲;从蘩漪的发疯、白露的自杀到愫方的默默偷生,这三个女性形象曲折而又鲜明地投射出曹禺伦理道德、审美理想与人生观念的复杂构成和短时蜕化。

对比大多数在社会文明的碾合中逐渐枯萎的"正派人",蘩

[①] 《帮助成"我"的功能形成的镜子阶段——精神分析经验所揭示的一个阶段》,拉康著,储孝泉译:《拉康选集》,上海三联书店2001年版,第91页。

漪是轨道外的独行者,曹禺通过蘩漪让观众在震惊中反观自身,发现自己被外在诸种要求压抑着的原始生命力,以此确认自身对抗文明规范的青春期思维和原始主义倾向。"就社会不健全的组织来看,她无疑是一个被牺牲者;然而谁敢同情她,我们这些接受现实传统的可怜虫?"①社会约束力是人类文明进程的必需条件;但若以人本立场反观文明史,人类为文明进程所付出的失落天性的巨大代价不言而喻:"有谁能够算清人们为了由游牧生活过渡到定居的农业生活而付出的'代价'呢?这种代价表现在人们的生活中和由于这种对本能的压抑所造成的痛苦中。"②以个性至上的"五四"价值观来看蘩漪,她全力挽回与周萍之间无法存在的情感乃至性爱关系,曾被论者看作是其缺乏健全的"独立人格"与"自我意识"的表现,事实上这正是蘩漪人格的极端意义——强悍的原始生命力甚至以撕裂天然母性的方式穿越了人类原初的社会角色——对自尊清醒的蘩漪而言,这样的撕裂无疑是极端痛苦的。从剧中蘩漪台词的张扬到《雷雨》创作谈的正面阐述,我们都可感受到曹禺对这个人物的高度认同、赞美和崇敬:"我想她应该能动我的怜悯和尊敬,我会流着泪水哀悼这可怜的女人的。"③

曹禺对于陈白露的情感显然要复杂得多,"如果,她是一个三十几岁以上的女人,在生活里真'混'过一阵的话,她是不会自杀的"④。曹禺没有让陈白露混迹社会太久,出于对其精神纯洁

---

① 刘西渭:《〈雷雨〉——曹禺先生作》,田本相、胡叔和编:《中国现代文学史资料汇编·曹禺研究资料(上)》,第505页。
② "兽性"与工业主义》,葛兰西:《葛兰西文选》,人民出版社1992年版,第151页。
③ 曹禺:《雷雨·序》,王兴平、刘思久、陆文璧编:《曹禺研究专集(上)》,第14页。
④ 曹禺:《自己费力找到真理》,王兴平、刘思久、陆文璧编:《曹禺研究专集(上)》,第84页。

的保全和生命天性的爱护,作者宁愿安排她选择自杀。自杀是陈白露这个人物的核心灵魂,为对抗生命的不自主,她甘愿抛弃人生暂时的欢愉,毁灭自己年轻美丽的生命,她反抗的力量虽不足以随方达生而离开,但足够让她有勇气殉葬。作者试图通过白露的自杀来证明其"原始蛮性"的一息尚存:所爱有甚于生者,所恶有甚于死者,释放生命青春"蛮性的遗留"可使死大于生,自杀被赋予了某种舍生取义的意味,陈白露这个人物也因而具备了伦理自我否定意义上的审美寓意。回看之前,这种伦理判断和善恶是非观在"性"更"恶"的蘩漪身上却完全没有施用,作者只想让蘩漪从不可忍受的生活方式中解脱出来,以原始主义的热情为其讴歌。由此,我们也不难看出,"自杀"这一情节安排,既鲜明地表达了作者对社会戕害的控诉;同时不应忽略的是,相比作者对蘩漪完全认同的明朗态度,曹禺在陈白露身上开始隐约地寄托着某种善恶是非的伦理判断。蘩漪作为第一个镜像,白露作为第二个镜像,我们可看到作者的文明教化立场和伦理道德观的逐步显现及建立在此基础上的审美理想的变迁,其笔下的女性从原始天性美向道德伦理美转移,显示了曹禺从雷雨般的青春时节逐渐进入文明理性的矛盾、犹豫与暧昧。

愫方自我牺牲、怯于反抗,是道德现实对生命意志驯化的胜利产品,假如延续《雷雨》《日出》中的生命观与叙述逻辑,愫方这样的人物该是作者释放文明批判的绝好对象,然而剧本却完全不是这样呈现的,作者对愫方的情感立场与全剧的总体立意产生了巨大偏差。在剧中,曹禺借人类学家袁任敢之口所说出的文明之退化感是全剧的意图所在,愫方不也是这退化人群中的一员,甚至是很重要的一员吗?然而,曹禺却将愫方的隐忍和退让作为人类美德加以高度赞扬,在人物命运的处理上,作者甚至明显违反人物的性格合理性,因不忍心愫方与大家庭玉石俱焚而牵强地让她仓促出走,背着旧道德重负的愫方能走多远实在可疑,"愫方这个人物,自杀的可能比出走的可能更大些,让她自杀也许更有力量,为什么作者不这样写呢?"①愫方是作家开始向传统价值和社会秩序获取力量的一个鲜明的寓意符号,从1934年的《雷雨》、1936年的《日出》到1940年的《北京人》,在短短五六年的创作时间内,安排愫方光明新生的曹禺与安排陈白露洒脱自杀的曹禺,在伦理观、美学观与人生观上均已是相去甚远。

比较繁漪、白露与愫方三女性:她们的原始天性与生命力量体现了渐次的陨落,从繁漪、白露对压抑的抗争,到愫方对本应抗争的自我压抑,通过剧目的自我确认,作者的人生观展现了由绚烂、矛盾、沉静而归化的复杂历程。一方面,回归传统的变迁意味着文明进化史观的成熟;另一方面,也可视作是创作者对文明压抑的敏感度与反抗力的衰退。

钱理群先生在考察曹禺的戏剧历程时,将其视作是一个现代文学体制化过程中知识者与文学"被改造"的标本。② 从现当代文学转向的历史大背景来看,这当然是可以成立的,但我们不可由此将作家创作变迁的脉络,尤其是作者创作的衰退性走向,完全归因于历史、社会、体制等外部因素。创作者生命个体对世界的感受、情感及观念本身,具有盛衰演化的生命周期。法国文

---

① 胡风:《论曹禺的〈北京人〉》,田本相、胡叔和编:《中国现代文学史资料汇编·曹禺研究资料(上)》,第1043页。
② 钱理群:《知识者与文学"被改造"的标本——曹禺戏剧生命流程》,钱理群:《拒绝遗忘——钱理群文选》,第138页。另外在钱理群先生《大小舞台之间——曹禺戏剧新论》一书中,作者对曹禺创作变迁受主流意识形态、权力话语规范的巨大负面影响这一观点有更为详尽细致的阐析。

艺理论家斯塔尔夫人在论及希腊文学使许多时代不能企及的原因时说:"各时代的哲学思想家形成了一条死亡所不能中断的思想锁链。可是诗歌却不是这样,它可以在最初的一次诗情迸发中达到以后无法超越的某种美。在日益发展的科学中,最后的一步是最惊人的一步,而在形象思维的力量当中,越是最初运用这个力量,这个力量就越大。"①曹禺巅峰期的三部剧作以共时态的方式表达了本应历时呈现的生命立场,这也许是一个伟大作家才具备的复杂品质;同时,我们也应注意到,三剧作人物形象的演化路线是从蘩漪到愫方,而非从愫方到蘩漪,当然不应忽略剧本创作时代背景与作家个人生活的变化等多方面因素,但从作家创作主体来看,这本身显然暗示和包含了作者生命力、社会批判与文明反抗力渐次减弱的写作趋向,从这一走向中,我们可以部分地解读曹禺在 20 世纪 40 年代以后创作"改道"的自身原由,并以此建立与其后漫长创作变迁史的内在联系。

---

① 孟庆枢主编:《西方文论选》中卷,高等教育出版社 2002 年版,第 2 页。

划过心灵的痕迹

——殷夫作品创作心理阐析

殷夫,中国无产阶级革命文学前驱"左联"五烈士中最年轻的一位,牺牲时仅22岁,这位天才诗人,在短短的几年时间里,创作了数量颇多的文学作品。很多研究者对殷夫的研究大都是从他作品的革命性说起,却很少有人去考虑殷夫的创作心理。可以说,殷夫诗歌的历史性价值远远超过了诗歌本身的艺术性价值,这就有必要剖析在特定历史环境中殷夫的诗歌创作心理,以此获得更多的推进诗歌发展的借鉴。作家创作的冲动与作家的出生地、家庭教育、生活经历以及自身的气质特征有着很大关系,所以我们研究殷夫的作品也要从他的创作心理方面加以考虑,以还原真正的社会革命与文学间的关系。

搏击与幻灭共存的坚硬品性

生存在一定地域环境中的人们其心理特征、文化性格,都或多或少地受到地域环境的影响,所谓"一方水土养一方人"。地域文化积淀联系着一个地区的民情、民风,也对作家的精神品格、个性气质的养成产生潜在影响。殷夫的出生地象山属于浙东区域,传承着"越文化"的刚性质素,而"越文化"的刚性质素则造就了作家的坚硬品性。鲁迅指出过的"浙东多山,民性有山岳气,与湖南山岳地带之民气相同",这恰恰暗合了大革命时期类似于湖南地域的浙东民气高扬的特点。在这样的地域文化环境中,孕育出殷夫这样颇具有浙东特质的刚性素质作家,恐怕也是一种必然性现象。

殷夫的出生地象山县位于浙江省中部沿海,位于象山港与三门湾之间,由象山半岛东部及沿海 608 个岛礁组成,半岛之中,一片汪洋大海,田地缺乏,淡水紧缺,瘴气弥漫,百姓唯一最可依赖的资源就是滔天巨浪里的捕食。古代的象山,和任何南方地区一样,是蛮荒之地。历史记载:春秋时,为越国鄞地。唐神龙二年(706 年)立县,因西北有山"形似伏象",故名象山。半岛型的地理特征,既大大地阻隔了象山与外界的陆路交通,又强化了象山人与海紧紧相依的生存特征。在资源匮乏和生活作业原始的生存之初,大海是有义的,也是无情的。它可能给象山人丰富的海洋资源,果腹暖衣维持生计,也可能惊涛骇浪,吞噬生命和家园。

长期与大海共处的关系,使象山人的性格呈现出两个特征:搏击性和幻灭感。与大海的搏击,非小河小江所能比拟。与海搏斗,自然养成象山人豪爽、粗蛮、干脆的性格。与此伴随的,也必然是生死不能操控的毁灭感。挣扎在生存底线上这种极致的心理体验,只有在大风大浪里颠簸过的人才可体味。由此,象山人性格耿直,做事敢打敢拼、果敢利落,同时,容易造成走向极端冒险的性格特征。出生与成长在象山的殷夫这种搏击与幻灭共存的地域性格则是更加明显,殷夫从哀叹"旧时代之死"到全身心投入革命,都没有经历太久的时间,我们读他的诗歌,尤其是后期的诗歌,仿佛看到了那个在与阶级搏击后决定幻灭的坚强的殷夫。当然,浙东"越文化"刚性精神的传承,关键在于时代条件的成熟,一旦置身在革命声浪高涨的时代环境中,作家的刚性素质就有可能向着革命方向转化。"浙东作家中有一部分是在'五四'落潮以后的感伤时代里开始文学创作的,其时他们既有积闷要吐露,又感觉着前路茫茫,创作难免呈现出一种低色调。当新的时代思潮来临,意识到个人解放要求必须同社会解放融合在一起时,他们必会眼睛为之一亮,精神为之一振,迅速完成创作倾向的转变。"①殷夫也属于浙东作家的一员,所以说殷夫从早期《孩儿塔》里唱出无爱的忧伤到后来投身大众唱出无产阶级的战歌都昭示着:地域文化精神所产生的潜在力量还是在相当程度上影响着作家的创作精神、风格的形成与转化。

充满温情和自由氛围的家庭环境

在徐家,殷夫上有三兄二姊,他是家中最小的一个,得到的也是全家人的宠爱。虽然家境贫寒,但他还是受到了良好的教育。殷夫的父亲是个乡村知识分子,但未能登上仕途,郁郁不得志,便自学医药知识,走乡串户,为百姓治病,成为群众尊敬的乡村医生,眼看自己的抱负不能实现,便把希望寄托在子女身上。殷夫很小的时候父亲就要他背诵唐诗和神童诗,从而启发了他对文学的爱好,也使他立下了以笔作刀的志向。殷夫的母亲钱月嫦,农家出身,能劳动,不识字。她40岁生殷夫,曾产后血晕,几及丧命。因身体羸弱,奶水短缺,哺育殷夫,煞费苦心,再加上殷夫自幼聪敏,所以她从来就特别疼爱这个小儿子。殷夫两次被捕经保释后,先后都回到她的身边。她明知殷夫参加共产党

---

① 王嘉良:《地域文化视野中的左翼话语——浙东左翼作家群论》,《文学评论》2006年第6期。

的革命活动,但从未有过批评或埋怨。大姊祝三和小姊素云在他选择革命这条道路上给予了很大的支持,他的长兄徐培根,虽然与殷夫处于不同的政治阵营,但是在他的小弟几次入狱后都想尽办法去解救他。在父母和兄弟姐妹的关爱和尊重下成长起来的殷夫有着自己的主见和理想,在15岁时,他就参加革命,天真、单纯、专一的他在接触革命后凭着一腔热情把革命作为自己的生命。

  在家人呵护下的殷夫的童年充满了幻想,少年的他也依然天真。在他的早期诗歌中我们可以看到一个内心单纯、充满着浓浓诗意的殷夫:"我有一个希望,戴着诗意的花圈,美丽又庄朴,在灵府的首座。"但其天真却并没有陶醉在稚气的幻想中,他对现实生活艰难的感受也是十分敏锐的:"泥泞的道路上,困骡一步一步的走去。它低着它的头。"这是殷夫童年时代经常见到的景象:父亲骑骡出外行医,骡子在泥泞的道上艰难地、一步一步向前走去,虽写实却意味深长。可见家庭对殷夫有着很大的影响,良好的教育和众人的关心使殷夫从小对生活有着敏锐的观察和体验,小姊素云和二哥参加革命的行动也影响了他的人生道路的选择,但是更为重要的是聪慧的他更加善于把这些感受转化为诗歌的形式加以表达。

  从小的家庭环境只是殷夫创作心理形成的一个重要因素,但是随着他的成长和经历,在创作中起主要作用的还是殷夫本人的气质特征。

红色理想的青年朝圣者

  纵观殷夫短暂的生涯,不难发现,他有着较强的自我意识和表现欲望,喜爱变动,追求人生的多姿多彩,将创造新生活作为最有价值的生命运动。他既重视现实的体验,更注重心灵的超越和完成,经常处在亢奋与焦躁状态中。正是这种不安分的"神经质冲动"的精神特质,使得殷夫在历史剧变面前渴望跟上主流意识形态话语的前进步伐。殷夫是一位具有青春热血型气质的作家,从某种意义上说,他的创作就是情感的燃烧和宣泄,因此考察殷夫的气质特征,对于揭示他的创作心理活动至关重要。据笔者结合殷夫的作品和言论综合考察,认为殷夫的气质特征的基本内容为:一是在传统的革命主流文化为核心内容的价值观念和信仰系统影响下的激越的外倾性格;二是革命冲动和青春躁动相结合的气质特征,它们以文化无意识的形式潜在地影响其日后创作。

激越的朝圣者

在殷夫以及一些"左"翼作家的青少年时代,战争的隆隆炮声、革命的号召声,形成了巨大而浓重的政治氛围,并且积淀在他们的血液里。对祖国、对人民的热爱和对革命理想的追求,铸成他们忠诚的品格和神圣的情怀。满怀精神向往的"追随感"是他们迈向"朝圣"之路的共同心态。集体理性和献身冲动引领他们在精神层面上向同一个方向集结,向为人类理想而奋斗的崇高境界追随,火热的时代以巨大的精神感召力激发起少年殷夫创造的激情。

出生于象山的殷夫本身具有象山人那种搏击与幻灭共存的激越性格,天生聪慧的他从小便有一种超越的心态,不甘心做一个凡夫俗子,他渴望投身到一个伟大的运动中,给自己的生命注入价值,即使运动危险丛生,苦难重重,甚至是要牺牲亲情和爱情,他也义无反顾。奔放激越、关注社会运动的气质特征,同样反映在他的早期创作中,从他一开始的创作就表现出他关注世界的外倾型特点。在他后期的作品中,我们可以看到,他在对革命的不断深入认识中,内心那种超越凡俗生活的意向更加明显了,爱情和亲情在此时的殷夫眼中成了阻碍他超越凡俗生活的绊脚石。在殷夫著名的诗歌《别了,哥哥》一文中,哥哥虽然是实际生活中如父的长兄,但在革命谱系中却因其阶级身份而被解读为专制、残暴、贪婪和反动的敌对阶级所代表的社会制度和文化秩序的象征。这样一来殷夫对"哥哥"父兄之情的背叛和割舍在革命的名义下使其不必对自己欺骗和利用哥哥的行为有丝毫的忏悔和痛苦,呈现出悲壮的历史感和正义性。显然,在强烈的革命意识和政治信仰的召唤下,殷夫自觉地把"私人的生命热情和愿望转移到集体性的——社群、民族、阶级、国家甚至总体的人类的生命热情和愿望中去"[1]。阶级意识日益清晰地呈现在他的文学作品中,成为作者衡量自己情感的唯一尺度和标准。

这种凡俗性的超越还体现在殷夫对母亲"依恋—疏离"的情感叙写中。生活中自幼丧父的殷夫与母亲关系亲近,他曾在诗中无限依恋地写道"你对我一段厚爱,你的慈恺无涯",但作者选择的却是毫不留恋地让政治与革命的历史洪流对个人命运进行裹挟与淹没,因而作者对母亲的个人情感必然要让位于对真理与自由的渴望,而真理与自由在"左"翼意识形态的观念和理论中又成为阶级斗争和政治革命的化身。选择了斗争与牺牲的作者在日渐远离母亲的过程中是"快乐的,坚决的","母亲,别这样围住我的项颈,你这样使我焦烦","母亲,让我呼吸,让我呼吸,我的生命已在这个旦夕,但使我这颓败的肺叶,收些,收些自由气息!""别窒死了我,我要自由,我们穷人是在今日抬头,我是快

---

[1] 刘小枫:《沉重的肉身——现代性伦理的叙事纬语》,上海人民出版社2000年版,第251页。

乐的,亲见伟举,死了,我也不是一个牢囚。"同样,爱情在此时年少的殷夫心中也不再那么崇高与伟大了,比如在他的短篇小说《小母亲》中,知识青年岑苦闷与寂寞的爱情在女革命者林英看来"都是无聊",而且在把自己因阅读岑伤感的来信后产生的刹那间的同情与悲哀与眼前质朴而坚强的女工们做出对比后,迅速扯碎了自己给岑的回信,继续投入革命工作中去。在《写给一个姑娘》中:"姑娘,原谅我这罪人,我不配接受你的深情,我祝福着你的灵魂,并愿你幸福早享趁着青春。我不是清高的诗人,我在荆棘上消磨我的生命,把血流入黄浦江心,或把颈皮送向自握的刀吻。"诗中显示了诗人为了真理和革命甘愿放弃爱情的牺牲精神。我们从中都可以看出在"左"翼意识形态的观念影响下,殷夫作品中的爱情呈现为被阶级意识净化后的简单规约性和单一的政治指向性。即使在个人情感这一最为属己的领域,关涉个人心灵的生命体验式的爱情书写同样也被殷夫拒绝了。由此可见,他在作品中对阶级、亲情和爱情抗拒的这一表现,其实是他内心的一种超越日常生活凡俗性的渴望,是一种想成为英雄而努力脱离凡人情感和生活的挣扎。殷夫激越外倾的情感气质和关注社会的创作倾向,与20世纪30年代的时代气氛是内在统一的。他的这种心理和在这种心理下所创作的作品正好符合"左"翼文学的创作方向,成为推动革命的一种理念。

狂热的革命者

20世纪20年代初,许多被革命惊雷唤醒的中国热血青年,以各自不同的爱国心纷纷踏上革命的旅程,殷夫也在其中。不难想象,他也会有踌躇满志的年轻人那种积极的浪漫与幻想,当时只有十几岁的他参加革命是抱着年轻人对革命的一种敬仰的冲动而去的,处于青春躁动期的他,难以避免激愤情绪的感染,他需要一种文学的形式来寄托和抒发他的内心情感。"创作心理的形成与其先在的知识系统密切相关,受人类整体人文环境的熏陶,无论是历时的还是共时的;又表现为人类心理结构与情感发展的普遍性积淀,且受人类原初观念、共通心态的内在影响,因而综合于创作主体个人身上,便成为创作原动力的重要原由,引发创作动机,推动创作过程。"① 可见,作为内驱力,作家主体的革命冲动和青春躁动是一种创作的潜在能量,不断唤起主体的创作潜能与表达欲望,将主体推到一种忘我的极致状态之中,同时也在悄悄地影响着殷夫的创作。只有当革命信仰与作家某一时期的内在心理、情绪和生命感悟达到某种微妙的契合、共鸣,又或许是存在巨大落差时,才可能激发起个人的写作动力与热情,这样来阐释殷夫的内在创作心理应该更为合理。

我们可以从收在《孩儿塔》诗集里最早的一组诗《放脚时代的足印》看,殷夫从少年时代就显露出卓越的诗才。这组诗已经表现出作为一个诗人应具备的各种品质:早熟、敏感、想象丰富、情绪动荡,又有纯熟的语言表达能力。譬如"听不到颂春的欢歌,不如归,不如归……只有杜鹃凄绝的悲啼"。短短几行诗透露出少年诗人对于平凡事物的敏感和想象。这种触景生情、多愁善感的性情,使诗人在青春期刚刚来临之际,不仅像一般孩子那样具有天真的幻想和美丽的憧憬,同时又感到了希望的渺茫:"希望如一颗细的星儿,在灰色远处闪烁着,如鬼火般的飘忽又轻浮,引逗人类走向坟墓。"他在此时也萌发了朦胧的爱情,所以在早期爱情诗也占了他作品的一大部分。殷夫的早期爱情诗,主要表现诗人初恋时的稚气、欣喜和羞涩。"我们同坐在松底溪滩剖心地,我俩密密倾谈。""我们同数星星笑白云儿多疏懒",甜

---

① 周国清:《记文学创作中心理定势的积极效应》,《益阳师专学报》1995 年第 2 期。

蜜天真的情态跃然于纸上。"我记得,我偷偷看你的眼睛阴暗的/喧子传着你的精神","我记得,我望望你的面颊瘦瘦的两颐带着/憔悴的苍白"。在《我们初次相见》中,他那种矜持忸怩而略带伤感的神情如在目前。诗人小小年纪就有了初恋、接吻、离别等人生体验:"我初见你时,我战栗着,我初接你吻时,我战栗着,如今我们永别了,我也战栗着。"所有这些都是一个诗人不可或缺的基本品格,即使一位无产阶级革命诗人也不例外。

在他创作处女作《放脚时代的足印》时,作者还是一个十四五岁的少年,同那个黑暗的时代中许多探索真理的青年一样,他也有彷徨和失望。在他最深刻的佳篇长篇叙事诗《在死神未到之前》中,他在狱中一口气就写下了这首八章,详尽描述了第一次被捕的始末以及他起伏难平的心情。年少缺乏革命经验的他在第一次被捕时在诗中抒发了自己的一些"阴面"情绪,如起初的恐惧、悲戚之感,对人生、母亲的过于依恋之感,这都和一个成熟的革命者的境界有一定的距离。毕竟当时的殷夫还是一个并未成熟的毛头小子,在狱中的他也只能通过诗歌这种极具抒发个人感情的文学形式来表现他的青春躁动的情感。诗中"阴面"情绪的袒露是十分真实自然的,但是金无足赤,任何一个革命者也都不是完人,何况一个只有17岁、斗争经验不足的年轻人,他以自己那个时期独特的感受去描绘对革命的向往,对世俗生活的摒弃。

但是从1930年《孩儿塔》之后的作品,我们可以明显看出作者的心理在经历了革命的磨练后产生了极大的变化,他由一个不成熟的天真的革命者逐渐变得成熟起来,年轻的他革命的决心也变得更加坚定,他最初的革命冲动和青春躁动心理转化成了恒定的革命心理。诗人并没因死神即将到来而消沉倒下,他是懂得为革命事业献身的,"革命的本身就是牺牲,就是死,就是流血,就是在刀枪下走奔"。他正气凛然,决心从容赴死,"在森严的刑场,我的眼泪不因恐惧而洒淋""死是最光荣的责任,让血染成一条出路,引导着同志向前进行"。他在死神面前,信念依然坚定,"但是朋友,我并不怕死,我只觉得我的光明愈近,死在等待着我,和他一起的还有光明"。在诗中活跃的是一个赤热忠诚的革命者的形象。诗中对围观群众的热情呼唤,对叛徒敌人的愤恨斥责,对同窗学友的深情号召,对工农大众的殷切寄望,都反映诗人自觉清醒的阶级意志和革命意识。所以他的诗一发表就受到革命文学前驱者的赏识和推崇。在殷夫这里,革命是事业,文学是手段,他的审美冲动往往被政治激情所冲淡。当革命高潮到来,他便弃文从政,完全陷入政治中。这一切均源于年轻的他心中的那份热忱。

总的来说,20世纪30年代特定的社会历史和思想背景以及地域和家庭的渊源,决定了青年殷夫的心理品质,同时殷夫在创作中又加入了个人气质的元素,来表现他在生活和革命路上的种种体验。殷夫曾在诗集自序《"孩儿塔"上剥蚀的题记》中说:"我的生命,和许多这时代的智者一样,是一个矛盾和交战的过程,啼、笑、悲、乐、兴奋、幻灭……一串正负的情感,划成我生命的曲线;这曲线在我的诗歌中,显得十分明耀。"从殷夫的这段自白中,我们可以看到的是一个真实的殷夫,一个去除了革命光环的平凡的殷夫。他的生命曲线正是内心情感与革命情结相交融的记录。让我们沿着这条曲线,来感受英雄的赤诚与激情的内心吧!

延宕性格：思想大于行动的知识分子

——柔石中篇小说《三姐妹》的主人公形象

《三姐妹》是柔石在《二月》之外的另一部中篇小说，这两部小说也是柔石大量短篇小说以外仅有的两部中篇，问世于柔石正处于创作高潮的1939年，主人公同为柔石最熟悉的生活领域中的青年知识分子。柔石是一个经过长期探索逐渐形成稳定的创作个性和成熟的人生态度的作家，所以在《三姐妹》《二月》这两部柔石后期小说中，我们可以相对清晰地看到柔石从创作伊始就一直致力的关于青年知识分子心理状况与人生道路的主题比较饱满完整的阐释。相比《二月》，《三姐妹》是一个被忽略和简化的文本，其主人公章先生也是一个在道德评判的泥淖里多少被误读了的久久不得正名的形象，相比《二月》中萧润秋得到的同情和尊敬，章先生则长久地戴着一顶"个人主义者"的带着贬义的帽子而被排斥。

《三姐妹》充满了哀伤柔婉的抒情意味，在主人公追悔与悲伤的长夜回忆中展开情节：主人公章先生与三姐妹的恋爱故事。章先生与三姐妹的恋爱故事曲折而又简单，情节发展的前两次悲剧性转折呈现近乎喜剧性的惊人的重复。章先生原是杭州德行中学毕业班的学生，在开办平民女子夜校的工作中结识了学校附近美丽的平民三姐妹。他克服财富、学识、地位、前途等方

延宕性格：思想大于行动的知识分子

面的差异及他人的偏见，与三姐妹中端庄、美丽的大姐莲姑热烈地相爱，但随后在学校的学潮事件中被专制、顽固的老校长开除出校。无奈之下，他发奋读书，要去北京上大学，与莲姑相约三年后回来娶她。为报被斥退之仇，同时为了取得家庭的经济支持，他勤奋读书，时间的长久与空间的阻隔逐渐磨损了热烈的感情，也因为事业心战胜了先前的缠绵之心，他对莲姑的感情渐渐淡漠下去，他没有信守对莲姑许下的给她写信的诺言，莲姑在绝望中被迫出嫁。大学毕业以后，他终于被委任为德行中学校长，回到杭州，面对莲姑的出嫁，章先生失望之余，把感情转移到和四年前的莲姑长得一模一样的二姑娘蕙姑身上，两人又热烈地相爱了，然而变故再次袭来，正当两人准备成婚时，江浙军阀开战，蕙姑避难萧山，章先生则流离到上海，后又转入军界，在军阀部队舒适而又自由的生活里慢慢地又把蕙姑遗忘了，章先生与蕙姑同样恋而未果。又是四年之后章先生以师参谋长的身份随军来到杭州，蕙姑已适他人，他见到小妹藐姑，生活凄凉，自感内疚，想聘娶藐姑来救赎自己，弥补以前犯下的错误，却不料遭到藐姑的严正拒绝。他整夜苦思，深为忏悔，看到三姐妹的不幸，决心帮助莲姑、蕙姑离婚，并愿意将三姐妹都娶过来，设法使她们得到幸福。可是莲姑、蕙姑在办完离婚手续以后，都不愿意再跟章先生结婚，而宁愿做尼姑和女工，藐姑也宁愿和姐姐生活在一起，这是章先生完全未曾意料的结果，他在房内愁闷地徘徊，就像在走他这短短的一生已走的反复徘徊的人生歧途。

这部小说情节简单而集中，在单纯的故事情节中作者用意的重心是在于展示和剖析章先生的心理与精神世界。章先生与三姐妹的感情纠葛虽几经波澜，作家的情绪却丝毫没有剑拔弩张的激烈的控诉意图，而是对主人公怀着深深的理解、同情与怜悯，也无意将章先生写成一个玩弄女性的道德败坏者，小说寄寓着作者对这个时代的知识青年爱情婚姻和人生道路及其两者关系的深刻思考。

一方面,小说对章先生所处在的时代环境作了充分的交代,章的两次"失信于人"都有时代因素的共同参与,有时甚至是客观环境起了决定作用。章与莲姑恋爱以后,他自己并不十分在意的两者在知识、地位等方面的差异性很快招致非议,老校长甚至漫骂三姐妹是"土婚式的女子",因为社会偏见和落后观念,章在学潮中第一个被开除出校,而这直接导致章与莲姑的分离。四年后,章与蕙姑恋爱,准备结婚时,又是被战乱冲散分离。学生运动和军阀战争等重大社会事件不仅是作为故事的背景,而且是直接驱使人物作出某种行动选择的必然而充分的客观动因;不仅"使小说在更深广的基础反映了时代的风貌",而且展示了一个朝气蓬勃的青年的热情与勇敢是如何在当时的社会现实里泯灭的。比如,章先生与大姐莲姑恋而未果,是整部小说的第一个分故事,是章先生爱情历程的第一次磨难与转折,完全可以推想,这一经历一定会在相当程度上左右和影响了他后来面对人生和感情时的选择和态度。

另一方面,章先生自身的性格因素是导致悲剧产生的直接原因。在这一点上,作家完全摆脱了观念先行的概念化叙事,充分尊重现实生活本身,铺设了大量描写细腻的细节,内外因素交织在一起互相滚动着,共同推动小说进展,即:让社会灾难成为诱因,青年知识分子在应付、招架和试图把握客观环境的过程中自身性格中的多方面潜因被诱导出来,内外因综合交混导致悲剧结果。在这一点上,章先生与莲姑、与蕙姑两姐妹的两次恋爱经历具有惊人的相似性。章在与莲姑分离而到北京后,没有信守给莲姑定时去信的诺言,这是面对严峻的客观环境所采取的生存策略,为了在高等师范里做一个出色的学生而完全将莲姑

延宕性格：思想大于行动的知识分子

挤在脑外了，挫折与磨难中，他的自私性格暴露无遗；在与蕙姑分离转入军界以后，"他也没有去找蕙姑的心思""好似蕙姑已是他过去的妻子了"，这一行为同样是面对严酷现实所采取的自我保护的生存策略，自私与利己再次暴露。由此可见，在面临变故和挫折的关键时刻，对于章来说，放在第一位的是个人的尊严、要求与愿望，所以，他才会在到北京以后努力做一个出色的学生，目的只是一心一意想报以前被斥退的仇；离开蕙姑后，从所信仰的教育界转入曾厌恶的军界，是逐渐消退了青春激情的章先生面对社会现实做出的世故而务实的选择。从这两次转折中，我们可以看到一个不希望被社会淘汰、渴望融入社会浊流的知识青年挣扎中的人生奋斗轨迹；正因为如此，在这两次转折中，我们才可以明显地看到章先生在尴尬局势中，也只有在尴尬局势中才能显露无遗的自私性格，相比爱他人，他更爱他自己。

章先生渴望做的是"浪漫派的英雄"，他的"自私性格"与其个人主义思想密切相关。在章先生这种个人主义者的观念中，本质上，获取爱情也是证明自身价值的内容之一，当他前两次赢得了莲姑和蕙姑的感情以后，他自感"这真是英雄的事业呢"，仿佛是一个完全的浪漫派的英雄，对自己的行为充满了骑士英雄般的自爱与自豪。客观困难迫使他与莲姑、蕙姑两姐妹的分离，都使他的人生陷入低谷，他感觉自己"好像是过去时代的浪漫派的英雄了"。这种落寞、沉寂，尤其是无所作为，是他最不愿面对的自我现实，所以，一旦他陷入挫折，觉得头上光环不再绚烂的时候，他就会重新努力，试图重新恢复荣光，而把不愉快、不绚烂的过去统统忘掉，在潜意识中迫使自己遗忘之、抹杀之。章先生所追求的个人英雄的价值实现，配合自身行动的利己思想，表现出的自我欣赏、自我陶醉、自我怜惜的个人主义情调，都闪耀着柔石早期所信奉的尼采式的个人主义思想。尼采式的个人主义思想在"五四"时期曾深深地影响和感染了一代青年知识分子,支撑他们有勇气对抗力量强大的传统观念和习惯势力。就章先生而言,这种个人英雄的个人主义观同样也是他思想和性格中独特的亮点,支持着他在爱情与事业的道路上力排众议,有所作为。无论是克服传统偏见与平民女子恋爱,还是为报斥退之仇,努力读书以至被任命为校长,个人主义都是强大的思想资源和行动力量。

客观而言,章先生的个人主义思想确实对爱他的人造成了伤害,正如他自己后来所忏悔的那样:"这是因为我的错误。我因为要求自己的快乐,竟把别人的快乐拿来断送了。"从章的忏悔我们也可以看出,他并不是一个唐璜式的以玩弄女性为乐的道德败坏的花花公子,他的性格思想具有深刻的复杂性,尼采式的个人主义与托尔斯泰式的人道主义思想交织融汇,对立统一在章的思想和行动中。

虽然章是个人主义知识分子,但在行动过程中又具有平等、民主的人道主义思想,在个人主义与人道主义产生冲突的时候,他也会以后者战胜前者,牺牲前者以实现后者,对于章而言,这意味着自我牺牲。比如,因为和莲姑的恋爱招致反对,在随后的学生风潮中,他意识到,任性会妨碍他和莲姑的结婚,为了避免因"一时的冲动而破坏永久的幸福",他努力克制和隐忍自己的激愤意气,"好似莲姑在身边阻止一样,不要宣布罢,这样我们会被拆散了!"这样,在学生大会时他并没有按他的本意和一贯的作风发表对校长不利的意见,然而还是难逃厄运。经历这次打击,他幡然醒悟:"变故要加到你的身上来,这是无法避免的。"这番省悟对他后来如何对待蕙姑,以及如何选择自己的人生道路不无影响。

尽管变故和挫折不断地打击他,把他推向个人主义的利己方向,然而,一旦他意识到自己的行动对他人造成的伤害与不良后果,人道主义思想就会迅速唤醒他的良知;面对莲姑与蕙姑的不幸生活,此时她们已经青春不再,美貌全无,他只是希望能够赎罪,以人道主义的自我牺牲精神将她们都娶过来,和她们一起生活,给她们幸福,虽然这样做无疑会毁掉他辛苦奋斗得来的社会地位与名誉。这种简单化到近乎幼稚的自我牺牲精神与《二月》中萧涧秋为了帮助文嫂而决定和她结婚的举措如出一撤,虽然无效,并且遭到拒绝,但他精神人格的魅力依然存在,不能抹杀。也正因为如此,尽管章先生对三姐妹的悲剧命运负有不可开脱的责任,我们也难以将章先生与十恶不赦的道德败坏者联系在一起,而只会对他的行动与命运在理解、同情的情感认同之后引起长久的反思:这样一个不坏的人为什么犯了这么多的错?伤害了与他亲近的、爱他的人?细想,在章的人格底层,个人主义的利己性与人道主义的利他性是在相互作用、相互斗争,造成他思想的矛盾,以致行动的犹豫和延宕。章与蕙姑分离后转入他本来十分反感的军界,在很大程度上是因为当时动荡战乱的社会背景,审时度势之下他选择了能使他出人头地、扬眉吐气的人生道路;在内心,他又清醒地意识到这样的道路的错误,并以之为耻:"在这四年内的生活,他不愿想,好似近于堕落的。"在战争炮弹的震撼下,他失去了四年前的活泼和勇敢,在和胡闹的同僚"作乐"中消磨时光,在"舒服而自由"的生活中送走又一个四年的光阴,这段时光,是他人生的非正常状态,是一种变形的精神麻醉。从深层心理上分析,他没有去找蕙姑的心思,是他在不自觉中执行了心理逃避战术,因为一旦与蕙姑联络,也就必然唤回与蕙姑姐妹在一起的健康纯真岁月,这与他现在堕落的从军从政道路是一个鲜明而残酷的对照。我们可以想象他曾反复经历的痛苦的思考,在痛苦的思考中他试图作出选择;或者他在痛苦的思考后只能强迫自己不去思考,所以才会在与莲姑、蕙姑分手以后一反常态,杳无音讯。如最后他随军回到杭州、在遭到三姐妹的拒绝后那样的整夜愁思,我们完全可以想象章曾经历过无数个独自面对的反思之夜。然而,他的思想要远远大于行动,他思考很多,而行动很少,在犹豫和延宕中他总是拖延了可以采取行动、改变悲剧结局的有利时机,从而犯下了错。

这篇小说的艺术构思也非常巧妙,时间、空间的设置也非常明显地凸显出章的延宕性格。章与三姐妹的故事发生的地点从来没有挪过位,都是在杭州学校附近三姐妹家中。变化的只有时间,作者的时间转换意图非常明显,章与莲姑、与蕙姑、与薮姑在同一个地点相遇、重逢的时间都是相隔四年。四年,物是人非,而章先生错过的恰恰正是在他的延宕和犹豫中过去了的四年时间,错待时间是章先生犯错的直接根源;错待时间,又是由于他思想中的矛盾因素不断斗争以致延误行动所致。

可以说,章是一个能清醒地意识到自己的行动及其后果而懒于、滞于行动的人,具有知识分子典型的延宕性格。章这种思想大于行动的知识分子典型性格和行动逻辑,与《二月》的主人公萧润秋具有极大的相似性。相比章先生,萧润秋思想中的人道主义成分更明显和浓重一些,但面对知识分子及其人道主义、平民主义思想在中国社会现实中的尴尬命运,章先生和萧润秋在行动中的犹豫、徘徊、延宕如出一撤。正如鲁迅在《〈二月〉小引》中评价萧润秋这样的知识分子的社会角色中所说:"浊浪在拍岸,站在山上者和飞沫不相干,弄潮儿则于涛头且不在意,惟有衣履尚整、徘徊海滨的人,一溅水花,便觉得有所沾湿,狼狈起来。"章就是这样一个"徘徊海滨"的社会边缘人,他极想为社会、他人有所益处,又顾惜自己、行动矜持,他的人生道路是社会现实中知识青年挣扎与沉沦交错的典型道路。在这部中篇小说中,柔石已经触及知识分子文化人格的深层结构,在柔石一直致力于刻画的青年心理图谱中,章先生的心路历程既源自他的时代,其意义又远不止于他的时代,具有知识分子文化心理与文化人格的普遍性与概括力。

参考资料:

① 《对爱情和道德问题的思考——中篇小说〈三姐妹〉》,郑择魁、盛钟健:《柔石的生平和创作》,浙江文艺出版社1985年版。

② 鲁迅:《〈二月〉小引》,《柔石选集》,人民文学出版社1986年版。

国族、符号与影视意义

身份并不是已经完成的、然后由新的文化实践加以再现的事实,而是一项永不完结、永远处于过程之中的"生产"。因而,身份是可建构的,并且是一个不断形成的、重视差异、杂交、迁移和流离的对象。

——[美]周蕾:《妇女与中国现代性:西方与东方之间的阅读政治》

国家形象与电影叙事的先与后

国家形象诉求与文化身份建构的焦虑

20世纪80年代以来,《黄土地》《红高粱》等新民俗电影进入国际电影视野并屡获大奖,中国电影以更为开放和活跃的姿态对海外观众形成了特殊的感召力。尽管中国影片在世界电影市场中所占的份额依然不多,但作为东方文化代表,在世界电影中的结构性地位越加明显。随着李安、张艺谋、王家卫、徐克等一批国际化导演的逐渐成熟,随着《霸王别姬》《卧虎藏龙》《英雄》《一代宗师》等华语影片在北美电影市场被普通观众观看和接受,华语电影作为世界文化景观的重要构成,逐渐进入西方普通观众的视野,开始赢取更加重要的国际文化地位。

收获和成功的背后是焦虑。从《红高粱》于1988年获柏林电影节金熊奖开始,华语电影在西方世界赢得的掌声往往伴随着巨大争议。这是个值得注意的现象:我们输出的文化产品数量越多、影响越大,相伴随的不同声音就越激烈,我们的身份焦虑也就越严重。争议的焦点是:我们到底站在谁的立场?为了谁的期待在表现中国?我们又该表现怎样的中国?

问题的复杂性在于,当中国观众对于西方社会将华语电影

批评的观念

仅看作世界电影的东方花边表示不满,当中国导演希望西方社会以更加平等的态度来看待中国电影,西方电影界却认为华语电影的道路还很漫长,苛刻一点说,有些华语电影还不是电影,而是意识形态和生硬理念:中国标签过于强烈了,中国电影需要不被国家诉求压垮的叙事世界,电影应该以电影的方式来说话。[1] 这样的对话内容又将东方意识与西方意识之争还原到东方电影与西方电影之间的艺术较量。当然,对于这样的对话与分歧,我们应辨析其西方中心主义的成分。问题很明显,在全球消费主义时代,正是华语电影中那些民族国家和文化身份的因素变得越来越具有敏感性。

对于中国电影观众而言,当我们在电影院里观看一部属于自己的华语电影,和当我们设想此时观众并非中国人,两种情境并不相同,后一种情况使影片具有跨文化交流的功能,"剧中的中国人"会被置换成象征性的"全部中国人",我们对影片的立场和预期会自然发生变化。文化输出一旦形成,电影作为一种承载着文化价值和国家形象的艺术,就不存在完全脱离意识形态的纯艺术指标。当一部中国电影到世界观众中去,它多多少少都反映和承载着中国。意识形态与美学一样如影随形,无处不在。中国电影观众热衷于美国好莱坞大片很多年,发现他们的影片诠释着相同的美国式英雄主义和国家观念。中国观众关于电影文化身份的焦虑,与逐渐生长起来的民族自信同步生成。没有自信和尊严的复苏,就没有对价值和身份的追问。现在,我

---

[1] 朱影:《中国电影需要不被国家诉求压垮的叙事世界——2015 美国电影掠影》,朱影的中国电影研究坚持倡导华语电影美学体系与文化精神的本体建构,观点可见《电影本体与电影美学——多元化语境下的电影研究》《产业建构应注重电影文化精神》等相关文章或会议发言纪要,http://wuxizazhi.cnki.net/Sub/ysys/a/DYYS 200701014.html 等。

们开始反感中国电影中的民族元素成为西方人趣味的佐餐,无论是以一种自我美化的方式满足西方观众的东方主义浪漫想象,还是以自我贬低的方式印证第一世界对第三世界国家落后与愚昧的文明拯救,都会受到国人的批评。

警惕电影中的西方中心主义之外,汲取西方电影叙事和传播的成功经验也很重要。这是问题的另一方面:国家诉求和身份建构的有效性必须建立在电影自身属性的基础上。电影作为文化产品的媒介和形式,首先通过建构起自身的叙事方式赢得观众。电影观众消费电影的故事和形式、主题和美学、理念和手段,只有建立起电影本身的视听愉悦,才能最终产生观众对信息的接收和观念的接纳。"市场票房和观众口碑是判断电影观众接受效果的最终指标。"[①]电影艺术在跨国主义与本土主义之间的抉择中,有一个超越于本土主义和跨国主义的更重要命题:建构中国电影自身的叙事世界。换言之,中国导演要学会用自己的艺术语言将电影拍好看、拍成功。只有电影好看,有观众看,电影的文化身份建构和国家形象诉求才是可能成立的目标,否则,电影只能是自娱自乐,只能是一场电影输出的集体麻醉和民族乌托邦想象,集体无意识中的民族焦虑感无法真正得到缓解和释放。

华语电影叙事世界建构的可能性途径

陈凯歌的《霸王别姬》(1993年)、张艺谋的《活着》(1994年)、李安的《卧虎藏龙》(2000年)、王家卫的《一代宗师》(2013年)都是承载历史、国家与东方式哲学的成功作品。这四部影片

[①] 杨柳:《谁在消费中国电影——论国产电影中国家形象传播的受众与方式》,《当代电影》2009年第1期。

都曾被译成外语在国外上映,知名度高,广受观众喜爱,在画面、情节、台词、主题或剪辑制作等多方面将华语电影推到了一个新的高度。这四部电影也是美国大学课堂里关于华语电影课程的经典范例,被电影研究者所肯定。这些影片都很好看,影片以绝佳的视听手段与独特的导演语言,建立起自身完整的叙事世界。那么它们的奥妙何在?让我们来研究一下这些影片的成功吧。

首先是塑造有自身逻辑的人物性格与精神世界。电影《卧虎藏龙》于2001年获第73届奥斯卡电影节最佳外语片等四项大奖,成就卓著,开创了华语武侠片的新局面。功夫、武侠是典型的中国元素,也是西方观众熟悉的电影语言。但李安却没有用刀光剑影表现武侠世界,《卧虎藏龙》的中心是人物,武林江湖的中心是人心,影片通过人物对武林和功夫的内心斗争来塑造人物,展现精神世界和心理逻辑。影片因成功表现人物"心理的江湖"而具有极高的观赏性,情节都在心念一瞬间,心理角力成为情节的动力,也成为电影的独特符号。观众深深地记住了一句点睛台词:"江湖里卧虎藏龙,人心里又何尝不是呢?"白天是官府里的温婉小姐姨,晚上是屋檐上的萧杀江湖气,李安用隐喻的方式表现人物性格的多面与分裂,性格是有层面的,人物也并非完美,而是有缺陷、有个性的个体。玉娇龙、俞秀莲和李慕白的三角感情戏,是江湖戏,也是心理戏,更是精彩的人物戏,外阴内阳的玉娇龙,外阳内阴的俞秀莲,心静如水而又水起波澜的李慕白,所有人物都借着武德与武艺的矛盾冲突,成功展开自身的性格逻辑。人物活,则电影活。

其次是电影叙事的力量,即故事本身包含多维度意义。电影通过故事说道理,讲好故事,无论是外部行动的故事,还是心理世界的故事,都是好电影的必备要素。当电影将故事讲好,建立起自身的情节逻辑,电影本身的多维度意义就会自然显现出来。陈凯歌于1993年拍摄的《霸王别姬》成为自己的顶峰之作，也是华语电影中以京剧国粹为题材的作品的顶峰之作，他人至今无法超越。个人的命运被裹挟在历史的风云中，主人公程蝶衣、段小楼和菊仙经历了日本侵华、中华人民共和国成立以及"文化大革命"等时代变迁，五十年惊心动魄的历史都凝聚在三人爱恨情仇的人生故事里。历史，很多华语影片中都有，绕不过去，但借故事讲历史才是高明的做法。历史作背景，故事置前景。

《霸王别姬》的出彩处均是故事，故事的推动力是人物关系。程蝶衣与段小楼，段小楼与菊仙，菊仙与程蝶衣，三个人物之间均有故事，环环相套，唇齿相依。其性质却全不相同，程蝶衣与段小楼的关系核心是戏，段小楼与菊仙的关系核心是情，菊仙与程蝶衣的关系则是因为段小楼而生的弱者间的惺惺相惜。在程蝶衣被段小楼责骂和抛弃的痛苦时刻，此前与他一直在争夺同一个男人的菊仙为蝶衣捡起被扔掉的龙泉宝剑，披上一件象征温情的御寒衣，这些情节都是无声处的惊雷。——每个人物都生活在自身的故事里，自己的故事也是自身局限性所在，个人是历史的人质，历史裹挟着个人往前跑，谁都逃不了。《霸王别姬》的故事成功展开，这个主题包含其中，它超越了男欢女爱的世俗主题，超越了京剧传承的艺术主题，超越了名伶的演艺事业与气节大义相矛盾的民族主题，而具有超越性的哲学意义。程蝶衣在戏中拔剑自刎，既是个人的悲剧，是历史的悲剧，也是生命有限性的悲剧。《霸王别姬》是一出唱不尽的曲目，陈凯歌以丰富的多维度主题唱出了精彩一曲，其华语电影经典之作的地位也因此无可撼动。

再次是开拓电影语言的无限创造力和电影导演的独特风格。张艺谋于1994年拍摄的《活着》，改编自余华的同名小说，这部电影和小说赢得了相似的国际影响力。华语影片拍摄现实中国,是个艰难的任务。张艺谋对小说《活着》最大的改动是主人公的身份:福贵从农民变成了皮影戏艺人。土地原本是小说中非常重要的意象,电影中取而代之的是皮影。皮影作为电影的象征物,重新塑造了电影版的《活着》,承载着电影《活着》的主题和风格。电影设计八处与皮影相关的场景,这八处场景恰如其分地将皮影意象贯穿于福贵一生,演绎福贵一生所经历的喜怒哀乐、悲欢离合和生老病死。

《活着》的生命意象由小说版的土地之深沉走向了皮影式的狂欢和冷幽默,皮影戏在电影中是戏中戏,也是《活着》的象征物和风格隐喻。皮影戏作为一种戏剧形式,声色俱全,它在演员的操纵下演绎故事,或是刀光剑影之打斗,或是才子佳人之相爱,在或激昂或缠绵的唱腔中,生动活泼,丰富多彩。在电影《活着》的影视表达中,皮影这一戏剧艺术形式较土地这一意象来说大大调动了视听感官,它"一方面丰富并加强影片的造型元素和娱乐氛围;另一方面也含蓄地寄寓了影片的'能指'意味",带上了一种娱乐化特点,"其妙处就在于它能够有效地满足不同层次观众的欣赏口味,让'不懂的'有热闹可开怀,让'懂的'有门道可寻味"[①]。福贵的皮影终于被这火烧尽,折射出中国传统文化在这场"大革命"中千疮百孔,破坏殆尽。磨难无数,而福贵还活着,皮影戏所牵连的情节事实上也是对 20 世纪 40 年代到 70 年代中国的深刻反映。

对于《活着》中皮影所构成的国民性隐喻,看法不一,争议不断。我们是该为中国人强大的生命力而骄傲,还是该对中国人沉默而忍辱的国民性再次反思?受人操纵的皮影是中国人美德的象征还是中国人蒙昧的外化?福贵和家珍代表了"一个有着

---

① 史博公:《中国电影民俗学导论》,中国传媒大学出版社 2011 年版,第 206 页。

五千年文明的伟大国家中的普通人",他们的故事验证的是"如果中国文化和中国人民可以在世界上稳固矗立,这全要依靠它的普通民众的意志力量去活着和忍耐"①。相反的尖锐观点则是批判这种中国式哲学:"我们成功的诀窍在于坚持到底的能力——将每一种困难吸收进自身,甚至是敌人也能将他们融入我们的文化。我们忍耐,故我们在。"②不管答案如何,立场怎样,《活着》通过皮影这一意象来象征中国人五十年的苦难与荒诞,这一艺术效果实现了。皮影既是中国人苦难史的外化,是中国人苦中作乐的民族精神的象征,也是导演风格的构成要素和有效载体。土地是余华的小说语言,皮影则是张艺谋的电影语言。在《黄土地》中,摄像张艺谋曾成功地拍过土地,他能拍好土地,但他抛弃了土地。张艺谋从《黄土地》到《活着》,从土地到皮影,显示着通过电影语言的转换不停变化和形成的自身风格。当然,应该看到并且承认,张艺谋在《活着》中对中国历史的反思和国民性批判是有限的。尽管如此,由皮影、标语、口语、衣着所构成的电影语言系统地完成了电影主题的戏剧转化,喜剧感和冷幽默也成为西方电影观众了解中国人品质的一种有效方式。

美学与意识:从经验的此岸出发,到达观念的彼岸

国家形象和文化身份不是抽象建构起来的,而是作为经验被表现出来的。对于艺术家来说,他最有力也是最可靠的方式是从经验的此岸出发,到达观念的彼岸。王家卫在《一代宗师》

---

① 郑培凯:《豪华落尽见真纯:张艺谋的〈活着〉》,《当代》1994年第7期。
② 周蕾:《理想主义之后的伦理》,转引自张英进:《影像中国:20世纪中国电影的批评重构及跨国想象》,上海三联书店2008年版,第235页。

之前擅长的是《旺角卡门》和《花样年华》式的都市情感电影,《一代宗师》是导演生存经验和文化体验水到渠成的结果,这个转身很华丽,又很必然。《一代宗师》的武侠灵感与创作冲动来源于王家卫在阿根廷街头地铁边报摊上看到的李小龙画报,他好奇李小龙在华人世界长久的生命力,想借此探讨由中华武功所象征的中华文化的奥秘。王家卫说,《一代宗师》的主题是"想把中国人的人性美展现给世界看"。

这一目标实现得非常精彩。叶问与宫二通信往来之时穿插的北国雪景,像中国的泼墨山水画——白雪皑皑的大地,漫天飘舞的雪花,穿着黑色大衣的宫二渐渐远去的背影,表达出了一种不可言传的美学意境。《一代宗师》的功夫戏不在功夫本身,而在东方式的审美哲学,电影镜头专注于东方武功一招一式的美感。王家卫成功地将国家理念与中华文化价值观等主题藏在绝妙的色彩、画面、剪辑和故事中,传递给世界观众。

《一代宗师》最终表达的是一种武林精神:德艺双馨和忠孝节义是习武之人的美德。1938年,佛山沦陷后,叶问在拒绝亲日派的拉拢时说:"现在国难当头,困难人人有,穷一点儿也没什么,我这个人喝惯了珠江水,这日本的米,我吃不惯。"在影片的结尾,叶问说:"有人说,咏春拳因我而起,因我而收,我但愿他们是对的,我一辈子没招牌,对我而言,武术是大同的,千拳归一路,到头来就两个字,一横一竖。"这段话,道出了武学精神的精髓,道出了一代宗师的武学气派,也道出了王家卫对中华武术和中华文化的理解。接近片尾,逝于香港的宫二留言叶问:"叶先生,世间所有相遇都是久别重逢。"武术的传承是"念念不忘,必有回响"。这种东方智慧和通达人生观以及形而上的哲学主题使影片具有超国界的艺术感染力。中华文化中哲学和美学的部分是可以为世界共通共享的。

国家形象与电影叙事的先与后

我们应以更包容的姿态来看待国家形象建构的途径。国家形象是在多种声音的对话、互文甚至对立中被立体地呈现出来的。20世纪80年代以来的三十年,中国历经剧变和转型。一方面,如《开国大典》《英雄》《十月围城》《一代宗师》等影片,以民族共同拥有的历史和文化为基础,将一个具有本质主义的统一中国形象持续表现在中国电影中,这些影片中的"中国"因其强大的精神情感内涵而与观众形成感召与被感召的稳定关系。另一方面,一种边缘人物和边缘话语在统治范式的缝隙中活动,其运作方式是打开并质疑一系列宏大概念,如《红高粱》《霸王别姬》,贾樟柯的《站台》《小武》《任逍遥》等系列小人物电影,以及冯小刚的《甲方乙方》《一声叹息》等平民题材电影。没有一部影片、一个电影人物或一种电影语言能独立代表中国。中国不是铁板一块,过去不是,现在也不是。电影是在经验的对话和互文中走向共同的归途。

回到文章开头的那个问题:华语电影中的民族元素该怎样处理,才能完成可行、正确又有效的国家形象诉求和文化身份表达,这个问题应该辩证看待。我们既要充分注意到在全球消费主义时代中国元素被消费的潜在危险,警惕詹姆逊所说的那些"第三世界"文本,尤其是那些带有隐秘的性欲暗示的叙述,都以民族寓言的形式展示了一种政治维度:一个个体命运的故事往往是关于公共的第三世界文化和社会受围困状态的寓言。[①] 另一方面,有必要提醒我们自己是否掉进了第三世界艺术话语那种过度自尊的情感陷阱。有没有可能因为过于在意和相信关于"第三世界"的民族寓言而进入一种自我限定呢?

---

① 詹明信:《跨国资本主义时代的世界文学》,转引自张英进:《影像中国:20世纪中国电影的批评重构及跨国想象》,第249页。

事实上，这种潜藏在集体无意识深处的过度敏感极有可能是中国电影向艺术之境趋近的主要障碍，也是世界观众在情感和价值观上接受中国电影的主要障碍。意图太强烈，往往吓跑观众。文学是这样，电影也是这样。应该用艺术的方式来追求艺术，用电影的方式来追求电影。不是所有关于个体故事的讲述都必然地牵扯到对民族寓言的立意传达。退一步说，即便个人经历的讲述关联到对集体、民族的意识表达，当我们把电影看作是一种文化输出的产品和国家观念的载体，应该明白，在电影与国家形象之间，在艺术与意识形态之间，后者只有在前者的基础上才得以成立。人物和叙事在前，文化和国家在后，才是有效途径。事实上，人物和叙事是不可能不包含文化和价值观的。《活着》中的家珍用"你还欠我们家一条命"来鼓励被打倒的春生好好活下去，这种中国式的人伦关系和宽恕精神是可以感动异域观众而为世界共享的。美国借用中国题材拍的《功夫熊猫》和《花木兰》是有启示意义的范本。

功夫熊猫和花木兰，所有这些元素都是中国的，装着的却是英雄主义和国家忠诚的美国寓言，这些影片把中国观众召唤进电影院，看起来是我们被讨好，胜利的却是好莱坞，这是策略。

要知道，我们是在看美国好莱坞大片很多年后，才在众多美国片的情节逻辑和影片主题中总结出美国式的国家形象塑造和国家主义观的。西方电影观众曾费心解读张艺谋的《英雄》的"天下观"，从而将中国式哲学与工业化时代的环保主题和地球意识牵上关系。不管解读的对与错，误读是阐释的一种方式。我们也应该好好用人物、故事、画面、色彩、剪辑等所有属于电影的语言和手段，先把电影拍得好看，以华语电影自身的美学感召力，将西方世界观众请进电影院，在卖座又叫好的影片中，将国家形象和文化价值夹带出去。

许鞍华电影的国族形象与想象变迁

性别身份:国族之外与之内

许鞍华电影始终贯彻着她对于女性形象与身份追寻的意识、困惑和阶段性答案。她的电影主角基本是置身于不同的年龄、职业、阶层和国族背景中的女性。许鞍华电影的女性命题从来不局限于性别内部的封闭探讨,具有超越性别的深广度。她一贯致力于探讨女性本体命运与国族、社会、时代和民族等宏大叙事之间的关系。就本文所探讨的《投奔怒海》《客途秋恨》和《明月几时有》这三部分别代表许鞍华 20 世纪 80 年代、90 年代和香港回归二十年之际不同阶段的电影而言,许鞍华对于女性与国族之间的关联与相互关系的思考经历了个人创作史的内在流动变迁。

《投奔怒海》中,生活在越南社会底层的少女琴娘和她母亲无法自主自身的命运,她们的个人命运被国族身份所紧紧捆绑和慢慢吞噬,犹如在狂风巨浪大海中的小船随时有翻船掉进大海的危险。电影中,琴娘的母亲为维持一家生计出卖自己肉体,依旧陷入疾病和贫困,她既无法给予自己经济的保障和生活的安全感,同时也将她年幼的孩子暴露在社会矛盾的巨大危险之中。琴娘母亲的形象是悲苦、病弱,命运是岌岌可危的,她最终以个人死亡换来琴娘和其弟弟的逃离与出走。在《投奔怒海》中,即便是看起来处于社会上层的交际花:"夫人",她跟随交际花中国母亲来到越南,以飘零者身份流落和寄身于政权变化不断的越南权力社会,在不同的政治时期辗转于不同的男性之间,通过委身于侵略者日本人、法国人和美国人获得生存资本。许鞍华导演以处于社会上层和底层两种不同的女性,表达出她对于女性与国族两者关系的困惑与矛盾。在动乱黑暗的第三世界中,女性作为附属者和从属者的"第二性"地位与国族之间的被动关系。

20 世纪 90 年代《客途秋恨》中的母亲葵子,相比《投奔怒海》中的琴娘母亲,既有内在的一致性,又发展了新的思想和意义。母亲葵子年轻时因为在中日战争中寻找亲人从日本乡下来到东北,在战败撤退的过程中向中国人求助,最后因深爱的中国男人而选择留在东北、流落澳门和定居香港。葵子的一生在国族情感、私人情感和现实生存困境之间痛苦摇摆。她的前半生将情感倾注在永远回不去的故乡,经历了她与所定居的香港和现实生活之间的巨大冲突。她在日本→东北→澳门→香港→日本→香港等多地流动的过程中,更清晰地认识到她作为一个身上带着"二战"遗伤的女性,注定无法获得民族身份、国族认同与私人情感的完整统一。她的出生和她的一生都带着来自国族本身的天然伤痕和难以言说的隐痛和原罪。葵子在回到故乡之后与故乡亲人与旧友的交流更确认这一点,而这一点也是葵子与女儿两代女性之间情感实现深度和解的前提,女儿在母亲的故乡迷路之后,已经深切理解了一个因为爱情而离散在异国的日本裔母亲的内心焦虑与苦痛,这促使女儿深入思考自身的国族身份,最终确认自我的香港身份,并做出了留在香港的决定。

《客途秋恨》中葵子母女两代对于自身国族身份的困惑、寻找与最终确认，表现出导演许鞍华在这一命题之中更透彻的思考。相比于《投奔怒海》中琴娘母亲的被伤害和琴娘人生前景的无着落，《客途秋恨》以困惑、追寻、迷惘和确认等系列过程表现出女性主体与国族身份之间更加深度、自主和理性的两者关系。葵子对于故乡的告别也是许鞍华对女性被动地位的一次告别。葵子告别了情感幻觉中的故乡，最终回到了她长久居住的香港。她告别了对于母国的本能情感，最终确认了她在动荡复杂的现实历程中所确立起来的主体情感。

这种对于女性主体情感寻找确认的答案，在2017年上映的香港回归二十周年献礼片《明月几时有》中更加明朗。许鞍华在探索女性主体性的道路上以《明月几时有》作为一个重要里程碑。她将女性主体与历史、国家、社会和时代这样的宏大背景关联在一起，将《女人四十》中那样的凡俗和日常的普通女性进而提升为由平民上升为英雄的凡人女性。《明月几时有》中的方兰和她母亲，在电影一开始就是有独立主见并愿意为之付诸行动的女子。她母亲因不愿在大家庭里与别的姨太太分享丈夫而从大家庭里搬出来靠出租房屋来自食其力，在战争到来之前方兰果断拒绝了李锦荣提出的先结婚战后再说的爱的提议，母亲将自食其力、不甘人下、不拖累他人的朴素价值观教给了女儿，这种朴素的女性自主价值观也成为方兰参与民族战争并成为东江纵队领队的前提和基础。方兰一开始便是有着独立人格和坚定主见的女性形象，她跟随母亲从大家庭搬出的成长经历给予了这样的性格以合理的逻辑。方兰在战争中将儿女情长放在一边，电影结尾她和刘黑仔的一番战后再见的对话，暗示着在民族大义面前将儿女情长放在一边的方兰最终收获了她经历了血雨腥风的新感情。将个人成长与民族情义两条线索、两种诉求合二为一,《明月几时有》为过去大多被国族身份所遮蔽或伤害的女性主体价值命题提供了一份更加明朗和宏阔的答案。

　　国家和民族话语总是充满了性别政治的意味。我们可看到以女性故事讲述国族与民族话题的大量文本。由于民族主义和国家一般被当做公共政治领域的一部分,所以处于低地位的妇女往往被排斥在公共领域之外,也使她们被排斥在"民族主义"和"国家"这些话语之外。父权制的性别意识形态常常与民族主义相融合,共同将女性排斥在主流话语和历史文化之外。令其处于边缘和从属的地位。而女性导演许鞍华的电影则在以影像探索自我的过程中,逐渐突破这些性别陈述的陈规,将性别命题与国族、历史和政治的广阔视野相融合。借助女性的情感经验和成长记忆来呈现社会和历史的横断面,以个人记忆勾起集体和公共命题,使女性在以男性为主导的公共话语中现身,在这个过程中表达了深度困惑与困境,也逐渐在更宏大的视野中将女性的主体意识和独立精神得到确认和表现。

日本元素：作为国族身份的他者

　　许鞍华导演是中日混血儿,作为一个有着日本血统的中国香港导演,"日本"是许鞍华电影进行国族想象的一个重要参照因素。如果我们将这三部影片中的日本形象放置在许鞍华导演的全部作品谱系中来考察,会发现一个有意味的流变过程。三部影片中,日本作为中国国族身份的他者,是一个一以贯之的重要存在。导演对日本他者的定位与塑造,是另一条隐线,可以看到许鞍华对于国族身份思考的变迁,这三部电影连缀起许鞍华电影国族形象的隐线。

　　"日本"元素第一次出现在许鞍华的影片中,是其 1982 年导演的《投奔怒海》。该片讲述的是越战后到越南新经济区采访的日本记者芥川的所见所闻,由林子祥饰演的芥川在这部影片中是一个极富人道主义精神的人物形象。影片上映于1982年10月22日,此时香港的前途问题刚刚浮出水面,在这样的时代背景下,许多香港观众都对该片进行了政治索引式的解读。其后,改编自张爱玲同名小说的电影《倾城之恋》(1984年)中再度出现"日本"元素。影片故事背景是1941年太平洋战争期间日军占领香港,这样的时间巧合以及许鞍华电影一贯的写实风格和政治触角,令很多学者和观众不自觉地将该片视为关于香港前途的政治隐喻。

《投奔怒海》中林子祥主演的日本记者芥川是作为国际使者和国际友人来到越南的。在芥川身上,导演寄托着深切的国际人道主义精神和来自邻国友邦的关爱精神。芥川的身上凝聚着友爱、无私、敬业等美好善良的品质。他最终献出了自己宝贵的生命,使琴娘和她弟弟坐上了去往不可知的远方的小船。对日本身份的芥川的美好形象的塑造表现出许鞍华在20世纪80年代对于国族身份与相互关系的浪漫主义想象。但显然这样对于电影想象中在国族、政治与人性之间复杂性的表达上,导演是避重就轻或是刻意浪漫。

《客途秋恨》中,葵子回到日本乡村的故乡,对于"二战"前后日本乡村的实际面貌和生活状况,通过葵子与其哥哥、弟弟、初恋情人、语文启蒙老师等多位亲友故知的交往得到展现,在人性的危机和突破危机的深刻冲突中,导演许鞍华更辩证细腻地展示了日本文化内在的运行逻辑和现实困境。儿时日本乡村的繁荣与富裕在战后已经化为乌有,葵子回到满目疮痍、人情失落的故乡,相隔近二十年的对于母国的浪漫想象粉碎一地。而葵子弟弟对于葵子在战争的残酷对峙中抛弃家人嫁给中国丈夫的行为始终不能原谅,也初步显示出许鞍华开始触及原始亲情和善良人性及国族与民族之间的巨大鸿沟。即便葵子与弟弟之间有深厚的感情,在葵子的哥哥弟弟战败撤退回日本的过程中葵子后来的丈夫给予了医疗上的巨大帮助,但这一切行为都无法能让葵子的弟弟谅解葵子因为爱情而嫁给彼时敌人的结果。显然,从《投奔怒海》中的越南到《客途秋恨》中的中国,日本作为他者的形象,导演许鞍华的思考与呈现都逐渐深化。

《客途秋恨》中的"二战"背景只作为葵子今日香港生活的一个前史简单介绍和隐形存在,这一段历史背景只在语言和情节中予以说明而较少有镜头进行正面表现。《明月几时有》借用东江纵队真实历史事件给予了正面表现。太平洋战争爆发以后,作为英国殖民地的香港被日本占领,对于本地民众而言,这意味着一种双重沦陷。殖民者之间既对峙冲突又暗中勾结的政治表演,在影片中也有所暗示。方姑和她母亲送传单,都曾被华人警察发觉,但最终都能化险为夷。最后,方伯母最终落在两个在渡船上搜刮民脂民膏的印度巡捕手里,是他们向日军告发,才导致方伯母和张小姐双双惨死在日军枪下。这一细节,深刻暗示出内地影片中很少涉及的种族意识。也正是因为这种不同,香港抗战才有了区别于内地的社会语境和历史表征。在这个意义上,香港抗战不应该被简单理解成为内地抗战在地理上的一种延伸,或是它的另一个翻版,而是应该被放置在香港百多年来反殖民化运动的历史背景中来加以思考和论述,具有深切的种族和国族追寻和确认的意义。

在自我与他者冲突、融合并重新建构的过程中,《客途秋恨》已开始展现种族与主人公的客途经历、国族想象及身份重构的艰难过程。通过葵子与知恩母女两代的代际冲突与和解过程,说明"身份建构"的力量更多来自外部。"身份并不是已经完成的、然后由新的文化实践加以再现的事实,而是一项永不完结、永远处于过程之中的'生产'。因而,身份是可建构的,并且是一个不断形成的、重视差异、杂交、迁移和流离的对象。"[1]影片中,葵子之于日本→东北→澳门地区→香港地区→日本→香港地区,晓恩之于东北→澳门地区→香港地区→英国→香港地区,祖辈之于广州→澳门地区→广州,空间地域的流变及不同的文化环境不断"生产"着他们对国族的想象和自我身份的建构。葵子心中完美的故乡在回乡之旅后被瓦解和重新认同,晓恩在英国求职因殖民地身份被差别对待;祖辈回到广州为祖国效力遭受严重打击,每个人都在经验与想象的激烈冲突中重新建立自我与国族群体的关系,也重新在国族群体中建立可被经验验证的那一部分自我身份。

对于国族与种族的建构在《明月几时有》中更加清晰和正面。这一影片中,日本大东亚战争香港地区指挥部最高长官大佐是一个被成功地进行深度塑造的日本人形象。精通中国文化的日本人才有可能被派到中国,但对中国文化长久的学习和热爱并不能消弭侵略者与被侵略国之间本质性的紧张冲突与相互矛盾。《明月几时有》以苏轼诗为题眼,借此呈现出日本人大佐复杂的种族结构与性格内涵。他的身上有儒雅、热爱文化、渴望友谊的特点,但当种族矛盾和战争利益与之出现冲突的时候,他从小所受到的狼性教育就暴露出罪恶和残酷的本性。他是中国文化的爱慕者和崇拜者,但他的种族身份和个人性格注定无法将中国传统文化融化为他自己的一部分,这种注定是借用大佐无法理解"明月几时有"与"明月何时有"之间的细微差别。大佐

---

[1] [美]周蕾:《妇女与中国现代性:西方与东方之间的阅读政治》,上海三联书店2008年版,第74页。

在识破李锦荣身份后打出的一枪,发出了许鞍华导演前后三十年贯穿影片主题的关于国族与种族身份的里程碑意义的声音。借"明月几时有"所表达的中国传统思想与审美趣味,更表现出她从徘徊、困惑到北望中国、回归主流的清晰方向。

许鞍华对于空间的流动、时间的选择,都是对大陆、台湾、香港地区历史和亚洲历史的补充和修订。在她的电影里,可以看到以独特的历史来表达族群的流动性,采用更为宏观理性的思维建构身份与思考历史,加强了华语电影的厚度和广度。对于以上两个分主题内涵的分析和梳理,大概可以从国族形象与想象的流动过程看到许鞍华导演完整的创作史。每一部重要电影都是导演个人思想与情感历程的记录,从不同影片的相互关联中去发现导演精神世界的变化和成长过程。每一个即便是指向模糊的瞬间和阶段都是有意义的。由此也可见,许鞍华导演的作品都有极其鲜明和确切的现实指向,呼应着每一个阶段的实际困境,也在思考与创作的过程中汇集成一个艺术家在自我与时代、主体与他者、艺术家与观众、个人史与国族史之间丰富、动荡而深刻的影像展现。

《活着》：电影符号的叙事转变

长篇小说《活着》是著名作家余华的代表作，在1994年被张艺谋拍成电影搬上了荧幕。在这两种不同的艺术表现方式中，《活着》从小说到电影不论是在故事情节发展上、人物命运结局上还是在叙述方式、艺术表达基调上都有很大的变化。

在小说中，土地贯穿主人公徐福贵一生，而在电影中，土地被皮影代替，皮影戏、皮影箱子几乎陪伴了徐福贵最主要的生命时段。张艺谋将土地这一重大意象转变为皮影，有其特殊的寓意，因此，本文试从生存基础、历史情感以及外在的艺术表现形式探讨《活着》从小说到电影的生命意象转变。

活之生存基础——从小说走向电影之生命意象精神化

在小说《活着》中，土地从始至终都出现在读者面前。小说以第一人称为叙述视角，讲述了"我"于一个午后听老人徐福贵回忆自己一生经历的故事。其一开篇的地点就设定为田间，"我"看见一个老人在田里开导一头老牛，而后整个故事的回忆、叙述都在这田边以现在时与过去时的交错转换中进行。

在徐福贵老人一生的回忆中，许多大事都与土地相关。从20世纪40年代福贵将一百多亩地输给龙二，然后向龙二租五亩田;到50年代福贵从战争中回来时,村里已经开始土地改革;再到1958年人民公社成立之时,拥有的五亩地划到公社名下;然后到三年饥荒因为"吃"发生的种种事情;最后到所有与福贵一起在田地里干过活的亲人都死去为结局,小说将土地如此鲜明地横亘在福贵这个农民的一生中,凸显了土地作为人生活的基础,展现了在这个时代农民生命之中的土地变更史。土地在中国20世纪始终贯穿于农民的生命之中,"没有土地,农民就没有灵魂"[①],土地是农民的生命之根。

在小说《活着》中,土地是生命延续的源泉,是人得以活下去的根基。"吃"是福贵那一代人的时代性问题,"有无吃,能否活"是所有人都需要直视的问题。而土地的另一形象便是其产物——粮食,小说中关于抢吃、找吃的这样的场景并不少:福贵被国民党抓壮丁拉去参战之时,他和春生、老全与其他士兵抢粮食、大饼,用胶鞋煮米饭;人民公社成立后,饥荒年代之时,福贵因王四与凤霞争一块地瓜而与王四大打出手;家珍带病回娘家向爹要了一小袋米,一家人兴奋地偷偷喝粥后,队长向福贵家要米,家珍心疼地给了村长一把米……这些细节深刻描画了在福贵一生回忆中没有"吃"的折磨、痛苦以及土地粮食的珍贵与活下去的艰难。

在电影《活着》中,土地这个意象几乎被完全删除,取而代之的则是皮影。电影中主要涉及八个与皮影相关的场景,而这八个场景恰如其分地将皮影这个意象贯穿于福贵一生:第一是影片开始时,福贵嫌皮影班唱得太难听,自己演绎了一番。这一番演绎似乎就注定了福贵一生与这皮影戏相互牵连。第二是福贵输了家产后,向龙二借钱,龙二将皮影箱借给了福贵,而后福贵

---

① 熊培云:《一个村庄里的中国》,新星出版社2011年版,第497页。

以此为生,办起了皮影班唱戏谋生直到被国民党抓走参战。第三是在战争中,福贵回老全的话说:"这是借人家的还得还,以后还指着它养家。"到了影片这里,福贵已经将以皮影戏为生注入自己的心灵深处。第四是被解放军俘虏后,福贵和春生在战营里给战士们进行皮影表演。第五是在大跃进过程中,因炼钢要拆皮影箱和皮影,而后福贵以为人民公社唱戏保留了这箱皮影。到了这一阶段,可以看出福贵对皮影早已生成浓厚的情谊。第六是在大跃进过程中,福贵为哄儿子有庆让他晚上去看戏而后发生的有趣故事。第七是在"文化大革命"过程中,皮影作为四旧被烧,福贵虽舍不得但不得不将其烧去。第八则是皮影箱子作为福贵外孙馒头(小说中名为苦根)小鸡的住所,到了这里,整部片子也已结束。

在电影中,张艺谋弱化了人的饥饿感,而强化了人对精神层面需求和心灵愉悦感的追求。比如电影开始时,福贵在赌博后对龙二嘲讽说这皮影戏唱得比驴叫还难听,在一定程度上已经反映了人对戏这一文化的审美需求与态度。到福贵与春生被解放军俘虏的时候,他们给战营里的士兵唱皮影戏,这为战争中人的艰苦无趣生活带来了精神上的愉悦感与充实感。同样,在大跃进过程中,福贵等人在炼钢工地上唱皮影戏,亦是缓解人的精神压力,而儿子有庆在福贵唱戏之时的酸辣茶捉弄打闹,因戏而引发的一系列故事使得人在心灵上更充满一种温情。

从小说到电影,两种艺术形式表达中所强调的生活基础由此得以区分,土地的物质生存蕴含被皮影的精神化表达所替代,人的生存困境之艰难在一定程度上被人的精神渴望所替代。

活之历史情感——从小说走向电影之生命意象狂欢化

同样是一部《活着》,小说选取了土地为背景,以土地为主人公福贵一生的牵绊,其表现的是一个农民对土地的依恋,蕴含的则是背后整个中国农耕社会中那方土地的生命厚重感。而电影《活着》则将皮影作为线索贯穿始终,它蕴含的历史情感从土地的深厚性走向了一种狂欢化,表达的是人在那个时代的一种精神诉求与渴望。

传统社会中,土地是人生存的最主要财富,"直接靠农业来谋生的人是粘着在土地上的"[①]。在小说中,福贵坐在树下开始回忆时,说起他爹"出门时常对我娘说:'我到自己的地上去走走。'"这时常去自己的地上走走,鲜明表露了一个农民对自己土地的依恋。土地承载的是农民的心血,它被福贵爹、福贵这样的人所拥有或是耕种,并为其提供生活的物质来源,可以说,二者之间的投入回报在时间积淀中形成了一种情感依附。这些农民的"土地是独特的",他们"是惟一了解、爱恋和拥有它的人",而"认识、爱恋和占有,这三者是不可分离的",因而,"即便是在农业劳动者以理性的和经济的方式对待土地资本的时候,他依然对土地保持着深厚的情感,在内心把土地和他的家庭以及职业视为一体,也就是把土地和他自己视为一体"[②]。余华将土地、粮食与福贵的一生紧紧联系在一起,土地作为其生命意象,贯穿于坎坷一生,正如小说中除了正面描写土地与福贵的故事外,还不时以侧面来突出福贵一生都与这土地息息相关:福贵旧雇工长

---

① 费孝通:《乡土中国》,北京出版社2005年版,第3页。
② [法]孟德拉斯:《农民的终结》,中国社会科学出版社1991年版,第61页。

根来看福贵的时候,福贵在地里干活;家珍从娘家回来的时候,福贵和凤霞在地里干活;凤霞17岁被送走的时候,福贵在地里干活;王三儿子娶亲,凤霞跟着新娘后面的时候,福贵也在地里干活……这些细节孕育着这方土地与福贵生命的情感联系,泥土与稻谷在福贵人生中成为一种永恒,福贵的生活始终离不开土地,即便在人生的最后阶段,他也买了一只老牛在田间种地。

因而,小说一方面在将人的基本需求鲜明地表达出来之时,另一方面也把农民对土地的深厚情感蕴含其中,使得小说在整体上有了一种历史感和厚重感。它将中国的农耕文明之积淀赋予小说,深刻地描画出农民心中的恋土情结,使小说在情感价值上有了高度提升。

在电影《活着》中,皮影是福贵回忆自己一生的见证物。皮影戏是福贵从肆意赌博、输掉家产到不赌起家的见证,是他在解放战争中干革命的见证,是在大跃进中他和群众一起炼钢的见证,也是在"文化大革命"中作为"四旧"被毁灭的历史见证,而最后的皮影箱子,则是福贵对新时代的向往和对"活着"的新理解。皮影和福贵一生相连接,见证了其生活变迁中的苦与乐,以及在中国剧烈变化中的生存与挣扎。在皮影这个生命意象中,它蕴含的同样是人的一种历史情感寓意,但将其放置于中国从旧时代走向新时代的探索发展过程中,相比于小说中的土地,它凸显的不仅仅是一个人的生命,更是一个时代的特殊性。

皮影戏作为一种艺术,它起源已久,史书记载皮影戏最早见于宋代[①],具体起源的时间在五代时的后唐至北宋初年之间。因而,在电影中,皮影贯穿着福贵一生,也蕴含了文化传统在那一时代的坎坷变迁。在影片最初,这种传统艺术是人们的娱乐方

---

① 冯国栋:《山西皮影艺术特色研究》,太原理工大学出版社2011年版,第9页。

式之一;而后在战争年代、大跃进时候,皮影戏也成为人的一种精神文化来源,"唱皮影给大家鼓劲"成了战士、老百姓难得的精神文化享受;而到了"文化大革命"时,"越旧的东西越反动",福贵的皮影终于被这火烧尽,折射出中国传统文化在这场大革命中被毁得千疮百孔。这种传统文化被抛弃与抹杀的遭遇则可视作张艺谋为电影《活着》新增加的历史寓意和情感表达,表现出对中国传统文化精神丢失的思考和对中国传统文化的维护。

从小说到电影,《活着》的生命意象实际上是由土地的深沉走向了皮影的狂欢。皮影戏在电影中是戏中戏,它所牵连的一切事情事实上也是对20世纪40年代到70年代的"狂欢"中国的深刻反映。巴赫金在《陀思妥耶夫斯基诗学》中指出"在狂欢中所有的人都是积极的参加者,所有的人都参与狂欢戏的演出。人们不是消极地看狂欢,严格地说也不是在演戏,而是生活在狂欢之中,按照狂欢式的规律在过活"[①],皮影戏作为一种艺术表演,在战争、大跃进中都具有一种狂欢性质的力量。战士们在战场上浴血奋战,空当之时,皮影戏则使生命有了再次的叫喊。大跃进中,人们欢欣鼓舞地大炼钢铁,而皮影戏也同时欢呼呐喊,生命的狂欢力量于此展开,这是对压抑年代难得释放的表现。而到了"文化大革命",皮影之狂欢达到了最高潮,电影中的调子相对来说比较平和,在福贵与镇长的对话后,凤霞将皮影烧毁,而其代表的则是皮影以一种死亡见证了一代人的激烈与狂欢,用毁灭反衬出了"大革命"中人的狂欢色彩。

总体上,皮影戏作为一种戏剧形式,它是陪伴了福贵一生的生命意象,同时也蕴含着传统文化的遭际,另外其更是成为见证

[①] [苏]巴赫金、陀思妥耶夫斯基:《诗学问题》,生活·读书·新知三联书店1988年版,第175页。

整个中国时代狂热变迁中"死去"的象征物。从小说到电影,生命意象由一种深沉变得跳跃,因戏的打斗、叫喊而具有了狂欢的特点,但也因其传统文化的蕴涵而不失一种历史感。

从小说走向电影之生命意象光影化

小说与电影毕竟是两种艺术表现形式,因而,《活着》的生命意象从土地转向皮影也有其特定的艺术表现意义。

小说是文字符号系统,而电影是视听符号系统。基于这样不同的符号形式,张艺谋《活着》的生命意象从文字走向视听时,需要更适合其影视表现的选择。相较于文字,电影这样的大众传媒"具有绝对的刺激作用",其"直接性、形象性、生动性、丰富性及其综合感染力,在语言、画面、音响、色彩等因素的技术合成中,转换为对大众接受过程的及时有效性"[①]。与小说在时间上表现出的恒久性不同,电影表现出的是一种暂时性,它需要在一段时间内获得观众的认可,进而获取市场票房利益。所以,电影较小说来看在时间上更需要快速符合人们的心理需求。在中国的时代发展中,大众审美从诗意转向娱乐,加之张艺谋自身的电影特色倾向于娱乐,并"显示出'娱乐'因素在艺术中的日渐增长及其重要性"[②]。因此在时代不断娱乐化的过程中,影视作品的大众性要求加上导演个人的偏好促使《活着》这部电影中的生命意象以皮影代替了小说中的土地。

从整体上看,余华的小说《活着》因土地而更深刻地表现了历史沉重感与疼痛感,张艺谋的电影《活着》相对而言在表达历

---

① 黄永林:《大众视野与民间立场》,新华出版社 2005 年版,第 34 页。
② 王一川:《张艺谋神话:终结及其意义》,《文艺研究》1997 年第 5 期。

史感的同时更温情,也更娱乐化。土地在质感上具有一种沉重感,它相对皮影来说较稳定,也较深厚,因而,以土地作为小说的主要意象容易为小说赋予一种历史上的厚重感。而皮影则是声色俱全,它在演员的操纵下演绎着故事,或是刀枪剑影之打斗,或是才子佳人之相爱,在激昂或缠绵的唱腔中,生动活泼,丰富多彩。在电影《活着》的影视表达中,皮影这种戏剧艺术形式表现较土地来说大大强化了感官调动,它"一方面丰富并加强影片的造型元素和娱乐氛围;另一方面也含蓄地寄寓了影片的'能指'意味",它带上了一种娱乐化特点,"其妙处就在于它能够有效地满足不同层次观众的欣赏口味,让'不懂的'有热闹可开怀,让'懂的'有门道可寻味"①。

从土地变为皮影,首先是在视觉色彩上有了很大的变化。种植粮食的土地,一般以黑色、黄色为代表性颜色,这种颜色也具有了深沉的力量,而皮影以红、黄、绿、白、黑五种颜色为主,以雕刻刀口为边界"隔色渲染、相互并置"②,使得皮影造型上绚丽多彩,这自然为电影中的色彩表现增色不少,比如龙二借福贵皮影箱时,将皮影拿起来,一个特写镜头把皮影色彩之美凸显出来。其次,土地粗犷、深远,而皮影则具有造型形式美,除了色彩,还有其雕刻之精美。皮影雕刻时讲究刀具,十余把刀将一片驴皮雕刻得精巧细致、秀美灵动、疏密均匀,使得皮影戏表演精彩纷呈,这种精细美在电影上自然会给观众一种视觉享受。再次,土地相对于皮影来说,大体上以视觉突出为主要表达方式,而皮影戏还包含着声音表达,在听觉上更胜一筹。电影《活着》中,老腔、碗碗腔与皮影的结合,月琴、梆、鼓等乐器的弹奏、打

---

① 史博公:《中国电影民俗学导论》,中国传媒大学出版社2011年版,第106页。
② 魏力群:《民间皮影》,中国轻工业出版社2005年版,第13页。

击,使得声音表现多彩多姿,听觉语言十分丰富。另外,在电影的故事情节表现上,皮影因其本身就是戏,以戏中戏的表现形式使电影整体内容更充实饱满。

"电影追求画面美、造型美、音乐美、色彩美等审美要素,小说则追求言外之意,韵外之致,景外之景,象外之象"①,小说作为想象的艺术,土地这一生命意象为《活着》积淀了深层的意蕴,在审美上有了时空的延展;而电影是直观的艺术,需要形象生动地描绘刻画,因而,通过皮影、皮影戏的展示为《活着》的影视演绎凸显了小说中原本所没有的光影和声音,更加凸显了电影这一艺术融视听觉于一炉,表现感觉丰富性的特点。

从小说到电影,《活着》的生命意象由土地转变为皮影,这是由于审美方式的转变而发生的变化,影视作品需要迎合观众娱乐化的心理倾向,一般不如小说表达得那般厚重。但我们在余华的小说《活着》中读到了土地的深沉,也在张艺谋的《活着》中看到了幽默狂欢中的坚忍时光,土地与皮影两大生命意象都蕴含着"活着"这一主题意义,折射出中国人在时代变迁之时的艰难生存与勇敢存活。

---

① 边勋:《论小说与电影叙事艺术的要素差异》,《电影文学》2008年第2期。

丈母娘、姆妈、观众及其他

——谈甬剧《雷雨》的一处方言词改编

话剧《雷雨》是中国现代话剧第一份成熟而优美的收获,这份收获表现在人物、结构、台词和立意各方面。尤其,《雷雨》台词精炼之极,环环相扣,每一句台词都话中藏话。台词既是剧情演绎的一部分,又以戏中戏的力量推动剧情往前发展直至巨雷轰响。

话剧《雷雨》第四幕有一句繁漪的台词"萍,过来!当着你的父亲,过来,给这个妈叩头"。甬剧《雷雨》的这一句台词大致改编成繁漪对周朴园说:"这是你儿子的丈母娘。"

两个剧目接下来的情节基本相同——周朴园终于撕开三十年来精心编织的周萍母亲已经去世而他一直深情守候的谎言,以父亲的身份命令周萍与生母鲁侍萍相认。这一段戏是繁漪在悲剧到来前的垂死挣扎,她本希望以周朴园的出场阻止周萍与四凤的恋情,阻止周萍离开周公馆到矿上去从而保住她痛苦岁月里最后一根救命稻草。但没想到的是,她打开的是尘封三十年的潘多拉魔盒,三十年前的冤债跑出来算账,雷声大作,暴雨如下,三死两疯的悲惨结局终于在酝酿了闷热的一天之后如期到来。

话剧中是"妈",甬剧中是"丈母娘",将妈落实成了丈母娘,浙东方言里管丈母娘也叫妈,所以,似乎可将妈转换成了丈母娘。一处方言词的改编,看起来无大不妥,实质却与剧本原意出入甚大。

这里的奥妙要从《雷雨》的戏剧结构谈起。《雷雨》是一出巧凑型的剧中剧,舞台演出以两个半小时四幕戏演一天的故事,实质讲述的却是三十年前的无锡到此时此地的漫长人生故事,成功弥补这两者之间的巨大落差,是前史的设置。前史故事共有三个,如表1所示:

表1 《雷雨》故事发展时间表

三十年前	三年前	最近
周朴园与鲁侍萍	周萍与蘩漪	周萍与四凤

八个剧中人,各人守着各人所知道的与己相关的秘密。观众在第一幕戏结束后已知道所有的秘密,剧中人却直到第四幕剧情全部爆发前也只知道部分秘密,这样就形成了观众们在明处、剧中人在暗处的强烈紧张感。如曹禺所说:好似命运在前路上置一个陷阱,观众在台下看着剧中人一步步掉进命运的陷阱。

分析了《雷雨》的戏剧结构后,我们再来重温蘩漪的那一句台词:"给这个妈叩头。"剧中,蘩漪与周朴园对家庭内的人物关系存在着认知的错位,如表2所示:

表2 《雷雨》中人物关系的认知错位表

蘩漪所知道的前史	蘩漪与周萍
	周萍与四凤
周朴园所知道的前史	周朴园与鲁侍萍

以这个错位认知为前提,如果将话剧中的"妈"改成"丈母

娘",那么观众就很难理解接下来的剧情——周朴园要求周萍过来认亲生母亲鲁侍萍。因为丈母娘这一称呼只能让周朴园知道最近这一段周萍与四凤的恋情,而并不会让他错误地认识到蘩漪已知家中女仆四凤的母亲就是他苦苦伪装和隐瞒了三十年的深情悼念的周萍生母。能让周朴园产生后一种错误认知的台词,应该将话剧中的"妈"改编成"姆妈"。"姆妈"一词,在蘩漪说来是丈母娘,在周朴园听来是生母。这样才可达到以一语激起千层浪并引发惊天巨雷的双关语作用,"妈"一词千钧,《雷雨》中三十年来双重和错置的人物关系均承重于此。话剧《雷雨》中,周朴园接下来的台词也可证实他对蘩漪所说"妈"的误解:"蘩你不必再故意地问我,她就是萍儿的母亲,三十年前死了的。"可见,蘩漪的这一句台词中的"妈",从话剧到甬剧改编的正解应该是"姆妈",而不是"丈母娘"。

从话剧《雷雨》到甬剧《雷雨》,从"妈"到"丈母娘",在我看来,这样的方言改编所形成的错位,说明对原作人物关系与人物性格的理解尚未能更细致、更深入。周朴园在错误地理解蘩漪这一句"妈"后所采取的行动,与其人物性格密切相关。周朴园的性格中有两重因素促使他逼子认母,否则他也可以装聋作哑继续隐瞒下去。其一,周朴园多年来一直体面地维持着一个深切悼念前妻的深情男人形象,事已至此他唯一能做的就是将深情男人的形象继续演好;其二,周朴园在蘩漪面前一直是个家长制的强权丈夫,在以为其现任妻子得知其秘密后,作为家长制权威的他不会选择掩盖而是顺势公开以强化他的家长地位。因此,对于人物关系和人物性格的理解将有助于我们更好更深地演绎人物安排剧情。性格靠剧情来演绎,剧情又靠性格来推动。甬剧《雷雨》中,蘩漪对于自己的无心错误所造成的痛苦,追加了一句台词"我好后悔啊"。依蘩漪的性格,后悔也在心里,不会那么勉强说出来,这些处理都有使人物性格出现简单化的嫌疑。

甬剧《雷雨》,将"妈"改成"丈母娘",本来的目的是使剧情清楚些,但也使剧情简单化了。使剧情简单化的结果是使人物简单化。台词是戏剧的"眼",真正的好戏会将冲突埋在台词中,留下空白,预留谜语,让观众自己去品、去猜、去领悟。在预设期待观众时,好的艺术品要略略高估观众而不是低估观众,当观众需要好好想一想,在思想和情感上略跳一跳才能理解他们所观赏的对象时,才是他们的审美愉悦取得最大值的时候。艺术家永远不要低估观众,当我们低估观众的时候,也是低估我们自己和我们作品的时候。

甬剧《雷雨》的雷声与掌声

现代作家们多早慧天才,写《雷雨》的曹禺23岁,高才俊逸,文思细密,他把在清华园所读到的古希腊戏剧手法和悲剧精神完美运用,凭《雷雨》一夜成名,少年登顶。可曹禺在写完《雷雨》后抛弃了它,说它太像戏了。作家心气高,文才酽,就是这剧作家自己写完就厌倦的严守三一律原则的《雷雨》老剧本,七十年后依旧是剧场法宝。听见一个年轻观众的声音在旁边悄声说:料一个接一个,都是猛料。我想他应该没有看过任何版本的《雷雨》,这料于他都是新的。这感受与我第一次看《雷雨》时完全一样。经典对于任何时候与它相遇的人,都不算晚。其实剧本七十年来一直都在那儿摆着,只要照着剧本好好排,这戏就已足够好看。剧场演出只是把沉睡的剧本重新盘活了。张爱玲说她看《红楼梦》无数遍,只要遇到有点问题的字就会自动跳出来。经典就是这样严谨,不容你随便胡来。《雷雨》是部严丝合缝的巧凑剧,高明的剧情编排已到达顶点,任何篡改只能增加问题、裂开漏洞。我宁愿甬剧照着曹禺的老剧本好好排、好好演。它确实这样做了,四幕戏,加完整的序幕和尾声,两个半小时,在任何时候离场都不合适,这就是编剧的魔力。甬剧《雷雨》有向经典致敬的诚意和谦虚,我为此鼓掌。

甬剧《雷雨》精彩处很多,单挑一处尤其好的说一说。第三幕戏是《雷雨》全剧四幕戏唯一的一幕换场,从周公馆的客厅移至四凤的房间,这一幕戏也是剧情急转直下的关键点。周萍、繁漪和四凤狭路相逢在四凤的房间内外,屋内屋外仅一墙之隔,窗户本是可活动的道具。这幕戏的舞台设计完美地服务于剧情的开展和主题的表现,极具创意,活动的墙壁立在舞台中间,三人同台同场,有各自独立的场词,也有共同的场词。共同的唱词是关于"命运"。那一幕,《雷雨》宿命式的命运交响曲回荡在剧场上空,仿佛在代曹禺发声——蛮性的生命遗留、神秘的宇宙法则和残酷的命运陷阱混响在一起。这样富有艺术创造力的场景和唱段再一次明确宣示:《雷雨》不是一部狗血爱情戏,不仅是一部错位的家庭伦理剧,而且是一部用生命和欲望炼成的悲剧命运交响曲。曹禺自己说:我和观众们就像在悬崖顶上,看着剧中人一步步走进命运的深渊里。悲剧引起颤栗,净化灵魂。那一幕戏如此热烈,节奏高昂,可我感到寒意升腾。我早已知道接下来所有的剧情,可我还是希望繁漪不要反锁上那扇窗,因为那样热烈好听的唱词终将要引向残酷无情的毁灭。甬剧《雷雨》有以创新的方式表达哲理主题的艺术野心,我为此鼓掌。

  半夜,闷热的天气和人们郁闷的心情,终于以酝酿了一天的雷雨下下来而宣告终结,繁漪披着雨衣站在舞台中央,我知道,导演和演员终于回到了《雷雨》的中心。繁漪是全剧最具有雷雨精神的人,在全剧的八个人物中,繁漪就是《雷雨》的代言人。甬剧《雷雨》的好处是给了繁漪内心独白的机会,它使话剧《雷雨》因为唱词和表演而演活人物,剧情戏叠加了心理戏,地方传统戏在这里的出场适宜而到位。《雷雨》的剧情我们都太熟悉了,正是在这熟悉里,传统地方戏曲有可能为经典重造添加筹码、拓展空间。曹禺的话剧是诗剧,有如诗歌一样极其准确优美、有概括力和形象性的语言。"然而她的外形是沉静的,忧烦的,她会如秋天傍晚的落叶轻轻落在你的身旁,她觉得自己的夏天已经过去,西天的晚霞早暗下来了。"这是曹禺介绍繁漪出场的一段话的一小部分,美极了。舞台表演如果不能展现繁漪从外表到内心的美,她的毁灭就只能被理解成发疯的女人的发疯而不是别的,无关生命、自由和自我。甬剧《雷雨》是可以让演员过足戏瘾的大戏。必须要把繁漪演活成一个立体的人,而不是家庭戏或爱情戏中的一个符号。不知道为什么,第三幕戏之前的这幕加戏让我想起《窦娥冤》,它让繁漪更加清晰地活在观众心中,并帮助观众理解她疯狂背后幽微的心理世界。与曹禺同时代的剧评家刘西渭说:"我们谁敢同情她,我们这些现实社会的可怜虫?"深以为然。甬剧《雷雨》主演有对人物的准确理解和完美表演,我为此鼓掌。

戏演完了,我拼命鼓掌,可我的掌声很孤独。我本以为这样的好戏应该有雷鸣般的掌声和演员的三次谢幕,鲜花和笑容映衬着演员的脸,观众在台下真诚地鼓掌表示感谢和欣赏。要知道一场好戏呈现给观众太不易了。可我非常意外,掌声很不成气候,断断续续,稀稀拉拉,我能清晰地听见自己发出的可怜巴巴的孤独掌声,它并没有能汇进掌声的海洋。那一刻,我在揣测演员和制作班子的心情,我希望他们能看开一些、好受一些,也许观众比较内敛和保守。猜测一下,甬剧《雷雨》大概有两大类观众:一是熟悉并喜欢《半把剪刀》的甬剧观众;一是熟悉并喜欢《雷雨》的话剧观众。最理想的观众应该是两者的合流,既懂现代话剧,也懂传统甬剧,情感就会叠加甚至翻倍。这样理想观众的培育既有赖于时间,也有赖于更多的亲近好戏的机会来增加感情、增加审美感悟力。只有这样,当美的事物到来的时候,我们才会有来自直觉的力量,不加掩饰地用欢呼声把剧院的屋顶"掀翻"。听说甬剧《雷雨》即将加演,我希望加演时的掌声是另一番景象。

《我的前半生》：高级真理及适用性

离开亦舒的原著肯定已经很远了，再在这个原型问题上纠结和纠缠，就有点迂了。你看，亦舒的《我的前半生》不是讲末代皇帝失去江山社稷的故事，香港的子君也不是在吉兆胡同为爱殉命的"五四"女青年，对于这些人物和故事之间的关联、转移与化用，我们可心领神会。

电视剧《我的前半生》是我们的时代产生的作品，它加入了"五四"以来关于女性意识觉醒和女性道路选择等性别问题探讨的行列，构成了历史河流中一代对话主体之间隐性的遥契。看电视剧，回看小说，再想鲁迅，别一种启蒙。作为主创人员，已经有资本故作不在乎地说：哦，有这么热？换我就不看。

确实，有很多人在看，爱奇艺上一千万深夜追剧粉，我猜大多是女性。一边追剧，一边吐槽，骂得凶却追得紧。霸道总裁闲得发慌？唐晶傻到把自己的男友往闺蜜身边推？上海大都市的道路可以任由宝马豪车路边随意停？子君你有事没事就找闺蜜男友帮一个又一个忙是揣着明白装糊涂？我也一边看一边笑一边骂，你说一个名牌大学毕业生即便当了七年家庭主妇也不至于弄不清楚"角膜"和"脚膜"，可是离婚后她又能神奇地在一夜之间学会办公软件制作复杂报表。

可是，回过头来说，《我的前半生》毕竟只是个电视剧，它链接着资本权力上升期的成功哲学,是工商业交换法则中被掩埋的女性自主意识重新启蒙的折射物,它有中国式肥皂剧的泡沫、都市剧的狗血剧情和显而易见的浅薄主题,虽非情有可原,也在意料之中。骂完了,就有必要来追究一下,这部"中年玛丽苏+霸道总裁+职场宫斗+女性复仇"的套路剧,成功命脉何在;被圈粉的女人们,在自己的人生里翻出了怎样的倒影而愿意把四十二集电视剧追到底;被抛弃的全职太太咸鱼翻身全盘逆袭一洗血仇的罗曼蒂克剧情,这麻醉加兴奋的浅薄甜品,为何众多女性观众一口吃下。吐槽已经这么多了,我倒想为子君和子君们辩一辩。

想起一则新闻。就在前不久,某城市爆出一个社会事件,两个楼盘为辖区学区房的范围划分闹得非常厉害。这个新闻里亮眼睛的是一封信,这封信是其中一个相对高价小区的男性业主发给另一个相对低价小区的业主们的公开信,在其阐述高价楼盘所辖重点小学不该接收稍低价小区孩子入读的众多理由中,有一个理由是高价小区全职妈妈的比率高,可为孩子的课余辅导和老师们布置的家长作业提供保障,而另一个小区则不具备这个在他看来更高级别的家庭职业分工结构。公开信的主人对另一群孩子的爸爸们说的大意是:因为你们的妻子为了维持基本生存还得出去工作,不要以为你们读了个名牌大学就可以和我们这样的资本贵族平起平坐,在家庭经济支柱和教育角色分工的道路上,你们还早还不配。这简直让人瞠目结舌。女性受教育的目的,又退回到最好的嫁妆和最好的主妇装饰品的泥潭里去了。

子君是被迫从全职太太的岗位上"下岗"的,现实中的大多数全职太太还在任上,也许并不乐意,也许并不快乐,也许在日复一日的单调生活中早已发现贤妻良母是男权为她们设置的角色。在婚姻关系中，如果简单将经济与情感相叠加做参考值，生活给女性大致四种方案：1. 富有+幸福；2. 富有+不幸福；3. 不富有+幸福；4. 不富有+不幸福。怎么选？对于靠丈夫们提供经济来源的全职太太们而言，即便婚姻已经失衡，但要主动丢掉这张长期饭票，困难重重，菟丝花的自立，那也不可能啊，除非脱胎换骨改头换面。所以选项只能在1与2之间游移。而选1还是2，主导决定权在男人手里。即便当前持有1，依旧是悬案。子君就被俊生突然告知：我已经爱上了别人，我要和你离婚。1944年，张爱玲和苏青沪上对谈，谈及妇女早婚问题。张爱玲说：有些女孩子，并没有特别的本事，也没有特别的野心，只不过是年轻时还有一股新鲜的气息，这样的女孩子早一点结婚倒是好的。可是，即便早一点结婚也会有变数，现代社会不比古代社会，失爱后既不能回娘家也不能待夫家，一旦离婚，就得走上街头自谋活路。得知俊生已有外遇，子君妈妈说：我自己的女儿我自己知道，只不过凭着一张好看的脸蛋，本事是没有的。所以，在她看来，只要陈俊生愿意回头，子君不同意离婚，这日子还可以装作若无其事地过下去。依陈俊生的性格，只要子君坚决不同意，估计他们这婚也是离不了的。

子君诠释了失爱后失婚的勇气，失婚后自立的勇气，自立后掰回一局的勇气。而勇气，是女权的精神钙片。妈妈备下了劝和饭，陈俊生表现很绝情，子君直接拉着唐晶就走了。唐晶说：你这决然一走，我就不敢小看你。是的，该狠的时候，女人就该对自己狠。靠多情和留恋得到痴情女子的名号，那是在爱情剧里。现实是这么泥泞，站在泥泞里哭，场面太滑稽了。在生活的真相面前，感情脆弱而苍白。子君在商场卖鞋遇到前夫哥与之前撬墙角的前夫哥现任能淡定自若笑脸相迎，她对同事阐述道理说：如果我给黑脸，什么也得不到；如果我给笑脸，还可以卖出两双鞋,你说,我选哪个? 唐晶被贺涵拒绝后微笑仰脸对前来慰问的贺涵说:时间这么宝贵,哪能用来伤感哀叹,我还有很多事情要做。功利是功利了一点,实用是实用了一点,不志气是不志气了一点。但实用才强大,口号只是装饰。尤其在一个弱者对垒强者的铁定男权社会中,处于弱势地位的女性如果再要风度谈志气,恐怕只有死路一条了。吃相虽然不好看,但第一步是先活下去,不要成为出走后饿死在别人屋檐下,无路可走又回头,或者是"走,走到阁楼上去"的疯女人,这恐怕是子君带给女性粉丝们在当前现实中最大的正能量了。因此,尽管"贺涵只该天上有,人间处处是白光",女性粉丝们还是把这振奋加麻醉的甜品一口咽下了,至少在普遍早婚、未曾得到健康的婚姻观教育、处处劝和不劝离的不如意现实中,得到一点对抗黯淡现实的力量和希望。

子君的故事,或可让一心等嫁的年轻"女结婚家"们知道婚姻的危险;让婚姻中不幸福和被动失婚的金丝雀们看到走出家门的可能;让那些还没有想好嫁不嫁、嫁谁、嫁了后要不要工作的单身女青年们有底气再延宕一段时间。

这是我们这个时代普通人的逻辑,普通人都镶嵌在一定的社会认知结构中就近获得属于自己的真理。高级真理当然有,但远了一点,难了一点,对于大多数普通人来说还够不着。那些高级真理留着你们自用吧,让子君只选择合适的。如果你们超越了子君,那么恭喜,你们在性别自觉的道路上启蒙得更快、走得更好。可是还有很多落在子君后面的,让她们在实用主义的女性独立道路上跟着子君再滑一会儿。假如运气开挂,"人生导师+霸道总裁+帅气男神"的天定人设也不必刻意拒绝,要知道,这个世界不是男人就是女人,要分得这么清,女人还敢走出去? 关键是,懂得分寸,懂得底线,懂得发乎一点情而最终止乎礼,才是可靠的自救策略,这世界上从来没有免费的午餐。这是第一层。第二层,对女性来说,从母系社会到父系社会的社会类型转折及相对应所带来的痛苦,最大的败局是:为情困,为情死。因此,实用主义和理性至上能救傻白甜女性于水火。感性只能让我们感受悲喜体验感情,唯有理性,让我们掌控方向,超越此在,找到未来。

我不喜欢这个结尾。只有那四五个人的感情纠缠,两家公司的相互竞争,和一家叫"酱子"的日式料理店,这都是都市剧的骗人剧情。现实中,走出去了,就不要想了,相忘于江湖,人们可以有这样更高级感的人生答案。子君要真正成为一个独立女性,陈俊生、老金、贺涵,都该成为相忘于江湖的老朋友。外面有个更大的世界,我们会遇到更好的人,会有更好的方案。和前夫哥说拜拜,老金肯定不合适,尤其贺涵不能要,相比爱情,友情一样重要,更重要和更宝贵的,是健康、善良、自信而独立的好人格,《我的前半生》的主题就在这里。电视剧的结尾,男女主人公一年后依旧隔空对话,遗憾的是剧情又回到都市言情剧的套路里,这折射出的是我们这个时代在两性问题上拼尽全力的最优选择和可能达到的最高限度。这是无奈的,也无法克服。

口述、访谈与文化背影

能与普通读者的意见不谋而合,在我是高兴的事;因为,在决定诗歌荣誉的权利时,尽管高雅的敏思和学术的教条也起着作用,但一般来说应该根据那未受文学偏见污损的普通读者的常识。

——[英]塞缪尔·约翰逊

回望八十载人生,融通东西方文化

——访谈於梨华

写作是我一生最快乐的事业

> 是一张粗陋的木桌,却伴我度过不少寂无人声孤独的夜旅。在书桌前,一支笔走了不少地方,接触了不少人物,也写下了不少故事。
>
> ——於梨华《书桌》

才分高的人常常有些异禀,和於梨华相处,很快能感觉到这一点,她常被家人朋友笑谈生活中的低能力:方向感差,住了很久的家只认得固定的线路;不那么世事洞明人情练达,揣着一份热情和天真,少不了追悔莫及的经验,可后悔过后热情天真依旧。说到一些有趣的往事,她会开怀大笑,带着调侃和自嘲地对我说:"他们常常说我笨。"可她很快话锋一转,带着些许骄傲和得意:"有次我儿子说我笨,我回击说:我笨,我一共写了二十六本书,你倒写一本给我看看。"听她的话,读她的书,观她的人生,我能理解写作对于於梨华心理和情感上的别一种意义,她自己说:"我就会写作,只要能写,我就快乐。"

於梨华是幸福的,她已83岁,回首八十余载跌宕起伏、喜忧参半的人生,可以无憾,她坚持着对写作最初的兴趣和理想,把最美好的时间和几乎所有青春力量献给了她最热爱的永不衰老的文学事业。迄今为止,她著述丰富,从1963年的《梦回青河》到2009年的《彼岸》,一路都有收获。然而,谁都明白,写作的道路上并非全是鲜花、掌声、喝彩和名利。在这一切的背后,伴随着的是独坐孤灯下辛劳待文思的寂寞。写作,对于於梨华来说,包含着复杂丰富的意义:是证明自身价值的信心源泉,是超越繁杂日常生活的精神乐园,是生命故事、往昔回忆和生命感悟的文字代言。其实还远远不止这些。

於梨华以写作诠释了勇气的意义。旅居美国六十载,随着学业、职业、家庭和生活道路的变化,于美东美西间辗转流徙,搬家七八次,在英语占绝对文化优势的移民世界中,於梨华,一个华人女性以写作奠定自身的地位和价值。1953年于台湾大学历史系毕业后留美的於梨华,经历了很多留学生都曾经历的思乡、孤独和为白人家庭做廉价劳动力的艰难时光后,经过一番周折和努力,同年进入加州大学洛杉矶分校新闻系攻读硕士学位。就在她还在为正确英语语法的掌握而困扰不已时,一次征文比赛给了於梨华尝试写作的绝好机会。临近毕业的一天,於梨华路过戏剧系门口,偶然看到一则征文广告,美国著名电影公司米高梅公司在加州大学洛杉矶分校举办征文比赛。洛杉矶分校的电影编剧专业闻名全美,传统悠久,人才辈出,可於梨华决定一试。她在比赛截止前几乎最后一分钟递交的参赛作品:短篇小说《扬子江头几多愁》(*Sorrow at the End of the Yangtze River*),获得那一届米高梅校园征文比赛一等奖。同班一个英文很好的日本女生从此不敢再小瞧於梨华。於梨华说:"到那时为止,那一天是我人生中最开心的一天,获奖改变了我到美国后自觉低人一等的自卑状态,让我重拾信心。我觉得我能行,并且我要不断告诉世人:我能行。"尽管后来於梨华是以汉语作家的成就蜚声文坛,但这次英文获奖作品给了她对于自身文学天分和才能的充分自信,并且她把这种自信不断转化为继续前行的人生勇气。

　　於梨华以写作诠释了坚持的意义。人生大多得失相伴,荣辱相依,悲喜相融,於梨华的人生也是如此。然而,不论在何种情况下,她都秉持着对文学事业的坚韧态度。留学生活结束后,她曾短居普林斯顿,那时她是一个年轻物理学博士的妻子和三个陆续出生的年幼孩子的母亲,在和柴米油盐酱醋茶周旋的日子里,她从未放弃对写作的坚持。在孩子们渐渐长大后并不宽裕的空间里,她借用他们的书桌,借用厨房的餐桌,随时摊开又随时收拢,写作一直在继续。那时,固定的写作时间是夜里12点至凌晨3点,辛劳之外,她还常常自责于未能更好照顾丈夫孩子的那一点小小自私心。散文《书桌》中,她略带骄傲地自嘲:我写了,写得还不错,并且没有书桌。可以想象,孤寂的黑夜中,她独坐窗下灯下的寂寞和伏案写作时文思泉涌的快乐,冷暖自知。尽管冷暖寸心知,成就却有目共睹。1963年,她携长篇小说《梦回青河》和三个年幼的孩子回到台湾,很快这部小说引起轰动,《皇冠》杂志连载,广播中连播,单行本连续再版六次,可算一举成名。进入耄耋之年,於梨华从未躺在功劳簿上回忆过去,她的笔耕意识和坚韧精神从未改变,从执教二十五年的纽约州立大学教席上退休后,除每日必进行的健身锻炼外,她把退休后充裕的悠闲时光替代为充裕的写作时间,只是写作时间从午夜12点至凌晨3点变成了每日下午3点到6点,这是雷打不动的独享时间。

　　於梨华以写作诠释了理想的意义。在她的记忆中,儿时的一幕始终难忘。记得是上小学四五年级时,一个长相清秀、身材修长、性格温和的女老师把她单独叫到办公室,微笑着摸着她的头,说:"好好写,你会成为一个好作家。"儿时的一幕穿越七十载的时光,纵然时光荏苒,仍未曾褪色,始终清晰地留在於梨华的少年回忆中,成为她热爱写作的最初也是最恒久的动力源泉。在台湾小有名气后,有位朋友带她去见林海音,她为这位现代名家的气质风度和文学才华所倾倒,"啊呀,一见到,就无比喜欢,那么美好的一个人!"五十年后,於梨华回忆当时的见面,仍然发出由衷的赞叹。交谈没有太久,林海音只笑着对於梨华说:"把你写的东西放我这里吧,我看看。"看得出林海音的谨慎,要看过作品才作决定。后来,林海音把於梨华的作品推荐给武月卿,很快发表,这让於梨华向好作家的理想又迈进了一步。知音相惜,薪尽火传,林海音不仅是於梨华写作生涯中的又一个伯乐,华贵文雅、文采卓然的林海音也成为她文学生涯的一盏理想明灯。1967年问世的代表作《又见棕榈,又见棕榈》入选"二十世纪中文小说一百强",1981年,香港天地图书出版社辑其作品出版《於梨华作品集》十四卷,钱锺书先生题写了书名,迄今为止,在港台地区出过全集的女作家只有张爱玲和於梨华。凭借着对理想不懈的追求,於梨华成为海外华人的代言者和海外华文文学的领路人,其文学成就已成功载入20世纪文学史册。

我的人生与我们的时代

> 别问我为什么回去。为什么回去与为什么出来是两个我们这个时代的迷惑。
>
> ——於梨华:《归去来兮》

回望八十载人生,融通东西方文化

历史之河绵延到今天,回溯八十余载岁月,於梨华所经历的故事是一代人的缩影:战乱中颠沛流离、经济窘迫的逃难生活、1949 年前后国民党迁台所导致的无数家庭的大规模迁徙、台湾和大陆的分离所形成的青年信仰失落和崇美热潮、留学生在异国文化碰撞中强烈的精神危机、改革开放和民族复兴道路上海外华人移民在文化身份上的彷徨和重新调整……仿佛成了历史的浮雕,构成中国当代史的每一个瞬间和事件都铸成了於梨华和她同辈人的人生背景。历史背景虽然相似,但在历史的关键点上,每个人面对生活的观念、选择和收获却完全不同,这不仅形成了不同的人生,凸显了不同的性格,而且在相似的历史道路中形成了不一样的人格品质和人生追求。

於梨华 1931 年出生于上海,那是"九一八"事件爆发的同一年。"九一八"事变是中华民族近代以来最惨痛受难史的开端,在此后十多年的时间里,国破山河在,城春草木深,中国人家破人亡者十之八九,谁家没有一本战争的辛酸血泪史?於梨华父亲於升峰,宁波镇海人,留学法国,擅长化学,回国后在上海任教于光华大学,於梨华曾在宁波镇海就读两年小学,后又在鄞县县立中学(今宁波二中)就读两年高中,艰苦而愉快的故乡求学生活在她一生中留下深刻回忆。抗战期间,为避难和谋生,父亲带着全家七八口人,从福建南平、湖南衡阳、广西桂林、贵州贵阳,最后在嘉陵江畔的重庆暂时落脚。抗战胜利后,又是一条苦难回乡路,因为买不到、买不起紧俏昂贵的机票、船票,一家人只能取"地阔鸟飞迟,风寒马毛缩"的西北道,从成都、宝鸡、西安、潼关、洛阳、郑州、徐州、南京,一路颠簸,回到上海。於梨华回顾说:"正是基于早期这段颠沛流离的生活,使我在逆境中雕琢出一双锐利的眼睛,能时刻观察、分析和辨别被世俗装饰起来的真伪。"伴随着苦难,同时收获的还有不服输、不气馁、铆足了劲坚持到底的生命韧性。

1947年,於梨华父亲受命于国民党资源委员会,前往台湾接收糖厂,一家人只能随同一起前往。战争中四处求学的动荡经历没有打下坚实的根基,用於梨华自己的话说:我侥幸考入台湾大学外文系。可很快就人生突变,因为英语科目考了59分的不及格分,英语老师俞大彩位高言重(俞大彩是时任台大校长傅斯年先生的夫人),且素来以对学生严厉要求著称(本来考试不及格可参加补考,不需立刻转系),於梨华和另外五名同学被迫转系,於梨华被要求从外文系转入历史系。也许这不如意的大学生活给了於梨华拼搏奋斗的一个动因。及至后来於梨华闻名台湾文坛,成为台大值得骄傲的校友,老师俞大彩听闻后,说:要不是我当年的坚持,就没有今日於梨华。历史不容假设,人生更是没有重新选择的可能,但在挫折中不言败、在困难中不低头的意志力,却在於梨华的性格中稳定地保存下来。

20世纪五六十年代的台湾,崇美气氛严重,大学毕业生以留学美国为人生目标,如奔赴理想国一样,大批学生离台赴美。在这一股留美大潮中,1953年,於梨华到达美国加州,第一站是风景秀丽、四季如春的旧金山。和一般留学生盲目崇美不同的是,於梨华有主见、理智和判断力,她守护自己的尊严,也守护自己的中国人身份,非但不唯洋是崇,还对西方人对中国人的歧视和偏见保持了足够的警惕,对客居他国的中国人传统价值消失的现状保持了足够的警惕,对异国文化包围圈中的中国人对自身文化的轻视保持了足够的警惕。警惕却没有答案,因为祖国贫弱而封闭,台湾依附于美国难以自主,警惕就转化为探索和追问,于是就形成了《又见棕榈,又见棕榈》中牟天磊们的痛苦。哥伦比亚大学教授、《中国现代小说史》著者夏志清教授评价说:"这一则不太温馨而充分象征时代苦闷的恋爱故事是於梨华小说艺术已臻新阶段的明证。"於梨华被誉为"留学生文学的鼻祖",她的贡献在于敏锐而及时地抓住了时代心理和矛盾中心,不仅让一代人的困惑、挣扎和希冀永远地留存在了文学作品中,也让第二、第三代海外华人和留在祖国大陆的同胞们得以了解当年的生存旧照,知晓民族身份和文化根脉的深层含义,这不仅具有文学的意义,也具有社会历史记录的意义,更具有重建广大华人身份、尊严和价值的精神意义。

文化寻根意识和爱国爱乡情感在於梨华的思想中始终强烈,这使她迥异于和她同样辗转离开大陆从台湾赴美或其他国家的同龄人们。1975年,中国国门刚刚打开,封闭沉闷的迷雾尚未散尽,於梨华就勇敢回国,她急于看到回忆中的国家与家乡,急于看看现实中的变化与改革。她在大陆访问的心情是激动的,离开大陆,乍到香港,她就把在大陆的种种见闻写成一本书:《新中国的新女性》,书写着儿时记忆中的穷人模样,记录下他们在新中国翻天覆地的生活变化。小时候在上海十里洋场看到的最穷的乞丐:滚地龙(所有家当只有一条破棉被,终年裹在身上躺在地上向路人乞讨),面对面告诉她他们的生活所发生的巨变,於梨华一边听一边哭,后来回放的收音机里她的哭声清晰可闻。

因为《新中国的新女性》一书,自1975年起,於梨华的作品被台湾封杀,并禁止其回台,后至1983年解除。漫长的八九年时间里,她无法回到台湾,连父亲病逝都没能回去奔丧。为此,后来写有《我回来了》一文,记录她时隔多年重回台湾的心境,故园物是人非,变化令人唏嘘。历史总在翻开新的一页,当年的是非真假今日已难以一一甄别,但在一定意义上,於梨华性格中敢为天下先的果敢,大海一样宽阔开放的胸怀,南方人的细腻、柔情和机敏,对穷苦人无保留的真挚情感,却可以从她的行为中得到体现。她的这些性格和品质,既化为她文学作品的态度、思想和立场,也化为她在这八十载人生历程中的一个个非凡时刻。

赤子之心:我的根在中国

> 你们来,带着我们中国绝不比人差的智慧来,带着我们特有的勤俭与韧性来,更不要忘了,带着个人及民族的自尊来。
>
> ——於梨华:《我的留美经历——写给祖国的青年朋友们》

在於梨华五十载的创作历程中,有一条线索始终贯穿:展现海外华人移民的生存状态、情感乡愁和文化性格,在对中华文化的追寻中提升民族形象,对比优劣得失,致力于中西文化的交流,探索中西文化融通的途径。从展现中西文化冲突与困惑的早期小说《归》《也是秋天》,到2009年展示中西文化融合与新生的《彼岸》,於梨华赋予了海外华人和海外华文文学不断变迁的新生命和新意义。

於梨华不仅在文学作品中率真表达海外华人移民的困惑和痛苦,探索海外华人身份构建的合理途径,更在现实生活中,以实际行动保持中国人的文化自信和文化自觉,搭建东西方文化的交流途径,促进中西方不同文化之间的了解、互信与和谐融合。

一方面,她努力让西方了解中国和中国文化,以写作坚守着汉语和中华文化的海外传承,致力于以更广泛的形式让普通美国人了解和喜欢中国文学和中国文化。自1968年搬至纽约州政府所在地奥本尼(Albany)起,於梨华即在纽约州立大学奥本尼分校执教,她在课堂上用英文给学生讲授中国现代文学,鲁迅、巴金、茅盾、冰心……是她在课堂上向学生讲授的重点作家。她还讲授中国古典文学概论、书法、中国现代文学选读、中国报章杂志选读、中文会话、中文作文等课,很多美国学生通过这位友爱而热情的於老师第一步了解中国,他们中的一些人后来成为中美交流的使者。中国国门打开后,於梨华利用她在美国高校任教多年的专业背景和在教育界积累起来的威望,致力于推动中国高校第一批国际合作办学和交换项目,纽约州立大学于1980年起与北京大学、南京大学、复旦大学等校建立校际交换项目后,於梨华兼任纽约州立大学的交换计划顾问,做了很多切实的工作,成为中国一批高校改革开放初期"抬眼看西方"的领路人。

另一方面,她致力于让国门打开后的中国人更理智地看待西方,保持民族情感、自信和尊严。记忆中台湾大街上摇头摆尾耀武扬威的美国大兵,20世纪50年代初到美国时感受到的民族歧视和偏见,於梨华在20世纪70年代的数次回国后,深感当时国内弥漫的盲目崇洋热,颇觉有纠正的必要。国家百废待兴,一些海外游子陆续回国报效,身在美国心系祖国的於梨华很想为改革开放中的中国做一些事情,觉得将自己的旅美经验与青年人分享和交流应该能起一些作用。于是,1980年4月20日,《人民日报》整版刊发了於梨华的长文《我的留美经历——写给祖国的青年朋友们》,文章详细介绍於梨华眼中的美国,分析美国社会结构、生活方式和价值观的弊病和优点,希望新中国第一批走出去的留学生们能肩负历史使命,"国家要靠你们的才能和知识,将她带进二十一世纪的现代行列,国家更需要你们的自信与自尊维持她在三十年前赢回来的民族尊严"。这些掷地有声、铁骨铮铮的话,今日读来依旧令人警醒。这篇发表在《人民日报》的文章,引起了当时中国青年人才和最早一批国际交流工作者们极大的阅读热情。於梨华回忆说,文章发表后的第二年,她再次回国时,时任《人民日报》副总编辑的王若水先生提了整整两大袋读者来信来看望她,於梨华深为读者们的来信感动,读至深夜。1983年3月,她开始在《人民日报》连载题为"美国来信"的一批文章,1988年由人民日报出版社结集为《美国的来信》出版,成为第一批走出国门的青年学子们了解西方的启蒙书,既伴着他们启程,文章中的理性精神和爱国情感也促进他们中的一些人回国效力。

西人尚贤,国人尚亲。於梨华的文化人格已然兼具东西方的优点,呈现一种奇妙而难得的融合:她独立、自主,珍惜时间,自力更生,尽最大可能发挥自我价值,实现人生理想;她的身上,又自觉地保存着中国的思维和情感方式,珍惜家人,爱护朋友,报效桑梓,重情重义。2013年1月,83岁高龄却依旧思维敏捷、情感饱满的於梨华,在斯坦福大学校园不远处,她为避开美东严寒的冬天而临时租住的寓所中,认真问起我国内的情况,说到动情处,眼泛泪光,看得出,她是真心希望祖国能一天天变强变好。她说:"在美国,我只能落叶,不能归根。我的根在中国。"

余光中是於梨华就读台湾大学外文系的同学。余光中当年曾就《又见棕榈,又见棕榈》评价说:"她在下笔之际常带一股豪气,和一种身在海外心存故国的充沛的民族感,在女作家中,她是少数能免于脂粉气和闺怨腔中的一位。"经过六十年旅美生活的沉淀,於梨华的生命更显理性和自觉,淡定、睿智又充满活力。余光中先生的评价准确而富有预见,於梨华的故园情怀和赤子之心始终未改。

(本文根据2013年1月在美国斯坦福大学附近於梨华寓所、2013年6月於梨华回宁波时的四次访谈写成)

谈 谈 苏 青

苏青对我来说,仿佛是个熟人。她生于1914年,活着是百岁老人了,可是她没能活那么久,69岁就病故。苏青履历中祖籍填宁波浣锦村,浣锦是个诗意、好听的名字,冯家老宅在现宁波近郊石碶冯家大院,栎社附近。据说从前机场没建成的时候,从栎社可远远看见冯家的大院,大院被称作金屋玉屋,冯家从前是很富有的大族,大概是明朝时从慈溪迁居宁波城郊落户。

熟悉苏青是因为张爱玲,花了很多年时间我读了所能看到的有关张爱玲的一切文章,她写别人的、别人写她的,统统,一切。苏青算是张爱玲与胡兰成共同的朋友,他们三个人真是个故事,事实上胡兰成认识张爱玲是由苏青介绍的,似乎苏青一开始并不愿意向胡兰成引荐张爱玲,这虽然看起来有点扯远了,从中足见苏青并非一个心思单纯的女人。1945年前后,胡兰成和张爱玲同时有篇写苏青的散文问世:胡兰成的《谈谈苏青》和张爱玲的《我看苏青》。《我看苏青》中,张爱玲开篇说:"苏青与我,不是像一般人所想的那样密切的朋友,我们其实很少见面。也不是像有些人可以想象到的,互相敌视着。同行相妒,似乎是不可避免的,何况都是女人——所有的女人都是同行。"以张爱玲这样的性格能和一个女人做成朋友,足见苏青的性格中确有一般狭促小女子所不及之处。胡兰成的散文《我看苏青》,开篇这样说：苏青的文章正如她之为人，是世俗的，是没有禁忌的。并且他说：19世纪末叶以来的宁波人，是犹之乎早先到美洲去开辟的欧洲人。眼光是独到的，宁波人，尤其是宁波女人，有别处所没有的勇敢泼辣和冒险精神，苏青也不例外。

　　关于苏青，我想张爱玲和胡兰成都算说得很好，他们是同时代人，一起经历的事多，把人也就看得清。但事情也有另外一面，因为离得太近，只看到近的一面，会看不清。我们这些后人在这里妄论前人，虽然是妄论，难免不恭，但有他们自己人看不到的地方。对苏青到底该作个怎样的判断，似乎有个谱在心中，却未敢随意妄下断言。从故乡来到宁波，和苏青仿佛又建了点亲戚关系。尽管苏青已经远了，但宁波的土地上还有苏青的很多气息，城市近郊石碶镇后仓街上住着她的远房亲戚，听说其家人为保住面临拆迁的老宅而奔走，从家里去市中心必经的月湖旁的宁波二中是苏青读过书的学校，那里安静、神秘、美景满园，我想八十年前一个刚走入青春期的女生在这里读书，是她那个时代少有的幸福，可以进学堂念书。

　　怎么说苏青？我觉得很难。宽松了则失之原则，毕竟她在20世纪40年代民族存亡之大义上未显骨气和尊严，这是无法回避的历史事实。严格了，却可能失之教条，对一个在战争环境下面临生存窘境又失去旧家庭新家庭一切庇护的年轻女人来说，她可以求生的道路确实并不宽广。有人说，假如生活逼到了底，苏青会是个左右逢迎、八面玲珑的资深老鸨。这话尽管苛刻，倒也亮堂。不仅因为苏青有这个能力，还因为她不会和活不下去的世界硬拼，她会变着法儿养活自己。这是苏青的特长，最后也成了她难以做节烈妇女彪炳千秋的祸根。王德威有篇文章，题目叫《做了女人真倒霉》，是评价丁玲小说《我在霞村的时候》中的女主人公贞贞。读到贞贞，我想到苏青，苏青的动机显然还远比不上贞贞高尚,苏青认为自己只是讨生活,但道路颇有几分相像。苏青的道路是个设问,答案已经写好了的。也是个命题,显示着永恒的尴尬:关于女人、性别、时代和她们的选择。

"我不是择了这个黄道吉日才开张"

在她的时代,苏青堪称是个成功女性的典范,她写的作品,畅销;办的杂志,畅销;交的朋友,位高权重,很吃得开。她做人顾忌少,洒脱得很。在一个特殊的敏感的时期里,她甚至和一些在不健康的土壤里存活过一段时间的要人关系密切,春风得意。她有一个很特殊的朋友,此人名叫姜贵,1949年前后从上海去台湾,后在台湾文坛占有重要地位,赢得声名,著名文学史家夏志清和王德威都曾撰文称他是台湾文坛的健将。姜贵本是军人,1945年抗战胜利时任国民党军官,是汤恩伯部下的一名上将,驻军上海,他和苏青极熟。姜贵有篇化名文章《我与谢九》,即讲述了他所了解的苏青之风光生活。有一个细节说:苏青一度手持大叠陈公博开于复兴银行的空白签名支票,她几乎可以随意填上她需要的数字。《天地》创刊,时任日伪期上海市长的陈公博即以五万元相赠,后又命人送来十万元的支票给苏青,按当时上海的市价,十万元加上利息可以坐吃二三十年不用愁。

战时发生的一切成为苏青一生洗刷不净的罪名,她也曾借很多机会为自己的不合理行为作合理性辩护。她在1947年3月出版的《续结婚时代》的《关于我——代序》一文中申辩道:"……而且我所能写的文章还是关于社会人生家庭妇女这一套的,抗战意识也参加不进去,正如我上海投稿也始终未曾歌颂过什么大东亚一般。"辩护固然自由,但辩护归辩护,事关大义的事情不是自我辩护可以辩得过来的。一个人在一个时代中所作的选择，背后的因素当然很复杂，可以从大处去看，也可以从小处去辩。从小处说，苏青就是个爱冒险、爱成功、爱过好日子的宁波少奶奶，但这少奶奶被丈夫逼着从家里出来独立谋生，这既成就了她，也毁灭了她，说到底，她也只能这样。张爱玲评价苏青说："她丈夫并不坏，不过就是个少爷。如果能够一辈子在家里做少爷少奶奶，他们的关系是可以维持下去的。然而背后的社会制度的崩坏，暴露了他的不负责。我们这时代本来不是罗曼蒂克的。"残酷的时代摧毁了罗曼蒂克的少爷少奶奶生活，宁波女人苏青绝对不会走到罗曼蒂克的另一端：革命的道路上去。

就像胡兰成所分析的：宁波人是热辣的，很少腐败的气息，但也很少偏激到走向革命。苏青的性格是急急的，务实的，勇敢，有魄力，能做事。这个性格完全吻合我对宁波女人的印象，在南方的土壤上，靠着海洋式的冒险与胆略，宁波女人不像通常想象中的娇弱内敛的江南女人，她们中那些能干、杰出的，大多勇敢坦率，说话做事有很强的煽动性和蛊惑力。有句话说，当一个人真正想要做成一件事，全世界都会为他让路。我觉得说得有九分像宁波女人。当我数次见到风风火火、叱咤风云、能干泼辣的宁波女人，我就想起她们半个世纪以前的同乡姐妹：苏青。

"她是雪地里的一幅画"

苏青以本名冯和仪担任主编的《天地》月刊创刊于1943年10月10日，她在《发刊词》中强调"天地之大，固无物不可一谈者，只要你谈得有味道耳"。她要求作者"以人对人的资格来畅谈社会人生"。《天地》的作者阵容十分强大，几乎把当时活跃在沦陷区文坛的自由派作家，从元老级的周作人到初露头角的海上女作家施济美一网打尽，更是不遗余力捧红张爱玲，做事的气魄和手法,非同一般小女子,看得出她确实是想做事、做大事。

苏青的才分当然是很高的,当年以整个宁波考区第一名的成绩被南京中央大学录取,足见其过人的才智,聪明灵秀非常人可比。办起杂志,她是优秀的编者,对杂志中好的篇目予以推荐,眼光独到、准确。1944年2月10日,《天地》第五期发表张爱玲的散文《烬余录》,苏青编者的话是这样写的:"张爱玲女士的《烬余录》描摹香港战时状态,淋漓尽致,非亲历其境者不能道之。本刊三期潜之先生在《饥馑文化》中叹息现在文学作品中无三吏三别之哀歌曲,没有雷马克《西线无战事》的感慨,如今张女士此篇得毋金之。"从这些编者话中也足见苏青对古今中外文学之了解与通晓。中外文学的阅读功底和独特的创造才华,使苏青无论是当作者还是编者都有其超于常人之处。

不仅如此,她还独立打理自己书籍的出版和发行,其勇敢大胆之个性足以见之,在张爱玲的散文《我看苏青》中,留下了一个生动的细节:1945年过年之前,苏青一时钱不凑手,性急慌忙在大雪中坐了辆黄包车,载了一车的书,到处卖。战时的文人生活大多困难,令人心酸,但这副画面所留下的却是一个独立、坚强、勇敢的写作者形象,让我感到高兴大于心酸,一般艺术家的形象都是贫穷潦倒、饥饿消瘦,我很高兴战时的苏青颠覆了这一惯常的想象,虽然付出的代价如此昂贵,但可见文人也有不同的选择。假如时代没给文人准备好安静的书桌,也不能要求作家个个都是节烈女与苦行僧。

苏青自己曾说:我的文章发了就好,我管它发在什么地方?用今天的眼光来看,苏青的才华固然高,但她的情商是低的,对于生活的现在和未来她没有想太多,也不容许她想太多。缺乏历史理性和人性洞察是一般女人的通病,战争期间捉襟见肘的生存窘境更加剧了这一通病的后果。在《续结婚十年》的《关于我——代序》中,苏青说:"是的,我在上海沦陷期间卖过文,但那是我'适逢其时''不得已'耳,不是选定这个黄道吉日才动手的。"说到底,苏青是乱世佳人,她本该生在盛世,可结果她成了乱世里的盛世的人,也就注定了只能是昙花一现。她贪恋人生一切可以贪恋、值得贪恋的东西。有一段话记录在张爱玲的《我看苏青》中,非常生动、准确地描述了苏青的好与不好、进取与局限。关于进取心,她说:"是的,总觉得要向上,向上,虽然很朦胧,究竟是怎样向上,自己也不大知道。……你想,将来到底是不是要有一个理想的国家呢?"我说:"我想是有的,可是最快也要有很多年。即使我们看得到,也享受不到了,是下一代的世界了。"她叹息,说:"那有什么好呢?到那时候已经老了。在太平的世界里,我们变得寄人篱下了吗?"

苏青要求热闹而充实的人生,她的心地是干净的。她要事业,要朋友,也要家庭。对于一切美好的东西,她都舍不得丢掉,好像临睡前夹住火杨梅似的红炭基,万分舍不得弄碎它,但她不知道那临死前的艳丽不过是回光返照。那是一个我们常说的话题,一个其实无比沉重、听起来却像带着调侃的话题:个人与时代。她该是盛世里的人,可偏巧生在了乱世。

"将来的世界再好,那也是别人的,那时我们都老了"

中华人民共和国成立后,20世纪40年代在上海滩享有盛名的三位女作家:张爱玲、苏青和潘柳黛,她们各自张望,寻找自己的出路。张爱玲曾被夏衍安排参加过上海市文艺界第一次代表大会,在此期间,她也努力调整自己的创作方向,写了《十八春》和《小艾》两部较具政治用意的小说,但终因对时局的惶惑和对未来的忧虑而远走美国,再没回到中国。今日去看,异国的天空下难免艰难和孤寂,但至少创作一直在持续。苏青的适应性和可塑性要强得多,这是苏青的优点,也是她吃亏的地方。苏青曾被安排参加上海市文化局的一个戏曲编导班。据她当时的同学、上海著名文艺评论家周良材回忆,初见苏青,她穿一套半新半旧的列宁装,系根腰带紧裹着已经发福的身腰,嘴上含着一支翡翠绿的烟嘴,上面点着长长的、冒着火花的卷烟,我行我素,个性突出,还主动去男生宿舍串门,坦率真诚,没有城府。之后,苏青曾进入尹桂芳的芳华越剧团,1952年到1955年,是苏青1949年以后最辉煌、最闪耀的时期,她编剧的《江山遗恨》《卖油郎》《屈原》《宝玉与黛玉》《李娃传》等剧目在各大戏院上演,十分叫座,至今都是具有生命力的越剧名剧。尤其由苏青编剧、尹桂芳主演的《宝玉与黛玉》当年连演三个多月,开创了越剧票房新纪录。后为新作《司马迁》的写作,苏青向复旦大学贾植芳教授请教,受到牵连,被定为"胡风反革命集团"成员,入狱一年多。"文革"期间,苏青被安排在红旗锡剧团传达室看大门。之后便成为锡剧团传达室里被人遗忘的老太太,晚景凄凉,1982年病故离世。

研究张爱玲的唐文标教授说:"张爱玲写作在一个不幸的时代,她不能为同时代的中国人所认识,可说是阴差阳错,也许亦是她自己所决定的。"[1]柯灵说:"过了这村,没有那店。幸与不幸,难说得很。"[2]表面看起来苏青很勇敢,实际她是胆怯懦弱的,她怕吃苦,怕危险,怕一切渺渺茫茫的东西,以命运去赌一把那样的事,她是连想都不敢想的。我想苏青是那样真切地感受到

---

[1] 唐文标:《一级一级走进没有光的所在——张爱玲早期小说长论》,子通、亦清主编:《张爱玲评说六十年》,中国华侨出版社2001年版,第290页。
[2] 柯灵:《遥寄张爱玲》,子通、亦清主编:《张爱玲评说六十年》,第384页。

生命的无奈和有限。她能想到的是将来的世界再好,那也是别人的,那时我们都老了。就像我们大多数人一样,都只能认清了离自己最近的那一段路。

在一个时代里看来是否定的东西,在将来的时代之中却有它的肯定。儿女情长、贪恋与超越、牺牲和永恒、喜怒哀乐悲恐惊,到底哪一个更为可靠?更有价值?每个人、每个时代的答案都不尽相同。胡兰成说:在一个时代里看来是否定的东西,在一切时代之中却有它的肯定。这句话也可以反过来说:在一个时代中看来是肯定的东西,在一切时代中却完全可能变成否定的。我曾寻迹张爱玲在旧金山的故居和苏青在上海的陋室蜗居,想象 20 世纪五六十年代张爱玲在美国所追逐的英文写作梦,苏青则在上海文坛所继续贡献的智慧与才华。张爱玲要热闹是很容易的,那么多人追捧她,可她不要热闹,她选择了二三十年孤单而自由的隐居。苏青是那么要热闹的一个人,可人生的最后二十年却蜗居一室,无人理会,戚戚然想着身前身后事。张爱玲和苏青,在 20 世纪 40 年代的上海"孤岛",当年她们曾是那么好的朋友,奇怪的是,时过境迁,自分开后几乎都没有再提过对方。这种友谊是和怎样一种低气压的特殊环境联系在一起,也就可以想见,说到底,那个时代那样的环境对所有中国人来说都是个恨不得早日忘却的梦魇。

有人说,肯定张爱玲的人,往往难免看低苏青。我不看低苏青,我觉得我能理解,一种同情的理解,可很难有发自内心的崇拜,这是必须坦诚的事实。要写苏青,却花了这么多笔墨在别的人身上,真是很不合适。但这没办法,谁叫她们是同一时代扯在一起的人呢。这也叫难分彼此,好在她们至少并不讨厌对方。

宋先生家的客厅与阳台

从喧闹的花墟街市转入安静的住宅道路，爬一小段山坡，走入位于九龙狮子山旁的宋先生家客厅，一整面墙的书柜里都是各种张爱玲的研究资料，堪比专门化小型图书馆。

宋先生笑着对我说，"找找你自己那一本"。我说，"我知道您这儿有我这本小书，曾被列入宋先生所批不准确的张爱玲传记之一。被批也很高兴，算入过法眼的"。先生嘴一咧，算笑了。他其实是个内敛、安静、理智的金融理科男，整理和研究张爱玲好比是处理父母亲宋淇、邝文美所留下的遗产的一部分，是业余，不是主业。"姐姐说她没时间做这个，那就只好我做啦。"轻描淡写，但看过宋先生所整理的连一张小纸片都码得整整齐齐的资料文件夹后，感叹一个人将责任担当变成人生使命的严肃和庄重，心中唯有敬佩。

不知在哪本书里看到过宋先生小时候在港岛四百平米豪宅里骑着儿童自行车的照片，又或者是他姐姐有过那样的照片，这样的场景也是他小时候生活的地方。宋先生，相貌好，家世好，聪明样子，可为奶粉玩具儿童书等一切儿童高级产品拍广告的可爱儿童标准模样。因为有宋先生这样的人，我越来越相信优秀家庭基因的恒定作用。宋先生的家族故事详见《宋家客厅》和《宋淇传奇》。为了保证在书堆里能大概率随时找到我想看的这两本书,都买了双份的:一份放书柜,一份放随时取用的书架。资料太可爱珍贵,趣事一箩筐,历史很复杂,怎么看都很有意义。

那晚在外国音乐声震天响的咖啡吧里,和另两位朋友一起听宋先生用慢条斯理的低音,凑着音乐声小一些的间隙,慢慢道来他曾祖宋季生以信鸽博彩业在上海发家致富和祖父宋春舫为逃避家庭包办婚约去瑞士学习政治经济而终将兴趣集中于西洋戏剧的故事。《宋家客厅》中说,宋先生祖父宋春舫留学瑞士期间,正值欧洲发生战争,许多人为生计变卖家产,其中包括藏书,怀揣真金白银的宋春舫买下三千多册图书,1921年,宋春舫将所有藏书带回中国。宋春舫后来成为中国西洋戏剧的先驱,是在中国大学开设戏剧课的第一人,位于杭州北山路54号的春润庐成为他任教于北京大学时接待同事熊十力、马一浮、丁西林的"北大西湖招待所"。我问宋先生,那房子是什么时候卖掉的,他说:"祖父过世后就卖了,因为后人没人在这一领域做事了。"多少今古事,都付笑谈中,栏杆无需拍遍,已经都扔身后。

音乐声吵了点,座中一位朋友不时问话,就细节询问。宋先生有的作答,有的不语,微微笑,都不着急,大概他觉得知己者三言两语即够,不必费劲解释。我因都看过书里内容,所以大多知道,但听当事人随意挑一些重说一遍,如此洒脱自然,又觉书的魅力再增三分。子善老师在《宋家客厅》序言中借古诗说:"今古毕陈皆乐趣,天人兴感有深情。"有幸后生不晚,听当事人说当时事,历史故事和人生感慨穿过滔天音乐声钻耳中来入心中去。

宋先生家的阳台上,有一株比人高的大麒麟,该有半世纪树龄,形状秀美,满身带刺,已经坚硬的旧枝和新冒出的嫩绿新芽和谐共生,像陈旧又美丽的人生,像有趣又费时的艺术,也像那些有原则但可爱充盈的灵魂。一枚镍币有两面,好看的植物有两面,好玩的人也都有两面。和宋先生聊起我所敬佩的一位海外张爱玲研究高人,他微带着狡黠笑容说:"他的研究是不错,可是他那本《张爱玲学》出版前发信来请我核对书后所附张爱玲一生曾居住过的地方是否有误,他只请我勘误,并未请我补全,所以我即便知道有一处他未列入,我也不告诉他,他所收录的张爱玲住址是不全的,缺一个。"我差点笑喷,有趣,大龄儿童小脾气,人间真性情,不端着才觉可爱。

  临别时,下起了雨,我拎着满满一袋宋先生赠我的张爱玲皇冠全集和他签名的《宋家客厅》离开了山景大宅。袋子很重,路走起来倒觉轻松,我知道全是心理作用。第二天又拎到邮局,寄回家,现在这套书在我手边。也许读透这套书需要一生,但我不着急,人生就是用来虚度的,再慢一点又怎样呢,反正总是会走完,慢慢走,慢慢看。

住在诺士佛台下：与萧红的灵魂相遇

最初到港，向一个利落能干的典型香港小姐租住了一套尖沙咀金巴利道的小公寓。公寓虽小，五脏俱全，且交通、购物十分便捷，我打算长期驻扎。第二日我出门办事，两小时后回来，用钥匙开门，从门缝里赫然发现一双深颜色的脚站在屋内，惊吓不已，以为用钥匙错开了别人家的门。脚的主人听到声响，探出头来，面带微笑地用特别腔调的英文告诉我她是来打扫屋子的。想起来房东小姐昨天告诉我今天会有人来帮助打扫，是我忘了。负责打扫的这位马来裔清洁工已届六十模样，常年的劳动使她看起来有点衰老，衣服过时陈旧，但她干活动作快又效果好，整理清洁功夫一流，香港社会训练出来的职业精神，即便是最简单的活，也能做得风生水起、妥妥贴贴。有时会听到她接听电话，大概是有临时雇主和她约打扫的具体时间。她一周过来打扫一次，尽管只是简单的交流和日常的信息，但能感觉到她友好、守规则，有时把房间的地毯、桌布带回去清洗，过一两天送回来放在房间里，如果我不在，她一定会留下纸条说明她来过了。

住在这座公寓楼的日子，基本每日埋首书籍资料，除了一日两次出去觅食，基本都在房间中蛰伏。香港人出没大都悄无声息，住了很久，我也只在电梯里偶遇过几位长相瘦小的看起来是华裔的老人，以及偶尔出现的大概是负责这栋楼宇维修的身形高大的马来裔中年男子,住在隔壁的一位说粤语的女子每日大概在下午6点准时回家,能听到她回家进门与家人的问候声,但直到我离开都没有跟她打过照面。偶尔听到楼道里有说英语的欧美裔男子在打电话,大概是一些公司派驻香港的短期出差人士租住在此。香港电梯大多小到有逼仄感,和这些路遇的楼里人同乘电梯,我通常都选择直接走到电梯最里端,站在他们身后,好像这样多一点安全。

下得电梯,楼道里设一桌子,桌后是管楼的大伯,大伯长得白白胖胖,衣着整洁,五官如如来,气度很是不凡,祖上给了他很好的遗传基因。他大概也知道自己的模样不一般,很是自爱,低眉顺目,不轻易搭理人,有时见到不同的人还往往给予不同的神色。见过维修工和他打招呼,他眼睛向上翻,给予不想搭理的神色。好在我搬进那天,关于信箱和门卡曾向他请教,他以检阅的神色对我一番打量,并以不情愿口气告诉我近年说普通话的人到港越来越多。他询问我到港的原因和工作,待我告知后,神色和缓很多,大概终于放心我仅仅只是个短期过客,并非又一个来劫掠资源和添堵移居的。

大伯普通话听不懂几句,交流起来很费劲,我但愿他不喜欢说普通话人的原因只是交流不方便。大伯虽然普通话不大会说,但他的桌子上有一个用硬纸板糊起来的桌牌,上面写着两个大大的繁体字"用膳"。如我中午12点至下午1点之间下楼觅食,会看到写着"用膳"两个大字的桌牌被放在桌子最中间最高的位置上,大伯没有坐在桌子后面,他出门"用膳"去了。虽然没有看到大伯,但好像笑眯眯白胖胖的大伯就在我脑海里,他应该就在附近,我也高高兴兴地出门觅食去了。那些不懂中文的楼里人肯定看不懂这方方正正的两个字是什么意思,我很高兴我看得懂,仿佛这是我和不会说普通话的大伯之间的一种文化暗号,也为大伯庆幸至少有人看得懂,否则他每日那么辛辛苦苦搬出来放在那里有什么用呢。

出得门去,公寓楼旁边各种美食和购物店一路蔓延过去,日日人头攒动,我在人群中走,看着路人喜气洋洋的表情,觉得天堂大概就是有的吃、有的穿、有人陪逛街、陪聊天、陪无所事事的模样。常常看到一群人在一些声名远播的美食店门口排长队,不辞辛苦,不厌其烦。一座大商场旁边是一家冰激淋店,再旁边是一家面包房,再过去一家是烧鹅烧鸭挂在门口明炉子里的卤味店,不留遗憾地一家家光顾过去。从大街道往上走,是有坡度的小巷,我一直疑惑有很多人大概在傍晚时分打的士或开着豪车到达这里是来干什么,他们着盛装从小巷子上去,也不知成群结队地去往何方。

有一日,有一朋友来看我,一路聊着天,我决定趁有朋友壮胆,去探一探这条入夜后灯光黯淡的小巷。大约爬了两三百米的坡,逐渐走到一块平地,是大约有一千米长的一块狭长地带。一路过去,是一排喧闹的酒吧和餐厅,人们坐在门口的桌子上,喝酒聊天,五色灯光照在各种表情的脸上,照着他们的笑意和他们互相扯着嗓子所说的对方听不见的话,照着各种肤色,照着浮游着的各种语言、各种表情和神态。香港是个会享受的热闹的不夜城,这样的地方大概就是明证了。讶异于这巷子上面的一片别有天地,却又觉得完全在情理中,人们在寸土寸金的香港开辟出完全不一样的平地,那是钢筋水泥摩登大楼里的海市蜃楼。

自那晚后,后来再住在小公寓里,夜里就听得到远处飘来的渺渺夜歌声了,半夜醒来,仿佛还听得到起劲的喧哗声。听得到夜夜笙歌,也听得到歌声里无尽的悲哀,却又不知这种悲哀感从何处来。不久之后,与一个朋友聊天,她告诉我,我住处旁边的金巴利道诺士佛台就是萧红 1940 年年初到香港的第一站住处,给萧红出书的时代书店老板给她租了金巴利道诺士佛台的书店二楼的住处,书店难以为继,收入难以支撑,萧红在这里住了只数月时间便搬离。战火席卷了香港,萧红在浅水湾的战时医院里躺在一张又老又破的病床上离开人世,她死时,医院已经被战火吞噬,所有医护人员都已撤离。萧红的死亡,成了战火香港的一个典型隐喻。她被草草葬在了浅水湾,战后才被友人找到重新安葬。

诺士佛台的今日热闹,把镜头拉远后的背景是凄凉的20世纪40年代。《明月几时有》结尾璀璨的维多利亚海港夜景与黑漆漆的战时香港的山路和海上夜航,那是一个空间的不同时间。一个诗人说过:活着的人都有死了的过去,香港的土地里都有渗进去了的血。今天,各种人都在香港,都在死了的过去里,在渗了血的覆盖着钢筋水泥和五彩油漆的土地上继续活着。

> 走六小时寂寞的长途,
> 到你头边放一束红山茶,
> 我等待着,长夜漫漫,
> 你却卧听海涛闲话。
>
> ——戴望舒

后　记

这些年来,一边活着,一边想着,不时写着,把文学电影戏剧及文化现象等有关研究、评论和学术随笔归拢在一起,就是这本《批评的观念》。

书名抽象,内容具体,观念最好的体现是如何看待和评价具体的对象,抽象在具体里,整体在局部里,观念在表达里。

这些文章是在不同的机缘、背景和动因下所写,有的是新读一位还未被充分重视的未来好作家的作品所写的欣喜发现,有的是重读过去课堂上老师所讲经典名著而写的温故新知,有的是在和学生共同探讨和思想成长的过程中合作完成的文字果实。

以科学研究的严谨态度,从阅读材料中搜集能证实观点的材料,唤醒人文创造的能量,用有感染力的、有逻辑的、很清晰的、不陈腐的文字去表达阅读和思考的结果。写下美并有力的文字,作为引渡读者了解作家作品和艺术现象的桥梁,是我写这些文字的基本观念。观念是清晰的,实践是困难的,从过去到未来,我庆幸一直努力在时光隧道里。

在阅读、思考和写文的过程中,从至今能回忆起来的曾确立我基本思想的一些书籍中选取若干闪亮语段,作为每一辑的引语,以此说明我的观念一部分来路,向伟大和优秀的经典致敬和致谢。

  一个人一生的阅读、思考和表达看似散乱和偶然,实际是以探索自身未解的疑惑为中心,最终是为被安排存在于一定时空中的自己画一个更准确更完整的观念之像。流星划过星空,蝉蛾离开蝉壳,歌声从音乐的身上脱落,一切都会过去,会有一点东西留下来,那是光亮,是新蛾,是美好的思考的歌。

  岁月向前,文字留痕。感谢所有帮助和鼓励这本书面世的师友们,谢谢你们。感谢文字这部时光机,让我穿过时空,呼喊过去,确立未来。

图书在版编目(CIP)数据

批评的观念/任茹文著. —上海:复旦大学出版社,2020.11
ISBN 978-7-309-14776-6

Ⅰ.①批… Ⅱ.①任… Ⅲ.①文学评论 ②电影评论 ③电视评论 Ⅳ.①I06 ②J905

中国版本图书馆 CIP 数据核字(2019)第 288336 号

批评的观念
任茹文 著
责任编辑/关春巧
复旦大学出版社有限公司出版发行
上海市国权路 579 号 邮编:200433
网址:fupnet@fudanpress.com http://www.fudanpress.com
门市零售:86-21-65102580 团体订购:86-21-65104505
外埠邮购:86-21-65642846 出版部电话:86-21-65642845
常熟市华顺印刷有限公司

开本 890×1240 1/32 印张 8.25 字数 192 千
2020 年 11 月第 1 版第 1 次印刷

ISBN 978-7-309-14776-6/I·1200
定价:40.00 元

如有印装质量问题,请向复旦大学出版社有限公司出版部调换。
版权所有 侵权必究